KB271372

서울의 詩, 서울의 詩人들
일제 강점기 편

서울의 詩, 서울의 詩人들

일제 강점기 편

권오만

혜안

머리말

　서울의 거리를 걷다가, 서울의 한 모서리를 차창 곁으로 지나치다가 '아, 서울!' 하고 조그맣게 중얼거리는 때가 있다. 시청 청사 곁에서 "북악과 삼각이 형과 그 누이처럼 서 있는 것"을 보는 때거나, 삼성역에서 강남역에 이르는 그 빌딩들의 성채 사이, 망우리 고개를 넘어 북한과 도봉의 연봉과 서울 동부, 북부 지역의 아파트들이 어우러진 풍경들에서 그런 느낌을 자주 받는다. 어떤 경우에 그 느낌은 감탄 쪽으로 기울고, 어떤 경우에 그 느낌은 탄식 쪽으로 기운다. 서울의 크기, 형세라는 점에서 지금과는 하늘 - 땅만큼 차이가 있었던 때지만, 일제 강점기 당시의 시인들이 서울을 바라보던 눈길도 그랬으리라.

　이 책에서는 먼저 우리 시대의 시 3편을 예로 들어 '서울의 시'란 무엇인가 그 개념을 정리하려고 했다. 그런 뒤에 그 개념에 기반을 두고 일제 강점기에 서울을 노래한 시 25편을 골라내어 그 시들에서 시인들이 그려낸 서울의 모습을 살펴보려고 했다. 심훈, 이육사, 윤동주 세 시인들의 경우에는 그들의 '서울의 시'를 한 편씩으로만 제한하여 살피는 점이 너무 아쉬웠다. 그 아쉬움 때문에 세 시인들의 경우에만 시 한 편씩들을 더 선정하여 조금 길게, 제대로 작품론이 될 만큼의 길이로 살펴보기로 했다.

일제 강점기의 '서울의 시', '서울의 시인들'을 살펴보려고 한 이 책의 기획은, 내가 살아온 인연의 산물이라고 말할 만하다. 아마도 내가 서울시립대에서 긴 기간을 재직하지 않았었거나 나 자신이 서울에서 태어난 서울나기가 아니었더라면 이 책은 기획되지 않았을지도 모른다. 그런 의미에서 이 책은 내게 인연의 무게를 생각하도록 만든다.

인연의 무게를 말하자면 한 가지 더 덧붙일 점이 있다. 서울시립대 철학과 김상배 교수와의 인연이다. 학내 인문과학연구소의 책임을 맡았던 무렵의 그는 '서울의 시'에 관한 내 묵은 원고보다 새 원고를 넘기기를 줄곧 채근했다. 채근을 받는 마음은 무거웠으나 그의 독촉은 결국 약이 되었다. 정했던 시간보다 많이 늦게 원고를 넘기면서 김 교수의 채근이 결국 약이었어라고 전하고 싶다.

이 책에 사진을 곁들여 보기로 했다. 그 욕심으로 책 출간은 그대로 늦었고, 서울시립대의 서울학연구소, 박물관, 인문과학연구소와 카톨릭출판사의 도움과 배려를 크게 입게 되었다. 이 자리를 빌어 카톨릭

출판사 김영숙 부장님의 따듯한 도움에 고맙다는 뜻을 전하고 싶다. 오늘의 서울 사진 몇 장을 공들여 찍어준 한혜숙 선생에게도 고마움을 전한다. 또한 서울시립대의 세 기관에도 두루 감사의 뜻을 전한다.

출판사업이 어려운 때에 이 책과 함께 또 한 권의 책『서울을 시로 읽는다』를 함께 맡아준 출판사 '혜안'의 대표 오일주 님과 까다로운 사진 편집에 공을 들인 김현숙 씨를 비롯한 직원 여러분들께 감사드린다. 오랜 세월을 같이 살아 온 친구가 마련해 준 공부방에서 이 글을 쓰면서 그의 도타운 뜻도 새삼 마음에 새기게 된다.

2004년 7월

권 오 만

차 례

'서울의 詩'란 무엇인가

1. '서울의 詩' 세 편

3월의 광화문 | 김영무

은행나무 가지 끝마다
빗방울 새순 맺히는
비오는 3월 오후
교보빌딩 지나 건너편에 세종문화회관 세워두고
광화문 바라보며 옛 육조거리를 걸어간다
탁 트였다!
근정전 처마 끝 낙숫물
귓바퀴에 맑게 듣는다
조선총독부 이름 바꿔 중앙청이라던가
그런 것 거기 있었던
기억조차 없다
가지 끝에 걸린 찢어진 연 하나
간밤 바람결에 훌쩍 날아간 듯
북악산도 오래 전부터 천연덕스럽다

이 시는 김영무의 시집 『산은 새소리마저 쌓아두지 않는구나』(1998)
에 실려 있다. 시 「3월의 광화문」이 제작된 때는 오래지 않았다. 또
그 시가 들려주는 이야기도 비교적 새로운 것에 해당한다. 따라서
시 「3월의 광화문」은 광화문 근처를 배경으로 한 시로서는 가장 최근의
것이라고 해도 무방하다.

일제가 헐어내기 이전의 광화문 전경. 옆으로 6조 등 관아건물들이 보인다.

작품 전체에 걸쳐 난해한 생각, 느낌 그리고 표현을 말끔히 몰아낸 듯한 이 시는, 시를 읽는 이들에게 필경 하나의 공통된 느낌을 안겨 줄 것으로 예상된다. 이 시의 독자들이 안게 될 그 공통된 느낌이란 이 시의 여섯째 행으로 쓰인 '탁 트였다!'는 한 마디 말에서 촉발되고 또 그 말로 응결되는, 그런 것이다. '탁 트였다!'는 이 시 전편에 걸쳐서 시인이 털어놓고 싶었던 단 한 마디 말이다. 말하자면 시인은 그 한 마디 말을 토로하기 위해서 이 시를 썼다고 해도 좋을 정도이다. 따라서 그 한 마디 말을 이 시 전편을 이끌고 나가는 열쇠말이라고 부르는 것이 적절하겠다.

이 시에서 열쇠말 '탁 트였다!' 앞의 5행은 이 시의 배경 공간을 마련하고, 시의 의미있는 생각과 느낌 또는 행동을 예비하는 대목이다. 그 대목 중 둘째 행은 시를 읽어 나가는 맛을 살려서 쓴 묘미를 보여준

16

다. 산문을 읽던 눈으로 보면 이 시의 둘째 행인 "빗방울 새순 맺히는"
이란 대목은 그 의미가 불분명한, 덜 다듬어진 표현으로 보일지도
모른다. 산문에 익숙한 눈에는 "빗방울, 새순 맺히는"처럼 낱말 '빗방
울'과 '새순' 사이에 쉼표를 찍어 놓았으면 그 의미가 분명하게 드러났
으리라는 생각을 가질 법하다. 그 경우에 그 대목은 "빗방울과 새순
맺히는"처럼 빗방울과 새순이 대등하게 병렬되는 의미로 읽히게 된다.

그러나 이 시에서 시인이 선택한 표현은 그런 산문적 독법을 넘어서
려는 것이었다. 시인은 물론 그 두 낱말들을 대등하게 병렬시켜 읽는
독법도 배제하지 않는다. 그러면서 그는 그 독법보다 더 풍부한 의미가
살아나게끔 그 대목을 읽도록 배려했다. "빗방울처럼 동글동글한 새순
맺히는"이나 "빗방울이 맑게 씻어낸 새순 맺히는"으로 읽는 독법들을
모두 포괄하도록 한 점이 그것이다. 그러한 효과는 두 낱말들 사이에
쉼표 찍기를 피함으로써 생겨난다.

그 점을 시 읽기를 혼란스럽게 만든 행위로 탓하는 것은 너무 성급한
판단이다. 그것은 시 읽기를 다양하고도 활기차게 만드는 시의 다의성
(多義性)과 애매성을 살린 표현에 해당한다. 다의성과 애매성은 시
읽기를 망가뜨리는 성질이라고는 할 수 없다. 그것은 오히려 시를
읽는 즐거움을 증폭시켜 주는 성질로서 아낌을 받는 자질이다. 시는
오직 하나의 정답만을 허용하는 수학 문제와는 다른 영역을 차지한다.
그것은 인간의 상상력을 확장시키면서 인간의 삶의 모습을 새롭게
깨닫도록 이끄는 상상력의 건조물인 까닭이다.

앞의 제5행 중 '육조거리'란 지명은 독자들의 시 읽기를 잠깐 멈칫거
리게 할 것임에 틀림없다. 서울의 구석구석을 환히 짐작하는 독자라도
'육조거리'를 직접 목격한 이는 드물다는 사정 때문이다. '육조거리'란

오늘날의 지역 명칭이 아닌, 지난날의 지역 명칭이다. 그 명칭은 조선 왕조의 중앙 행정 관서인 '육조(六曹)', 곧 이·호·예·병·형·공조 (吏戶禮兵刑工曹)의 관아(官衙)들이 위치한 거리를 일컫던 이름이다. 지금 정부 종합 청사가 위치한 자리와 그 길 건너편, 현재 문화체육관광부 청사가 위치한 자리가 조선왕조의 '육조'가 위치했던 옛 터이다. 따라서 그 앞 길, 곧 광화문 앞의 세종로가 당시의 '육조거리'였음을 알 수 있다.

　이 시의 7행부터 14행까지, 곧 '탁 트였다!'는 시인의 토로 이후의 시행들은 무엇이, 어떻게 '탁 트였'는가를 구체적으로 알려 주면서 시를 만들어 나간다. "근정전 처마끝 낙숫물/ 귓바퀴에 맑게 듣는다"고 말한 7, 8행은 '탁 트'인 시각상의 풍경을 청각상의 풍경으로 바꾸어 그려낸 모습이다. 시각적 대상을 청각적 대상처럼 바꾸어 그 풍경 묘사가 그려낸 모습은 경복궁을 바라보는 막힘 없는 시야이다. 옛

18

총독부 건물이 철거되고 나니 근정전을 포함한 경복궁 안의 건물들이 손에 잡힐 듯이 가깝게 보인다는 사실이다. 시인은 그 점을 아주 살갑게 그려낸다. 경복궁 안의 건물들이 막힘 없이, 가깝게 느껴진 점을 "근정전 처마 끝 낙숫물/ 귓바퀴에 맑게 듣는" 것으로 그려낸 것이 그의 살가운 표현이다.

시인은 그 점을 9~11행에서도 거듭 확인한다. 지난날 경복궁 앞을 가려 막아섰던 조선총독부—중앙청 건물이 거기 있었던가 싶지 않게, 조금도 막히지 않은 풍경이 눈앞에 펼쳐져 있다는 것이 그의 거듭된 진술이다. 12~14행에서도 그러한 풍경에 대한 진술은 다시 비유로써 되풀이된다. 그 비유에서 지난날의 조선총독부—중앙청 건물은 "가지 끝에 걸린 연 하나/ 간밤 바람결에 훌쩍 날아간 듯"이 기억 속에서 말끔히 사라진 것으로 그려져 있다. 지난날 조선총독부—중앙청 건물은 옛 왕궁의 자태만을 가려 놓았던 것이 아니다. 그 왕궁 뒤의 북악산 또한 그 건물에 가려져 보이지 않았었다. 그 건물이 사라지고 보니, 북악산 또한 제 수려한 자태를 줄곧 막히지 않아 왔던 것처럼 '천연덕스럽'게 제 자태를 뽐낸다는 것이 시인이 우리에게 들려주는 이야기이다.

앞에서 보아왔듯이 시 「3월의 광화문」은 세종로에서 광화문과 그 문 너머의 경복궁, 북악산이 바라보이는 풍경을 노래한 작품이다. 시인은 '탁 트였다!'는 한 마디 말로써 그 풍경을 가로막아 왔던 옛 조선총독부 건물이 사라진 사태를 반겼다. 그가 그 건물의 철거를 반긴 것은 그것이 일제 침략의 산물로서, 우리 옛 문화의 우아한 자태와 우리 산천의 수려한 모습을 가로막아 왔다는 사실 때문이다.

시 「3월의 광화문」에서 시인은 자신의 시야에 들어오는 광화문, 경복궁과 그 궁궐 너머의 북악산 등 물리적 대상들만을 노래했다.

문민정부 시절 옛 총독부 건물을 철거한 뒤의 광화문 앞 전경

시인은 그 물리적 대상들을 노래한 데서 한 걸음도 더 내딛지 않도록 스스로 자제했다. 이 시에서 그러한 자제는 아주 적절한 것이었다고 생각한다. 그 역시 그의 시를 읽은 뒤의 우리 독자들처럼 광화문 너머로 시야가 시원하게 트인 일을 국운(國運)의 트임으로 읽고 싶은 유혹이 없지 않았을 것이다. 그러나 시인은 그의 시에 그런 주관적인 생각을 뒤섞지 않았다. 그는 풍경의 트임을 국운의 트임으로 뒤섞어 시의 행보를 무겁게 하기보다 풍경 자체를 그려내는 작업만으로 일관했던 것이다.

시인은 그렇게 광화문 너머로 보이는 물리적인 풍경만을 그려냈다. 그러나 독자들은 그 시 읽기를 끝낸 자리에서 시에 덧붙이는, 새로운 상상으로 뻗어 나가기를 시도하기 십상이다. 광화문 너머로 펼쳐진

20

풍경의 트임을 우리 국운의 트임으로 읽고 싶은 충동이 그것이다. 그러한 충동이 발동하는 데는 시에 묘사된 공간 역시 중요한 몫을 한다. 광화문 너머, 옛 궁궐 경복궁과 북악이 한눈에 들어오는 그 공간이 어떤 곳인가? 그 곳은 우리 국가의 운명을 결정해 온 가장 중요하고 예민한 공간이 아니던가? 바로 그 점이 시인 김영무로 하여금 시 「3월의 광화문」을 제작하도록 만든 동기가 아닌가? 또 바로 그 점이 독자들로 하여금 눈앞의 풍경의 트임을 국운의 트임으로 읽도록 만드는 원인이 아닌가? 거기까지 생각이 미쳤을 때에 왜 독자들이 광화문 너머의 풍경의 트임을 국운의 트임으로 읽고자 했던가를 이해할 수 있을 것이다.

　광화문 일대가 한국인의 삶에서 차지하는 중요성 또는 그 상징성이 그렇게 크다. 따라서 우리 시에서 광화문 일대의 모습은 긴 시간, 거의 한 세기에 가깝게 우리 공동체의 운명이 뒤틀렸었던 사정과 비례하여 빈번하게 출현하였다. 정도전의 「신도가(新都歌)」를 비롯한 조선조의 시들까지는 이 글에서 굳이 거론하지 않기로 한다. 1930년에 심훈의 시 「그날이 오면」이 제작된 이후 우리 시에서는 광화문 일대의 풍경이 빈번하게 노래되었다. 특히 유신 시기에서 5공에 이르는 시기에는 더욱 그러하였다. 김영무의 「3월의 광화문」은 말하자면 그런 일련의 시들의 최신판이라고 할 수 있다. 그런 의의를 가진 시 「3월의 광화문」이 '탁 트'인 시야를 그려내면서, 또한 탁 트인 국운을 암시한 점은 최근의 우리 공동체의 형세를 보여주는 듯해서 감개가 자못 없지 않다.

서울의 저녁 식사 | 김혜순

꽃이 들어온다. 입술을 쫑긋거리는 꽃이. 트럭 한 대 가득 실린 꽃이 터널 벽을 쪽쪽 빨아먹는다. 터널이 잠시 빨갛게 익는다. 그가 새싹을 똑똑 꺾어 입 속에 집어넣는다. 두릅이 두릅나무에서 똑똑 떨어져 초장 그릇 속에 빠진다. 한 트럭 가득 두릅이 들어온다. 두릅이 서울의 입 안을 초록으로 물들인다. 가자미가 들어온다. 얼음에 채워진 가자미 천 마리가 모두 기절한 채 들어온다. 동해 바다 한 트럭이 실려 들어온다. 돼지들이 들어온다. 돼지들이 서울의 입술을 꿀꿀 뺀다. 그는 돼지 목살 수육을 새우젓 찍어 먹는다. 꿈틀거리는 그의 목구멍은 잡식성이다. 미꾸라지가 흙탕물 개울처럼 밀려 들어온다. 태백산맥이 갈가리 찢어져 꿈틀거리며 들어온다. 설악산 자락의 고냉지밭이 소금에 절여져 들어온다. 트럭 하나 가득 반만 나온 무의 엉덩이들이 겹겹이 실려 있다. 불켠 트럭들이 들어온다. 이빨 사이로 줄지어 들어온다. 트럭들이 터널을 나서면 검푸른 서울의 위액이 트럭을 감싸안는다. 입구를 나선 트럭 중엔 그 큰 눈으로 휘이익 위액의 바다를 헤쳐보는 놈도 있지만 서울의 내장 속 어둠은 짙다. 푸성귀가 자루에 실려 들어온다. 수만 마리의 닭이 오늘 낳은 수만 개의 달걀을 따라 벼슬을 붉히며 실려 들어온다. 코끼리만한 황소들이 눈을 부릅뜨고 들어온다. 서울 사람의 몸 속 길로 황소떼가 떼지어 몰려간다. 그는 오늘밤 소주를 너무 많이 마신다. 소주가 부어지는 이 터널은 길고 어둡다. 소양호를 채우고도 남을 흰 우유가 터널 밖을 나와 밤의 내장 속으로 쏟아진다. 호남평야가 통째로 실려 들어온다. 그러나 터널의 반대 차선으론 정화조를 실은 트럭들이 일렬종대로 늘어서 있다. 술자리를 파한 내가 소주방의 문을 나서자마자 토하기 시작한다. 서울은 같은 문으로 싸고 먹는다. 지렁이처럼 내 몸이 도르르 말린다. 몇 일에 한 번쯤, 하늘에서 큰 손이 내려와 흰구름 같은 두루마리 휴지를 펴 서울의 입인 동시에 항문인 터널을 닦아주기도 하는 모양이다. 오늘 저녁 막차가 터널을 나서자 함박눈이 쏟아진다. 나는 눈을 받아 입 안에 처넣는다.

　이 시는 시인 김혜순의 제6 시집인 『불쌍한 사랑 기계』(1997)에 실려 있다. 김혜순은 그 시집에서 서울에서의 삶을 그려낸 다수의 시들을 보여주었다. 시의 표제에서 '서울' 또는 서울의 일부 공간 명칭이 포함된 시들만을 꼽아보아도, 앞에서 인용한 「서울의 저녁 식사」 이외에 「서울 2000년」, 「토요일 밤에 서울에 도착한다는 것」 등 여러 편이다. 시집 『불쌍한 사랑 기계』의 그러한 경향은 그 직전의 시집 『나의 우파니샤드, 서울』에서는 더 강렬하게 나타났었다. 시집 『나의 우파니샤드, 서울』에서 '서울'이란 명칭이 포함된 시들은 「서울 3느 9916」, 「서울 길」 등 10편에 이른다.

　한 편의 시에서 결정적으로 중요한 것은 시의 표제가 아니다. 그보다도 더욱 중요한 것은 시의 문면을 통해서 그려낸 사람들의 삶의 모습이다. 김혜순은 그의 시에서 주로 도시－거의 예외없이 그의 시에서의 도시는 서울로 나타난다－에서의 삶의 모습을 그려낸 시인이다. 그는 현재도 한국 현대시의 주류를 이루고 있다고 할 만한 두 가지 시작 경향에 대하여 강하게 반발하는 시인이기도 하다. 그가 반발하는 우리 현대시의 두 가지 시작 경향이란, ① 시인의 과다한 심정 노출로 말미암은 감상적 경향과 ② 시인이 하루하루 살아 나가는 거친 삶의 현실과는 동떨어진 음풍농월(吟風弄月) 투의 시작에 매몰되는 것이다.

　그는 우리 현대시의 위와 같은 두 가지 시작 경향에 반대하면서 자신이 몸담고 있는 시대와 현실을 그려내는 방법을 끊임없이 모색해 온 시인이다. 김혜순의 그러한 모색 중에는 그가 살아가는 현실로서 서울의 삶 그려내기도 당연히 포함되어 있다.

　위에 인용한 시 「서울의 저녁 식사」에서는 시인 그 사람으로 보이는 시의 화자가 서 있는 자리가 이채롭게 눈에 띈다. 시의 화자는 지금

서울시민들의 생필품들이 밀려 들어오는 가락 농수산물시장

서울의 관문(關門) 역할을 하는 터널 입구 근처에 위치해 있는 것으로 그려져 있다. 서울의 관문 역할을 하는 그 터널은 지방 곳곳으로부터 거대도시 서울이 필요로 하는 온갖 물자들을 들여오는 통로이다. 거대도시 서울이 필요로 하는 온갖 물자들 중 이 시에서는 주로 서울 사람들의 식생활에 필요한 물자들의 반입을 그려냈다. 시의 표제가 보여주듯이 이 시가 서울 사람들의 식생활에 시의 초점을 맞춘 결과이다.

서울에서 채소, 과실이 가장 큰 규모로 거래되는 곳, 수산물이 가장 많이 거래되는 곳, 쇠고기, 돼지고기 등 육류가 가장 크게 거래되는 곳, 한약 약재가 가장 활발하게 거래되는 시장들은 국내에서 널리 알려진 명소들이다. 가락 농수산물 시장, 노량진 수산 시장, 마장동

가락시장에 잔뜩 쌓여 있는 상품더미

축산물 시장, 경동 약령 시장 등이 그런 곳들이다. 그런 시장들을 찾아갔을 때에 거대한 수량으로 쌓여 있던 농수산물, 육류, 약재 등의 더미에 놀라움을 느낀 이들은 많을 것이다.

시인 김혜순은 서울 시민들이 소비하도록 들여오는 그런 거대 수량의 물자들에 대한 놀라움을 장소를 바꿔서 그려내고 있다. 그런 물자들의 중간 도착점으로서 시장 바닥이 아닌, 경유점으로서 터널을 선택한 것이 그것이다. 시장 바닥이 아닌, 물자들의 통과 지점으로서 터널을 선택함으로써 이 시는 몇 가지 이점을 손쉽게 얻어낼 수 있었다.

이 시가 얻어낸 이점은 첫째로, 농산물 시장, 수산물 시장, 축산물 시장 같은 단일 도매 시장을 살펴보는 것으로는 얻을 수 없는 여러 상이한 식료품들의 서울 반입에 순차적으로 초점을 옮겨갈 수 있었다는 점이다. 둘째로, 비교적 서울 외곽 가까이에 위치해 있는 터널에

시의 시점을 가져다 놓음으로써, 터널을 '서울의 입'으로, 터널을 통과
하여 들어온 서울 시내를 서울이라는 '거대 생물체의 몸'으로 은유할
수 있었다는 점이다. 이 시에서의 그러한 성과는 다음과 같은 대목에서
확인해 보는 것이 가능하다.

> 불컨 트럭들이 들어온다. 이빨 사이로 줄지어 들어온다. 트럭들이
> 터널을 나서면 검푸른 서울의 위액이 트럭을 감싸안는다. 입구를
> 나선 트럭 중엔 그 큰 눈으로 휘이익 위액의 바다를 헤쳐보는 놈도
> 있지만 서울의 내장 속 어둠은 짙다.

셋째로, 이 시에서 시의 시점을 시장 바닥이 아닌, 터널 입구에
둠으로써 이 시는 서울로 들여오는 온갖 물자들 이외에 서울로부터
반출되는 것들도 대상으로 삼을 수 있게 된다. 서울을 하나의 거대한
생물체로 인식할 때에 거대 소비 도시 서울로부터 반출되는 것들은
도시 생활의 분비물이 될 수밖에 없다. 이 시에서는 터널 입구에서
목격되는 서울로부터의 반출 양상을 "그러나 터널의 반대 차선으론
정화조를 실은 트럭들이 일렬종대로 늘어서 있다. (…) 서울은 같은
문으로 싸고 먹는다. 지렁이처럼 내 몸이 도르르 말린다."라고 그려냈
다. 위에서 "지렁이처럼 내 몸이 도르르 말린다"는 실재하기 어려운
상상을 펼쳐 보인 것은 입과 항문, 요도 같은 배설기관의 공존을 말하려
는 의도 때문이다. 그런 상상은 그 상상 바로 앞에서 보여주었던 "서울
은 같은 문으로 싸고 먹는다."라는 생각을 보강하려는 의도에서 제시
된 것이다.

앞의 시 「서울의 저녁 식사」는 위와 같은 시점 설정 이외에도, 시의

구조를 깊이있게 만들기 위한 별도의 장치를 마련하였다. 시 「서울의
저녁 식사」를 터널 입구 근처의 물자 반입, 반출의 목격만으로 한정되
지 않도록 설계한 것이 그 장치이다. 이 시에는 터널 입구에서의 목격과
는 무관한 '그'와 '나'의 행위가 그려져 있다. 그 인물들이 이 시에
출현한 것은 이 시를 화자의 목격에 기반한, 단순 구조로 만들지 않겠다
는 시인의 의도가 반영된 결과이다.

　김혜순은 그의 시들이 심원한 의미를 갖도록 창의성을 살려내는
데 힘을 기울여 온 시인이다. 그는 그의 시들을 단순 구조가 아닌,
복합 구조로 만들어 그의 시들이 심원한 맛을 띠게 하도록 시도했다.
앞의 시 「서울의 저녁 식사」의 기본 구조는 터널 입구 근처의 목격담이
다. 그 기본 구조 이외에 시의 행간에 '그'와 '나'의 행위를 덧붙여
그려낸 것이 그런 복합 구조를 시도한 예에 해당한다.

　앞에서 살펴본 김혜순의 시 「서울의 저녁 식사」는 거대 도시 서울의
일상의 모습을 그려낸 시이다. 이 시에서 그려내고 있는 서울의 모습은
반드시 서울에만 한정된 풍경이라고만 말하기 어렵다. 말하자면 이
시는 서울에 거주하는 시인이 서울에서의 삶의 모습을 대상으로 하여
그려냈기에 '서울의 시'가 된 경우라고 할 것이다. 엄격한 의미에서
이 시는 '서울의 시'이기 이전에 '도시시'에 해당한다. 이 시에 그려진
삶의 모습은 부산, 인천, 대구 같은 대도시의 풍경으로 보아도 어긋나
지 않는 것이다. 그러면서 이 시는 또한 아무런 결격 없이 '서울의
시'에도 해당한다. 서울은 한국의 수도로서뿐만 아니라, 도시라는
성격으로서도 한국의 도시를 대표하는 거대 도시, 종주(宗主) 도시에
해당하기 때문이다.

2

　죽음 앞에 1백만이 모여들었다. 아니, 그 억울함과 진실 앞에 다시 1백만이 더 모여들었다. 항의하기 위해서? 아니다! 권력을 살인으로 찬탈한 자들을 몰아내기 위해서? 아니다! 수천만의 파도들이 죽음을 앞세워 청와대를 향했던 것은 그 길만이 가장 자연스러운 길이었고, 가장 자유로운 진실의 길이었기 때문이다. 저승꽃과 비통한 어머니들의 통곡에 묻혀 파도에, 서로 어깨를 걸고 철썩이는 파도에 묻혀, 검은 리본을 단 영구차가 청와대를 향해, 그 바리케이드를 넘어가고자 했던 것은 아무리 되짚어 생각해도 그것이 자연스러운 일이었으며 동녘에 해가 뜨는 일만큼이나 움직일 수 없는 우리 모든 존재의 순리였기 때문이다.

3

　그날 거리와 빌딩의 옥상, 그리고 창들은 모두 거리를 향해 열려 있었다. 모두가 쫓기고 구타당하기는 했지만 아무도 물러서 도망가지 않았다. 누구도 쉽사리 귀가를 서두르거나 안락한 침대의 달콤함에 빠져들려 하지 않았다. 시청 앞 광장의 비둘기들과 서울역 앞의 대합실, 육교와 그 밑의 공중전화, 길가에 늘어선 푸른 은행나뭇잎들 심지어 검은 아스팔트 위의 도로 표지판까지 존재하는 모든 것들이 하나로 출렁이고 하나로 소리지르고 하나로 울고 있었다. 아아 모르긴 해도 정말 모르긴 해도 적들의 진영 속에서 최루탄을 발사하던, 곤봉을 휘두르던 또 다른 우리도 울고 있었으리라. 1987년 6월 10일 그날의 정오를, 그 장대한 승리의 대낮을.

　위는 시인 이영진의 연작시 「다시 서울이 바다가 되기 위해」의 (2), (3) 두 편이다. 이영진은 그의 시집 『아파트 사이로 수평선을

1987년 광화문 앞의 민주화운동. 대통령직선제를 요구하면서
거대 군중이 나섰던 것이 이 운동의 성격이었다.

본다』(1999)에서 위 연작시들을 한 편 한 편 분리하여 수록했다. 여기
서는 시의 제재가 된 사건을 더 깊이있게 살펴보려는 의도에서 두
편을 함께 묶어서 제시했다.

　이영진의 연작시 「다시 서울이 바다가 되기 위해」는 흔히 6·10
민주항쟁으로 불리는 1987년 6월 10일의 대시위를 회상한 작품이다.

1987년 6월 10일에 서울을 비롯한 전국에서 일어났던 민주항쟁은
한국 민주 운동사에 획기적인 전환점을 마련한 사건이었다. 그 사건은
4 · 19 시민 혁명―유신체제의 억압 밑에서 벌였던 길고 고달팠던
민주화 투쟁―1980년의 서울의 봄―광주 민주 항쟁의 맥을 잇는 한국
민주화 투쟁사의 한 정점과 같은 사건이었다.

　위에서 이영진의 시들이 보여주고 있듯이 1987년 6월 10일의 민주
항쟁에 몰려든 시위 참가자들의 숫자는 실로 막대했다. 100만이 몰려
들었다는 것이 당시의 보도였다. 그 거대한 시위 군중은 집권층에
빌미를 주지 않는 방법으로 시위에 참여했다. 그들은 시위 지휘부의
지침에 따리 철저하게 비폭력의 시위를 전개한 것이다. 「다시 서울
이…」(2)가 그려내고 있듯이 민주화 투쟁 중에 사망한 학생 이한열의
시신을 실은 영구차가 청와대 방향으로 머리를 돌려 약간의 마찰을
빚었을 뿐, 큰 충돌 사태까지는 발생하지 않았던 것이 그 항쟁의 경과였
다.

　그러나 그 항쟁이 얻어낸 성과는 아주 큰 것이었다. 유신 체제의
조악한 대통령 선출 방식의 답습을 호헌(護憲)으로 지켜내려던 5공은
6 · 10 항쟁으로 분출된 민심의 이반(離反) 앞에 방향을 바꿀 수밖에
없었다. 마침내 그 해 6월 29일에 5공은 대통령 직선제의 수용을
공표하기에 이른 것이다. 유신 세력이 그 제도를 엎어버린 이후, 대통
령 직선제는 우리 공동체가 줄기차게 그 복원을 갈망했던 제도였다.
말하자면 그 제도의 복원은 민주 회복의 상징 같은 것이었다. 그로써
1972년 10월의 유신 체제 선포 이후 15년간에 걸쳤던 독재와 폭압의
참담한 세월은 한 고비를 넘기게 된 것이다.

　일제 강점기의 우리 시인들은 1919년의 기미 독립운동이나 1929년

의 광주 학생 운동 등 그 시대의 중요한 민족적 사건들을 시로 그려내기 어려운 처지였다. 한국인의 사상 동향을 끊임없이 감시해 오던 일제의 이목을 피하기 어려웠던 사정 때문이었다. 그러나 1945년 광복 이후의 사정은 달라질 수밖에 없었다. 광복 이후로도 우리 시인들은 모진 시련을 겪어 오기는 했다. 남북 분단과 이데올로기의 대립으로 인한 6·25 전란, 집권층의 폭정과 독재로 말미암은 횡포가 작가의 표현의 자유를 크게 위협했던 것이다.

그러나 우리 사회의 중대한 문제들을 그려내는 것이 시인의 간과할 수 없는 임무라고 생각한 일부 참여적 경향의 시인들은 4·19, 5·16, 유신 체제의 억압, 광주 민주항쟁과 같은 역사적 격변이 발생할 때마다 그 사건을 그려내는 데에 앞장섰었다. 4·19 당시의 김수영, 조지훈, 신동엽, 신동문, 5·16 쿠데타 세력에 저항한 조태일, 유신 체제의 성립 이전부터 군부 정권에 저항한 김지하, 유신 체제에 항거한 고은, 양성우, 문병란, 광주 민주항쟁기의 황지우, 김남주 등이 각 시기에 가장 분투한 시인들이다.

위와 같은 참여시, 좀더 좁혀 말하면 정치시 경향의 계보를 계승하면서 시인 이영진은 1987년의 6·10 민주항쟁의 경과를 그려내는 데에 가장 열의를 보여준 시인이다. 그는 위에 인용한 시들에서 볼 수 있듯이 1987년 6월 10일의 민주항쟁의 모습을 벅찬 감격 속에서 그려냈다. 그의 시들은 그 날의 항쟁을 전하는 어떤 사진들보다도 더욱 생생하게 그 날의 현장을 보여준다. 어떤 사진이더라도 "서로 어깨를 걸고 철썩이는 파도"의 형상으로써 항쟁 현장의 군중을 포착하기는 불가능하기 때문이다. 또한 어떤 사진이더라도 "육교와 그 밑의 공중전화, 길가에 늘어선 푸른 은행나뭇잎들 심지어 검은 아스팔트 위의 도로 표지판까지” 항쟁 대열에 “하나로 출렁이고 하나로 소리지르고 하나로 울고 있”는 거대한 항쟁 풍경을 담아내기는 불가능하기 때문이다. 이 시의 사료로서의 가치는 그렇게 큰 것이다.

그러함에도 불구하고 이 시의 참여시 또는 정치시로서의 가치는 제한될 수밖에 없을 것으로 보인다. 그 이유는 두 가지이다. 하나는, 이 시가 만들어진 시기가 1987년 6월 10일의 민주항쟁 그 때와는 시차를 두고 있는 점이다. 그 시차는 무엇보다도 시의 표제인 「다시 서울이 바다가 되기 위해」에 쓰인 시간 부사 ‘다시’가 알려준다. 시의 표제에 ‘다시’란 시간 부사가 쓰인 것은 그 시점이 6·10 항쟁 그 때로부터 상당한 시간이 경과되지 않고서는 쓸 수 없는 말일 터이기 때문이다. 또 하나는 이 시가 그려낸 6·10 항쟁이 성공한 항쟁으로서 시인의 부담이 비교적 적었으리라는 점이다. 참여시, 정치시로서의 성공은 반드시 시인의 부담과 비례하지는 않는다. 그러나 시대가 순탄 하지 않았음에도 불구하고 자신의 신변의 위험을 무릅쓰고 작품을 제작한 시인의 부담은, 그 시를 작품외적 가치로서 값지게 만들리라는 점 또한 부정하기는 어렵다.

서울은 한국의 대표적인 거대도시이다. 거대도시로서 서울은 도시 시의 배경으로서 빈번히 등장한다. 또한 서울은 한국의 수도이다. 조선 왕조의 수도로 정도(定都)되어 올해로 610년을 맞기에 이른 서울은 긴 역사에 걸쳐 우리 공동체의 정치, 경제, 문화의 중심지가 되어 온다. 한국의 도시들 중 유일하게 서울이 떠맡은 그러한 기능으로 말미암아 서울은 참여시, 그 중에도 정치시의 배경 공간으로 빈번하게 떠오를 수밖에 없었다. 앞에서 살펴본 이영진의 연작시 「다시 서울이 바다가 되기 위해」에서 서울이 배경 공간으로 선정된 사유가 그것이다.

2. '서울의 시'의 뜻

　우리는 앞에서 '서울의 시'란 용어를 처음으로 접했다. 그리고 '서울의 시'에 해당하는 시들로서 도시시 계열의 김혜순의 작품 「서울의 저녁 식사」와 수도시(이 글에서 논술의 편의를 위하여 처음으로 시도해보는 용어이다. 수도인 서울을 배경으로 하는 '참여시'의 의미로만 한정하여 사용할 것이다.) 계열의 이영진의 연작시 「다시 서울이 바다가 되기 위해」(2), (3) 두 편과 도시시, 수도시의 성질을 함께 지녔다고 말할 수 있는 김영무의 시 「3월의 광화문」을 살펴보았다. 위에서 인용한 세 시인의 시들은 공교롭게도 표제에서 모두 '서울'이란 이름을 사용했거나 그렇지 않으면 서울의 명소의 이름을 사용한 경우이다. 표제에 '서울'이란 명칭을 붙여놓거나 서울의 명소 명칭을 사용하는 것이 '서울의 시'가 되는 필요 조건이 아닐 터임에도 말이다. 그렇다면 '서울의 시'로서 갖추어야 할 요건은 무엇일까를 생각해보지 않을 수 없다. '서울의 시'로서의 요건을 검토할 때에 검토할 문제로는 세 가지가 꼽힌다. 시의 생산자, 그것의 생산지, 그것이 생산한 삶의 모습 등 세 가지이다.

　'서울의 시'의 생산자와 관련하여 고려하여야 할 점들은 생산자, 곧 시의 작가인 시인의 출생지, 성장지, 시인으로서 그의 활동지 등이다. 시인의 출생, 성장 지역이 서울인 경우에 그 시인이 '서울의 시'의 생산자로서 활동하기에 이점을 가질 것임은 분명하다. 서울의 도시적 생리와 수도로서의 풍경에 워낙 익숙한데다가, 서울에 대한 그의 향토애까지 발동하고 보면 서울에서 생장한 시인이 '서울의 시'의 생산자로서 활동하기에 유리할 수밖에 없는 것이다. 자신의 생장지가 서울인 것을 스스로는 못마땅해했지만 시집『그날이 오면』의 시인 심훈 같은 이가 그런 이점을 활용한 시인이다. 자신의 생장지가 인왕산 밑 옥인동임을 자신의 시들에서 곧잘 밝혀놓고 있는 시인 김광규 역시 그런 이점을 살려서 쓴 시인이다.

그러나 시인의 생장지가 서울이라는 점은 그 시인의 시들이 예외없이 '서울의 시'로 편입될 것을 담보하는 것은 아니다. 서울에서 생장했지만 '서울의 시'와는 무연한 시인들이 얼마든지 존재한다. 반면에 서울에서 생장하지 않았더라도 '서울의 시'를 제작한 시인들이 또한 얼마든지 출현할 수 있다. 서울과 같은 대도시로의 인구 집중이 현저해질 때에 그런 현상은 더 가속화된다고 보인다. 서울을 비롯한 한국의 대도시들의 인구는 일제 강점기 이래로 줄곧 증가되었다. 특히 우리 사회에 산업화 기운이 돌기 시작한 60년대의 중반 이후, '농촌을 떠나 도시로'(向都離村)의 열풍 속에서 서울의 인구는 급격히 증가하였다. 영국의 도시시의 귀추를 살폈던 레이몬드 윌리암즈는 도시로의 이주가 증가할 때에 그 이주자들 중에서 다수의 도시시 시인이 배출된다는 점을 지적하였다. 윌리암즈의 지적과 다르지 않게 '서울의 시'의 생산자들 중에는 서울로 새로 이주해 온 이들이 적지 않게 포함되어 있는 것을 목격할 수 있다. 앞에서 인용한 시들인 (1), (2), (3)의 작가인 김영무, 김혜순, 이영진이 모두 그런 경우에 해당하는 시인들이다.

'서울의 시'의 생산지에 관해서는 두 단계의 구분이 요청된다. 앞 단계는 시의 작품 생산지라고 부를 만한, 시인이 시를 제작한 곳을 가리킨다. 뒤 단계는 시의 출판 생산지라고 부를 만한, 시인의 시들이 지면에 발표되고 시집으로 출판된 곳을 가리킨다. '서울의 시'는 서울에서 거주하는 시인이 서울에서 제작하는 것이 상례이다. 그러나 그런 상례는 시인이 처한 상황 또는 시인을 포함한 우리 공동체가 처한 상황에 따라 때로 지켜지지 않는 경우도 발생한다.

　시의 작품 생산지로서 상례를 벗어난 경우로는, 두 경우가 떠오른다. 서울에서 거주하다가, 서울에서 벗어나, 국내의 다른 지역이나 해외에서 서울에서의 삶을 회상한 경우가 그 하나이다. 예를 들면 시인 마종기는 뜻하지 않았던 사정으로 미국에서 반생을 보낸 시인이다. 그는 그 곳에서 지난날의 서울의 삶을 그려낸 여러 편의 '서울의 시'를 제작하여 주목을 받았다. 또 하나의 경우는 스스로 서울 이외의 지역을 활동 거점으로 삼았던 시인이 어쩌다가 서울에 올라와 '서울의 시'를 제작한 경우다. 공립학교의 교직을 수행하면서 전근 발령에 따라 영남 일대를 떠돌며 살았던 생전의 유치환 시인은 때때로 서울에 올라와 여러 편의 '서울의 시'들을 제작했다. 대구를 활동 거점으로 했던 시인 장정일은 서울에 올라와 3주일을 보냈는데, 자신의 서울 체험을 「서울에서의 3주일」이란 시로 그려냈다.

　썩 예외적인 경우도 없지 않다. 서울에서 활동해 왔거나, 그럴 예정이었음에도 뜻하지 않았던 전란으로 시의 생산지를 서울이 아닌, 부산, 대구, 전주 등으로 바꿀 수밖에 없었던 경우도 발생한 것이다. 6·25 전란 중에 「어린 딸에게」란 시를 썼던 박인환, 전란 중에 피란길의 참상을 그려냈던 장만영은 서울을 생활 거점으로 했던 시인들이다.

　앞에서 검토한 여러 경우에서 볼 수 있듯이, 시작품의 생산지가 어디인가 하는 점은 '서울의 시'를 결정하는 요건으로 중요하게 부상하는 것 같지 않다. 시작품의 제작 생산지보다 오히려 '서울의 시'의 요건으로서 더 중요하게 관여하는 것은 출판 생산지인 것으로 보인다. 그 시의 발표와 출판이 서울에서 구해 보기 어려운 곳에서 이루어지면 '서울의 시'의 요건을 갖추고서도 독자들에게 읽혀지기 어렵다는 점에서이다.

'서울의 시'를 결정하는 데 중요한 고려항이 되는 것은 생산된 내용, 곧 시로 그려낸 삶의 모습이다. 한 편의 시가 그려낸 삶의 모습은 그 시를 '서울의 시'로 볼 것인가 여부를 결정하도록 하는 데에 관건이 된다. '서울의 시'가 그려낸 삶의 모습은 크게 나누어 두 가지이다. 하나는 다른 대도시의 경우와 별로 다르지 않은, 서울이란 대도시에서의 삶의 모습이다. 앞 절에서 살펴보았던 김혜순의 시 「서울의 저녁식사」가 그런 성질을 가진 시이다. 또 하나는 우리 대도시들 중 서울이 한국의 수도로서 특별하게 가진 성질로서 정치적인 문제에 예민하게 반응하는 모습이다. 앞에서 살펴보았던 이영진의 수도시 「다시 서울이 바다가 되기 위해」가 그런 유형에 속하는 시이다. 우리 시가 거의 100년에 이르는 근대시, 현대시의 역사를 밟아오는 동안에 '서울의 시'는 이 두 유형 사이를 오가면서 제작되었다고 할 수 있다.

'서울의 시'는 우리 근대시와 현대시의 전개과정이라는 테두리 안에서 이루어져 왔다. 한국 근대시와 현대시의 둘레로부터 단 한 걸음도 벗어날 수 없는 것이 '서울의 시'의 피할 수 없는 성격이다. 그 성격은 마치 한국이라는 강토 안에서만 서울이라는 공간이 존재하는 사실과 다르지 않다. 우리 근대시와 현대시는 한국인의 삶의 모습을 그려내는 바탕 위에서 형성되었다. '서울의 시'의 경우 또한 그 점에서 다르지 않다. 어떤 경우에도 '서울의 시'는 한국 근대시와 현대시의 일부일

뿐이다. 그러면서 '서울의 시'는 동시에 그 시들만의 독자적인 성격을
구축한다. 한국인의 삶의 모습을 그려내면서 동시에 서울에서의 삶의
모습을 그려내는 것이 그 시들만의 독자적인 성격에 해당한다. 현단계
에서 '서울의 시'는 무엇보다도 우리 시의, 우리 문학의 문학사회학적
현상으로서 부각된다. 그 문학사회학적 현상은 도시화 현상으로 말미
암아 비대화된 서울, 그러면서 동시에 한국인의 삶에서 중핵의 역할을
담당하게 된 서울의 사회 현상과 긴밀히 관련되어 있는 것으로 이해할
수 있을 것이다.

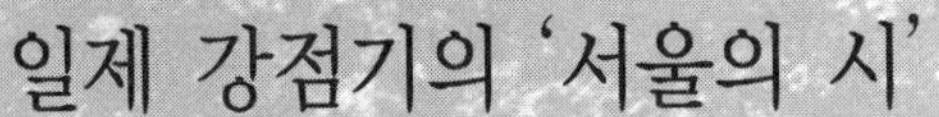

일제 강점기의 '서울의 시'

1. '서울의 시'의 출발과 그 전개 양상

일제 강점기에 제작된 '서울의 시'는 작품 편수로 보아 극히 적었다. 서울을 도시 또는 수도의 모습으로 그려낸 시들이라야 김소월, 김팔봉, 이상화, 이장희, 한용운, 박팔양, 심훈, 정지용, 임화, 박세영, 김영랑, 신석정, 유치환, 김기림, 이상, 오장환, 노천명, 김광균, 김광섭, 서정주, 이육사, 윤곤강, 임학수, 조지훈, 윤동주 등 몇몇 시인들의 작품들만으로 제한되었다. 당시의 시들은 우리 생활 주변 현실을 그려내기보다 시인 자신이 생각하는 이념이나 자연의 모습들을 그려내는 데에 더 관심을 기울였기 때문이다.

우리 근대시에서 도시로서 서울의 모습이 다소라도 투영되어 처음 그려진 것은 최남선의 '산문시'라고 흔히 불리는 작품들의 하나인 「천주당의 층층대」에서이다. 최남선 자신이 주재, 발행하였던 잡지 『소년』 1910년 8월호에 '시'로 분류되어 있는 이 작품은 지금도 옛 모습 그대로 제 자리를 지키고 있는 '명동 천주교당'의 장관(壯觀)을 그려낸 것이다. 당시로는 고딕식 벽돌 건물인 그 건물의 외관도 서양식으로 이채로운 것일뿐더러, 그 얼마 전까지 형장에서 죽임을 당했던 천주교인들의 사원이라는 점에서도 주목을 받았음직하다.

땀을 뻘뻘 흘리면서 북달은재(鐘峴) 천주당(天主堂)의 층층대를 올라 가는 촌부자(村夫子)가 있다. 후(后) 세 시―출입문을 열라는 종은 부는

멀리 명동성당 건물이 보이던 서울 거리의 풍경

바람에 기세를 얻어 다앙당당 기파(氣波)를 일으킨다.
집도 높기도 하지! 어찌하면 저렇게 짓노!
저 속에는 무슨 영특한 물건이 들어앉았노? 굉장하렷다?

최남선의 「천주당의 층층대」 이후에 도시시로서 '서울의 시'를 남긴 이들로는 김소월, 김팔봉, 이상화, 이장희, 박팔양, 정지용, 박세영, 김기림, 김광균, 김광섭, 이상, 노천명, 오장환, 서정주 등을 들 수 있을 것이다. 김소월은 그의 시론인 「시혼」에서도 밝혀 쓰고 있듯이

42

전원과 자연을 대상으로 한 시작에 열중했던 시인이다. 따라서 그가 남겨 놓은 시들에는 도시를 노래한 작품들이 거의 보이지 않는다. 그런 의미에서 시 「서울밤」은 소월에게 이색적인 작품이라고 말할 만하다. 시 「서울밤」에서 김소월은 그가 겪은 서울의 밤 풍경을 전등불을 소재로 하여 노래하였다.

이상화는 그가 남긴 많지 않은 작품 편수에 비해 여러 작품들에서 도시를 노래하였다. 도시를 노래한 그의 여러 작품들 중 '서울의 시'로 확인할 수 있는 작품들은 「가상(街相)」, 「달밤―도회(都會)」, 「초혼(招魂)」 등 세 편이다. 앞의 두 편은 도시시로서, 뒤의 한 편은 '수도시'로서 '서울의 시'에 속하는 작품들이다. 이상화의 도시시 「달밤―도회(都會)」는 이상화의 시들 중에서도 빼어난 작품의 하나로 지목하여 손색이 없는 편이다. 그의 다수 작품들이 뜨거운 격정의 흐름 위에서 씌어진 것과는 달리 이 시에서는 차분한 정서가 펼쳐진 위에 그의 미감이 반짝이고 있다.

팔봉 김기진이 쓴 「백수(白手)의 탄식」은 카프 시와 긴밀한 관련을 가지면서 '서울의 시'로서도 주목할 만한 작품이다. 노동으로 단련되지 못한 도시 청년이 거리의 카페에 앉아 혁명을 몽상하는 모습을 비웃고 있는 이 시는 1920년대 초 우리 지식 청년들의 한 면모를 노래하여 충격을 불러왔다. 이장희는 우리 문단에 이미지즘 시가 본격적으로 소개되기 전부터 시적 대상을 그림 그리듯이 그려낸 시인으로 주목을 받는다. 그에게서 시의 대상을 한 폭의 그림처럼 그려낸 시들이 여러 편 제작되었다. 그 중에서 도시의 풍경을 인상 깊게 그려낸 시로는 「겨울의 모경(暮景)」을 들 수 있겠다. 이 시에는 1920년대 초 서울 거리의 저녁 풍경이 섬세하게 그려져 있어 도시시를 읽는 흥미를 자아낸다.

　박팔양은 평생을 신문 기자로 살아갔던 시인이다. 그는 젊은 나이에 신문기자다운 감각과 열정으로써 한창 서구식 제도와 문물을 받아들여 변모해 가던 1920년대와 1930년대의 서울을 그려낸 시들을 여러 편 제작하였다. 시인 정지용은 한국의 현대시를 개척한 시인이라는 호칭을 받는다. 모더니즘 시학을 실천하는 시인이었던 그에게는 의외로 도시시 작품들이 많지 않다. 아마도 그는 일제의 지배 아래 놓였던 도시로서 서울을 그리기보다는 바다, 산수(山水)와 신앙의 문제를 그려내는 데에서 시인이 된 보람을 강하게 느꼈던 듯하다. 시집 『산(山)제비』로 널리 알려진 시인 박세영은 평생을 사회주의 시인으로 일관했던 인물이다. 시 「산제비」 같은 작품을 보면 그의 시적 상상은 결코 가볍지 않은 편이다. 그런 그에게도 '견딜 수 없이 가벼운' 상상력의 일면이 숨어 있었던 모양이다. 그의 시 「시대병 환자」는 식민지 시대에 씌어진 '가벼운' 상상력을 대표하는 시의 하나로서 시대의 모습을 웃음 속에서 고발하고 있는 작품으로 눈길을 끈다.

　한국 시문학사에서 김기림은 새로운 시의 가능성을 열어 놓은 시인이다. 그는 새로운 시의 가능성을 당시 서구에서도 진행 중이었던 모더니즘 시에서 찾았다. 그는 모더니즘 시를 의식할 때에 감성보다 지성을 중시하고, 농촌 또는 자연보다 도시를 노래하는 데에서 새로운 서정을 노래할 수 있다고 보았다. 모더니즘 시에 바탕을 둔 그의 시론은 1930년대의 우리 시단에서 큰 관심을 모았다. 그러나 그가 그 시론을 정작 자신의 시작에 적용하였을 때에 거기서 새로운 시의 가능성이 발견되었다고 말하기는 어렵다. 자신의 시론에서의 주장처럼 그가 제작한 시들에는 도시의 풍경이 빈번하게 등장한다. 그러나 그가 그려

근대 서울 중심가의 모습. 멀리 총독부 건물과 그 앞의 넓은 길이 보인다.

낸 도시의 풍경들에서 지성의 깊은 맛과 재미와 감동을 느낄 수 있는 경우는 흔하지 않다. 그의 시들은 일종의 지적인 유희에 빠져들면서 영혼을 흔드는 감동을 맛보게 하는 데는 대체로 실패한 까닭이다.

김광균은 광복 전의 그의 시작에서 도시의 풍물들을 다수 끌어들였다. 바로 그 점 때문에 그는 우리 도시시를 말할 때에 1930년대에 도시시를 열어 나갔던 시인으로 주목을 받아 왔다. 당대의 다른 시인들의 경우와는 달리 그의 시들에는 근대 도시의 풍물들이 다수 등장하는 것이 사실이다. 그러나 그의 시들에 등장하는 근대 도시의 풍물들에도 불구하고 그 시들에서는 슬픈 정조의 감상들이 토로되어 도시시로서의 성과를 적지 않게 감소시켰다.

오장환의 장시 「수부(首府)」는 식민지 시대에 서울을 대상으로 만들어진 가장 길이가 긴 작품이다. 이 시에서 오장환은 한국의 중심 도시로서 서울의 여러 측면들을 다채롭게 그려내려고 했다. 이 시를 제작했던 때에 오장환의 나이가 겨우 18세였던 점을 고려하면 그 시도는 대단히 과감한 것이었다고 할 수 있다. 이 시에서 오장환은 도시 서울의 물질적 기반과 인간 행태를 여러 면에서 포착하여 그려냈다. 그 중에서도 특히 주목할 만한 것들은 서울로의 인구 집중과 그 결과로 해서 발생한 불량 주거 같은 것이다.

이상화가 '서울의 시'들을 발표했던 같은 무렵에 시인 심훈은 민족적 색채가 강한 시로서 '서울의 시'들을 제작했다. 도시시이면서 동시에 수도시로서 '서울의 시'에 해당하는 작품들을 시도한 것이다. 상당한 모험을 수반한 그 작업의 결과로 시집 『그날이 오면』의 작가 심훈은 당대의 독자들과 소통할 수 없었던 불행을 겪었다. 그 시집에 실린 심훈의 수도시들은 일제의 번뜩이던 검열의 눈들을 피하기 어려운 성질을 강하게 띠고 있었던 것이다. 심훈은 그의 시들에서 영어(囹圄)에서 막 풀려난 독립 투사의 참상을 흐느끼는 심정 그대로 그려냈다. 시「그날이 오면」에서 그는 독립의 날을 맞는 소망을 '독립'이란 한 낱말만 피했을 뿐 구태여 숨기려 하지 않았다. 격렬하게 솟아오르는 국권 회복의 열정과 그리움을 조금도 감추려 하지 않았던 것이 시「그날이 오면」이 간직한 시작 태도였다. 바로 그 점으로 말미암아 그 시는 광복 이후에 우리 독자들의 사랑을 받는 대표적인 저항시로 부상될 수 있었다.

심훈의 「그날이 오면」과 거의 같은 무렵에 청마 유치환은 서울의 비참한 운명을 노래한 시「봄 없는 나라여」를 썼다. 시「봄 없는 나라여」는 시의 행수로는 6행에 그치고, 조사들 숫자까지 포함하여 동원된 낱말들 수라야 전체 39개에 불과한 짤막한 시이다. 그 짧은 시에서 청마는 서울의 준봉과 성문 등이 떨고 섰는 모습을 그려냄으로써 멸망한 나라로서 조선이 봄을 맞을 수 없는 나라임을 슬프게 탄식하였다. 옛 조선의 도읍이었던 수도 서울의 참상을 노래한 이 짧은 '서울의 시'는 젊은 시인 유치환이 멸망한 조국에 보내는 '조가(弔歌)'라고 부를 수 있을 것이다. '조가'로 작성된 이 짧고 예리한 시에는 조국의 운명을 슬퍼하는 짙은 비탄이 넘쳐흐른다. 그러나 이 시에서는 심훈의 「그날이 오면」에서 만날 수 있었던 바와 같은 자기 희생의 결단까지는 찾아보기 어렵다. 시 「봄 없는 나라여」가 스스로 그어놓은 경계선을 그것이라고 볼 수밖에 없는 이유가 거기서 드러난다.

식민지 시대에 위험 부담이 큰 수도시를 제작한 이로는 심훈, 유치환 이외에 또 한 시인이 떠오른다. 일제 강점기의 대표적인 저항 시인인 육사 이원록이 그 사람이다. 서울을 거점으로 하여 국권 회복의 꿈을 그려낸 육사의 수도시는 「서울」이라는 표제를 달았다. 기묘하게도 그의 수도시 「서울」은 심훈의 「그날이 오면」이 밟았던 길과 두 가지 점에서 대조된다. 「그날이 오면」과 달리 시 「서울」은 식민지 시대에 발표의 기회를 얻었던 점이 그 하나이다. 광복 뒤에 「그날이 오면」이 누리게 된 영광과는 달리 시 「서울」은 육사 시에 대한 뜨거운 관심에도 불구하고 별로 돌보아지지 않았던 점이 또 하나이다.

육사의 시 「서울」은 결코 가볍게 보아넘길 작품이 아니다. 그 시에는 육사의 역사 인식, 항일 정신과 도시 문명에 대한 이해가 아로새겨져 나타나 있다. 그 점 때문에 시 「서울」은 시 자체의 가치로서는 물론, 시인의 정신에 접근하는 데에도 긴요한 작품으로 부각된다. 그러나 그 시는 산문시에 가까운 형태를 채택한 데다가 다수 소재들을 끌어들여, 시적 결속력을 살려내지 못한 작품처럼 비치도록 되어 있다. 시 「서울」은 시적 결속력을 살려서 쓴 그의 다른 시들, 「절정」, 「광야」, 「청포도」 등과는 분명히 구별되는 작품이다. 바로 그 점이 비평가, 독자들로부터 시 「서울」을 떼어놓도록 만든 중요한 원인이다. 그러나 그런 선입관을 떨어내고 나서 그 시의 한 연, 한 연을 깊이 읽어 들어가면 그 시는 전혀 다른 모습으로 새롭게 떠오른다. 도시시로서 '서울의 시'와 '수도시'로서 '서울의 시'를 종합한 모습이 그것이다.

조지훈의 초기 시 「봉황수」는 식민지 시대에 씌어진 '서울의 시' 중에서 마지막 수도시라고 부를 만하다. 이 시에서 조지훈은 왕궁의 정전이 퇴락한 것을 노래하는 방식으로 멸망한 조선 왕국에 애가를 보냈다고 할 수 있다. 분명히 시 「봉황수」는 우리 공동체의 비극적 운명까지 포함하여 노래했다. 사정이 그러함에도 불구하고 이 시가 노래한 대상이 공동체 일반과는 떨어진 거리의 것이라는 점에서 그 효과는 약하게 나타난다. 시 「봉황수」가 멸망한 조국을 그리워하는 조가로서의 성격보다 멸망한 옛 왕조에 대한 애가로 느껴지는 이유가 거기에 있을 것이다.

심훈, 유치환, 이육사의 수도시들은 조국의 멸망 또는 우리 공동체의 재기라는 고감도의 문제를 정면으로 제기했다. 그처럼 고감도의 문제 를 정면으로 제기한 경우는 아니라 할지라도 식민지 시대의 다수 시인들 은 그 문제를 그들 나름의 방식으로 제기했음에 유의할 필요가 있다. 우선 서울 가까운 산 속에서의 삶을 노래한 한용운의 「산거(山居)」, 보신각 종을 노래한 임학수의 「인정각(人定閣)」, 민족 수난의 절정을 노래한 윤곤강의 「빙점(氷點)」 같은 작품들부터 그런 경우에 해당한다.

김영랑의 시 「독(毒)을 차고」는 그의 전기 시에 익숙한 독자들에게는 아주 낯설게 보일 수밖에 없다. 그의 전기 시들은 세상일들에는 '나'의 마음을 닫고 오직 자연의 모습만을 노래하는, 폭이 좁은, 순수한 것이 었다. 그에 비해, 그의 중기 시들은 우리 공동체가 처한 거친 현실 같은 쪽으로 시의 방향을 급격하게 바꾸었기 때문이다. 김영랑의 그러한 변화는 민족 공동체의 마지막 근거마저 말살하려던 일제의 책동에 대한 대응에 말미암은 것으로, 바로 그 지점에서 영랑의 '서울의 시'가 태어나게 된 것이다.

윤동주는 간도에서 출생, 성장하고, 그의 집안 또한 그 곳에 오래 거주해 온 이주민의 자손이다. 그런 배경을 가진 그에게서 의외로 여러 편의 '서울의 시'들이 제작되었다. 말할 것도 없이 그가 1938년 봄부터 1941년 연말까지 연전 문과에서 수학하면서 얻게 된 결실이다. 그의 여러 편의 시들이 그렇듯이 시 「별 헤는 밤」은 거친 세상살이와는 무관한 순수한 것들을 노래하는 쪽으로 전개되다가 거친 현실의 문제를 싸안게 된다. 시의 한 연에서 "어머님/ 그리고 당신은 멀리 북간도에 계십니다"고 밝힘으로써 시가 제작된 곳이 서울임을 간접적으로 드러내고 있는 이 시는 현실의 거친 문제들이 아니더라도, '서울의 시'로 읽을 수 있는 기반을 마련해 놓고 있다. 시의 첫머리인 "계절이 지나가는 하늘에는/ 가을로 가득 차 있읍니다"라는 진술에서부터 1941년의 서울의 한 모서리를 보여주는 까닭이다. 거친 현실의 문제까지 싸안음으로써 '서울의 시' 중에서도 수도시의 성격을 띠게 된 이 시는 수도시로서 제기할 문제를 하늘, 가을, 별, 청춘, 동경, 시, 어머니 같은 가장 순수한 존재들로 싸안은 시로서 자리잡게 된 것이다.

이 글은 그 밖에도 임화, 신석정, 노천명, 이상, 서정주 등의 '서울의 시'들을 다루게 될 것이다. 이 시인들의 시들은 자신의 삶의 모습을 토로하는 가운데 서울에서의 삶의 여러 국면들을 보여주게 된 시들이다. 이 시인들의 작품들이 어떻게 '서울의 시'의 성격을 띠게 되는가는 그 작품들을 살펴보는 과정에서 구체적으로 밝혀보려고 한다.

2. 일제 강점기 '서울의 시' 읽기

1) "전등은 밤을 지킵니다"

서울 밤 | 김소월(金素月)

붉은 전등.
푸른 전등.
넓다란 거리면 푸른 전등.
막다른 골목이면 붉은 전등.
전등은 반짝입니다.
전등은 그무립니다.
전등은 또 다시 어스렷합니다.
전등은 죽은 듯한 긴 밤을 지킵니다.

나의 가슴의 속모를 곳의
어둡고 밝은 그 속에서도
붉은 전등이 흐득여 웁니다.
푸른 전등이 흐득여 웁니다.

붉은 전등.
푸른 전등.
머나먼 밤하늘은 새카맙니다.
머나먼 밤하늘은 새카맙니다.

서울 거리가 좋다고 해요.
서울 밤이 좋다고 해요.
붉은 전등.
푸른 전등.
나의 가슴의 속모를 곳의
푸른 전등은 고적합니다.
붉은 전등은 고적합니다.

소월 시로는 이례적인 「서울 밤」

종로2가 파고다 공원에 있던 불탑

2002년은 소월이 출생한 때로부터 꼭 100년을 맞았던 해다. 소월은 올해로부터 102년 전인 1902년 음력 8월 6일에 평북 정주 곽산에서 태어났다. 그의 본명은 정식(廷湜)이며 소월(素月)은 그의 필명 또는 호에 해당한다. 그는 만 15세가 되던 해인 1917년에 정주 오산학교 중학부에 입학했다. 그는 당시에 그 학교의 교사로 재직 중이던 안서 김억의 지도를 받아 시작에 눈을 뜨게 된다. 그가 1920년대에 발표한 다수의 시들은 이미 그의 오산 재학 시절에 제작된 것으로 알려져 있다. 그만큼 그는 천부적인 재능의 시인으로, 시작에 기울인 그의 노력 또한 특별했었음을 짐작하게 한다.

위에 인용한 시 「서울 밤」은 어떤 지면을 통해 발표되었던지 지금껏 밝혀지지 못했다. 그러나 그 제작 시기만은 1925년 이전이라는 점이 확실하게 드러나 있는 상태다. 소월은 그의 생전에 유일하게 시집 『진달래꽃』(1925)을 출판하였는데, 거기에 시 「서울 밤」이 수록되어 있었던 것이다. 그의 연보는 그가 1922년 4월부터 1년간 서울 배재고 보 5학년에 재학했었음을 알려준다. 그가 4개년간 수학했던 정주의 오산학교가 대입 자격을 공인받지 못한 학교였던 데서 생겨났던 불가 피한 전입이었다. 그런 전기적 사실을 염두에 둘 때에 이 시는 그가 서울에 체류했던 배재 재학 시기에 제작되었으리라고 보는 것이 온당 할 듯하다.

시 「서울 밤」은 소월의 시로서는 이례적인 작품이다. 소월 시의 소재, 배경이 주로 시골 소읍과 같은 향토에서 구해진 것과는 달리, 이 시의 소재, 배경은 서울에서 구해진 점에서 그렇다. 소월에게는 서울과 같은 도시의 모습을 그려낸 작품들이 드물다. 그의 전체 시들 중 온전히 서울을 노래한 것으로는 「서울 밤」 한 편이 보일 뿐이다. 그 소재, 배경을 서울에서 구한 것이 아닐까 추정할 수 있는 작품에는 「공원(公園)의 밤」(1922), 「왕십리(往十里)」(1923) 두 편을 더 추가할 수 있다.

서울 밤의 전등불을 노래한 새 형태의 시

소월의 시 「서울 밤」이 제작된 1920년대의 상반기에 도시의 상징으로서 통용될 수 있었던 것들에는 어떤 것들이 있었을까? 아마도 그 상징들로는 2000년대인 오늘의 도시에도 유효하게 통용되는 거대 인구, 고층 건물, 휘황한 조명, 넓은 길, 편리한 교통 수단, 온갖 상품을 구비한 시장 같은 것들이 통용되었을 것으로 생각한다. 소월의 시 「서울 밤」은 당시에 도시의 상징으로서 통용되기 시작한 전등불을 소재로 삼은 작품이다. 서울 거리에 가로등으로 전등이 설치된 것은 1901년의 일이었다. 시 「서울 밤」에서처럼 '막다른 골목'에까지 전등이 설치된 것은 그보다 훨씬 뒤늦은 때의 일이었다.

시 「서울 밤」에서 소월이 노래한 전등불은 그 밝기가 대단한 것은 아니었던 듯하다. 그는 '그무리다', '어스렷하다'라는 말들로써 전등불의 밝기가 높지도, 안정적이지도 않았음을 그려냈다. '그무리다'는 밝고 침침한 상태가 거듭됨을, '어스렷하다'는 '다소 어둑하다'의 의미를 갖기에 짐작할 수 있는 점이다. 그러나 그 밝기가 만족스러운 것은 아니더라도, 전등이 도시의 밤을 밝히는 새로운 문물, 새로 들여온 조명 기구로 등장한 점은 또한 뚜렷하게 나타난다. 소월은 그 점을 "전등은 죽은 듯한 긴 밤을 지킵니다"라고 그려내고 있는 것이다.

소월은 그의 시들에서 민중 정서로서 한(恨)을 자주 토로한 시인으로 알려져 있다. 그가 사랑의 시들을 다수 썼으면서도 막상 그 대상으로는 이미 사별했거나, 이별한 경우를 그려냈기에 생겨난 평가다. 이 시에 그려진 시인의 정서 또한 어둡게 채색되어 나타난다. '흐드겨 웁니다', '고적합니다'처럼 쓸쓸하고 비탄에 젖은 것들이 그의 정서로 토로되어 있는 점에서 그렇다. 이 시에는 새로운 문물로 등장한 전등 이외에 고독과 비탄의 정서를 유발할 만한 것들이 별도로 등장하지 않는다.

그러함에도 불구하고 그는 전등불만을 대상으로 고독과 비탄을 말하고 있다. 그의 기질 또는 환경이 이미 고독, 비탄을 예민하게 느끼도록 편향되어 있었던 점을 반영하는 것으로 보인다.

시가 그려낸 정서, 삶의 의미만으로 보면 시 「서울 밤」은 그다지 주목할 만한 작품이 못 되는 편이다. 그러나 시의 리듬, 형태를 고려하면 시 「서울 밤」이 차지하는 무게는 달라진다. 시의 리듬과 그에 따른 분행(分行)에서 시 「서울 밤」이 특이한 무게를 갖는 점에서 그렇게 말할 수 있는 것이다. 시의 리듬과 그에 따른 분행을 비롯한 형태 면에서 소월의 시는 다양한 면모를 보여준다. 시의 한 행을 어김없이 세 토막으로 나눈 시들이 다수인가 하면, 전통적인 3음보 또는 4음보 율격을 벗어난 「바라건대는 우리에게 우리의 보섭 대일 땅이 있었더면」, 「밭고랑 위에서」 같은 내재율의 시들까지 넓게 펼쳐져 있는 것이 그의 시의 형태적 성격이다. 그런 점에서 보면 시 「서울밤」은 전통 율격의 3음보, 4음보를 뒤섞어 쓴 듯한 특별한 형태를 채택하여 주목할 만한 대상이 된다고 말할 수 있을 것이다.

2) "지붕 위로 달이 머리를 처들고"

달밤—도회(都會) | 이상화(李相和)

먼지 투성인 지붕 위로
달이 머리를 처들고 서네.

떡잎이 짙어진 거리의 '포플라'가 실바람에 불려

사람에게 놀란 도적이 손에 쥔 돈을 놓아버리듯
하늘을 우러러 은(銀)쪽을 던지며 떨고 있다.

풋솜에나 비길 얇은 구름이
달에게로 달에게로 날아만 들어
바다 위에 섰는 듯 보는 눈이 어지럽다.

사람은 온몸에 달빛을 입은 줄도 모르는가
둘씩 셋씩 짝을 지어 예사롭게 지껄인다
아니다 웃을 때는 그들의 입에 달빛이 있다 달 이야긴가 보다.

아 하다못해 오늘밤만 등불을 꺼버리자
촌각시같이 방구석에서 추녀 밑에서
달을 보고 얼굴을 붉힌 등불을 보려무나.

거리 뒷간 유리창에도
달은 내려와 꿈꾸고 있네.

열혈과 격정의 상화, '서울의 시'에도 관심 깊어

호를 상화(尙火)라고 했던 이상화(李相和)는 열혈(熱血)과 격정의
시인이었다. 그는 자신의 끓어 넘치는 격정을 노래하면서 그의 시의
독자들에게 큰 반향을 불러일으켰다. 자신의 상상 속의 여인 '마돈나'
에게 격정을 쏟아붓는 방식으로 이상화는 시 「나의 침실로」를 써서
크게 주목을 받았다. 또한 그는 나라를 잃은 현실에 격렬하게 항거하면
서 여러 편의 저항시들을 발표하기도 했다. 시인 이상화는 식민지
시대를 가장 격정적으로 노래했던 시인이면서 동시에 '서울의 시'에도

서울의 한 옹기전 풍경

관심이 깊었던 시인이기도 하다.

그는 서울 거리에서 자주 눈에 띄는 구루마꾼, 엿장수 등의 삶의 모습을 시로 그려냈다. 세 편의 시의 묶음인 「가상(街相)」(1925)이 그런 소재들을 그려낸 좋은 예에 해당한다. 세 편의 시의 묶음에 붙인 「가상」이라는 말은 '거리의 모습'을 의미한다. 「가상」과 같이 서울의 풍경을 그려낸 시들로써 이상화는 도시시로서 '서울의 시'를 제작했다. 그는 『개벽』 65호(1926. 1.)에 발표한 시 「초혼(招魂)」에서 수도시로서 '서울의 시'를 시도하기도 했다.

시 「초혼」은 전체가 5행으로 이루어진 짧은 시이다. "서럽다 건망증이 든 도회(都會)야!/ 어제부터 살기조차 다— 두었대도/ 몇백 년 전 네 몸이 생기던 옛 꿈이나마/ 마지막으로 한 번은 생각고나 말아라/ 서울아 반역이 낳은 도회야!"가 시 「초혼」의 전문이다. 그 시의 둘째 행에서 '다— 두었대도'라고 말한 것은 '모두 그만두었다 해도'의 뜻으로 읽힌다. 그 시의 끝 행에서 서울을 '반역이 낳은 도회'라고 말한 대목은 식민지의 중심 도시로서 서울에 대한 시인의 인식의 일단을 보여준다. 민족의식이 말살된, 일부 몰지각한 반역적 무리의 책동이 아니었더라면 서울이 어찌 일제에게 짓밟히는 땅이 되었겠는가라는 시인의 짙은 분노가 그 말에는 스며 있다.

시 「초혼」에서 시인은 서울을 죽음에 빠져든 존재로 파악했다. 경술국치 이후 조선 왕국의 수도였던 위치로부터 전락하여 일제에게 짓밟히는 참상을 그렇게 표현한 것이다. 수사법으로 보면 그 표현은 서울을 의인법적 대상으로 바라본 것에 해당한다. 살아 있는 인격으로 표현된 서울은 시인으로부터 신랄한 추궁을 받는다. 서울이 만들어진 피와 땀의 역사를 생각해서라도 일제에게 짓밟히는 현실이 부당하지 않느냐는 추궁이다. 이 시에서 시인이 다만 거대한 공간일 뿐인 서울을 추궁하고 나무라는 의도는 명백하다. 그는 무정물(無情物)인 서울을 나무라면서 실제로는 그런 참담한 역사를 초래한 조선인들에게 자신의 생각을 전하려고 한 것이다. 그가 전하려고 한 생각이란 부끄러운 과거사에 대한 민족 공동체의 반성, 미래를 향한 민족 공동체의 재기(再起) 같은 것으로 보인다.

반짝이는 미감이 살아난 차분함

열혈과 격정이 이상화 시의 주조적 정조임은 분명하다. 그러나 그의 시들에도 그 들끓는 정조가 차분하게 가라앉은 경우가 또한 없지 않았다. 그의 대표작으로 알려져 있는 시 「빼앗긴 들에도 봄은 오는가」가 그런 작품이다. 그 시는 시인 이상화의 민족 공동체에 대한 깊은 사랑과 그의 풍부한 상상력, 반짝이는 미감이 행복하게 결합한 작품이다. 그 시는 그의 시인되었던 보람을 증거하는 작품으로서 지금도 생생히 살아서 빛난다.

위에서 인용한 이상화의 시 「달밤―도회」 또한 그의 시로서는 드물게 차분한 작품이다. 도시시로서 '서울의 시'에 속하는 그 시는 「빼앗긴

들에도 봄은 오는가」, 「나의 침실로」 같은 이상화의 대표급 시로는
부상하지 못했던 작품이다. 그러나 그 시가 이제껏 이상화의 평판
높은 작품으로 솟아오르지는 못했다 할지라도 그 시를 읽는 즐거움은
각별하다고 할 만하다. 무엇보다, 1920년대의 서울 도심에서 달빛과
도시가 어우러지는 풍경을 읽을 수 있는 것이 희귀한 체험이라는
점부터 시를 읽는 이를 즐겁게 끌고 간다.

　이 시는 먼저 시의 표제와 연 나누기, 행 다듬기에서부터 시인의
고심을 느끼도록 만든다. 시의 표제에서 맞줄(─)이 사용된 예는 흔치
않다. 한 편의 시에서 몇 개의 제재들을 복수로 노래할 때에 그 점을
표제로 나타내려면 쉼표나 온점(·) 사용이 일반적이다. 장만영의
시 표제 「달·포도·순이」와 같이 말이다. 그런 일반적인 경우와 다르
게 이 시에서는 맞줄을 사용했다. 이 시의 표제인 「달밤─도회」에서
맞줄을 사용한 것은 달밤과 도회가 서로서로 영향을 끼치면서 어우러
지는 모습을 나타내는 데에 효과적이라고 생각했기 때문일 것이다.
맞줄의 그런 효과를 또렷이 의식했을 만큼 이상화는 시문장의 문장
부호들에 아주 예민하게 반응한 흔적을 보여준다.

달빛 속에 펼쳐진 서울 외곽 풍경

　시인은 시 「달밤─도회」의 작품 전체를 6연으로 짜 놓았다. 시의
첫머리인 첫째 연과 끝맺음인 여섯째 연은 각각 두 행으로 구성했다.
나머지 네 연들은 모두 한결같이 세 행으로 다듬었다. 시의 처음과
끝을 같은 2행연으로, 나머지 연들을 예외없이 3행연으로 이루어낸
그 형태는 획일적인 느낌을 깨는 부드러운 변화감과 함께 안정감을

불러일으키기에 적절해 보인다.

이 시의 공간으로서의 배경은 '먼지 투성인 지붕', '거리의 「포플라」', '둘씩 셋씩 짝을 지어' 다니는 행인들, '방구석, 추녀 밑의' 등불, '거리 뒷간 유리창'이 어우러진 속에서 그 모습을 드러낸다. 그 공간은 '도회'라는 시의 표제, '거리의 「포플라」' '먼지 투성인 지붕', '방구석, 추녀 밑'의 '등불'이라는 시의 소재가 된 사물들로 미루어 보아 도심으로부터는 조금 떨어지고, 넓은 도로와는 바로 접해 있는 서울의 외곽 지역임이 드러난다.

이 시에는 시의 시간적 배경으로서 두 가지 모습이 나타난다. '떡잎이 짙어진 거리의 「포플라」'라는 행간에서 알아볼 수 있듯이 계절로서의 시간적 배경이 나타난 것이 그 하나이다. '포플라'의 '떡잎이 짙어진' 때라면 봄도 한창 무르녹기 시작하는 4월 하순쯤에 해당한다. 그 때는 한 해 중에도 자연의 아름다움이 가장 신선하게 펼쳐지는 무렵이다. 그 무렵은 사람들이 생활하기에도 더할 나위 없이 좋은 때다. 이 시의 행간에서 그려낸 "둘씩 셋씩 짝을 지어 (…) 지껄이"는 거리의 사람들은 그 좋은 계절을 즐기는 시민들의 모습으로 나타난다.

이 시가 보여주는 또 하나의 시간적 배경은 밤, 그것도 시의 표제가 보여주듯이 '달밤'이다. 시의 표제에서도 선명하게 밝혀놓았을 만큼 이 시에서 달 또는 달밤이 차지하는 비중은 매우 크다. 이 시를 구성하는 여섯 연들 모두에 달빛이 물들여져 있는 점이 그 점을 잘 알려준다. 이 시에서의 '달빛'은 시의 표제가 전해주는 또 하나의 배경인 '도시'보다 우세하게 그려져 있다고 말할 수 있을 정도다. 도시 역시 달빛과 조응하면서 이 시를 구축하는 중요한 배경으로 나타나지만, 셋째 연에서 볼 수 있듯이 달빛만으로 이루어진 연도 존재한다는 점에서 그렇게 말할 수 있는 것이다.

뛰어난 이미지의 풍경화

이 시를 이루어낸 언어는 수수하고 소박하다. 또 그 언어들을 살려서 쓰는 시인의 표현 의식 역시 소박한 자세를 견지한다. 이 시의 첫 연은 "먼지 투성인 지붕 위로/ 달이 머리를 처들고 서네" 같은 허술한 풍경을 그려낸다. 또한 이 시의 끝 연 역시 "거리 뒷간 유리창에도/ 달은 내려와 꿈꾸고 있네" 같은 허름한 풍경을 그려내는 것으로 매듭을 짓고 있다. 이 시는 시인이 선택한 허름한 대상들을 시인의 소박한 표현 의식이 발동하여 그려낸 결과로 생겨났다.

그러나 허술한 풍경을 그려내는 그의 소박한 표현 의식이 때로 날카롭게 빛을 발하는 경우도 없지 않다. 이 시의 둘째 연, 넷째 연이 그런 기량을 보여준 대목이다. 둘째 연의 "사람에게 놀란 도적이 손에 쥔 돈을 놓아버리듯/ 하늘을 우러러 은(銀)쪽을 던지며 떨고 있다"는 대목은 이미지즘의 세례를 받았던 1930년대 시인들의 솜씨를 앞당겨 보는 듯한 느낌마저 들도록 만든다. 그만큼 신선한 이미지의 제시가 주목의 대상이 되는 대목이다. 넷째 연의 "둘씩 셋씩 짝을 지어 예사롭게 지껄인다 아니다 웃을 때는 그들의 입에 달빛이 있다 달이야긴가 보다."라는 대목 역시 1920년대 시인으로서 이상화를 주목하도록 하는 표현 기법이다. '아니다'라는 부정어로써 앞의 시적 진술로부터 전환 또는 역전을 시도하는 시 쓰기는 그 때로부터 훨씬 뒷날에도 참신하게 쓰인 수사라는 점에서 그렇다. 시적 진술─부정─새로운 시적 진술을 시도하는 시 쓰기는 경쾌한 사고의 시작 태도를 전제하지 않고서는 시도하기 어려운 방법이다. 그런 이해를 전제할 때에 시인 이상화가 격정의 시작 쪽으로 크게 기울었던 것은 안타깝지 않을 수 없다. 참담한 시대상이 필경 그를 격정의 시인으로 몰아갔으리라는 점에서 제대로 피워보지 못한 그의 시적 재능을 짙은 연민으로 대하게 하는 것이다.

이상화의 도시시인 「달밤—도회」는 몇 대목에서 조금씩 덜 다듬어진 아쉬움을 느끼도록 만든다. 넷째 연의 "그들의 입에 달빛이 있다", 다섯째 연의 "하다못해 오늘밤만"이 그런 대목들이다. 그러나 그런 약간의 티에도 불구하고 그 시는 덜 개발된 시대의 서울 거리의 달밤을 그려낸 시로서 주목할 만하다. 그 시에서 시인 이상화의 서정적 상상력이 여유있게 빛을 발하는 정경을 만나는 즐거움은, 서울의 지난날을 만나는 즐거움과 결합하면서 배가된다.

3) "전차(電車)가 물오른 풀잎 같은 뾰죽한
신경(神經)을 드러내고"

겨울의 모경(暮景)—도회시편(都會詩篇) | 이장희(李章熙)

큰 거리는 저물은 연기에 젖어 동정(動靜)이 몽롱하고
녹슬은 무쇠 같은 둔중(鈍重)한 냄새가 잠겨 흐른다
그러나 가다가는 앓는 소리 은은한 전차(電車)가
물오른 풀잎 같은 뾰죽한 신경(神經)을 드러내고
때아닌 푸른 꽃을 허공(虛空)에 날리기도 한다
길바닥은 얼어서 죽은 구렁이같이 뻐드러졌고
그 위를 세찬 바람이 돛을 달고 달아나면

남대문 전경. 그 밑으로 통행하는 사람들이 보이고
오른쪽 끝으로는 운행중인 전차도 보인다.

야릇한 군소리가 눈물에 떨어 그윽히 들린다
잘 지절대고 하이칼라인 제비의 유령(幽靈)이
불룩한 검정 외투(外套)를 휘감고 비틀거리는 사이에 있어서
흐린 은(銀)결같이 희스름한 옷 그림자가 고요히 움직인다
구름인지 안개인지 너머로 핏줄 선 눈알같이 불그레함은
마지막으로 넘어가는 날볕의 얼굴이 숨어 있음이라
이들 눈에 드는 모든 것이 저마다 김을 뿜어서
그는 환등(幻燈)의 영사막(映寫幕)이며 침울(沈鬱)한 뎃상을 보는 듯
하다

대상을 감각으로 보는 눈

위 시는 호를 고월(古月)이라고 했던 이장희의 「겨울의 모경(暮景)」

(1924년 작, 발표는 1926년 1월호『신민』)이다. 작품 편수도 많지 않고 또 활동한 기간도 길지 않았던 것이 시인으로서 고월의 면모다. 그러함에도 불구하고 우리 시문학사들은 시인으로서 그의 존재를 빠트리지 않고 기록해 왔다. 그가 남긴 몇 편의 시들이 형성해 놓은 성과가 아주 선명한 점 때문이었을 것이다. 그가 남긴 몇몇 시들에서 그는 대상에 대한 감각적 인상을 포착하고 그것을 비유적 언어로 그려냈는데 그것이 독자들에게 큰 반향을 얻도록 한 것이다. 그런 유형의 고월의 시로는 흔히「봄은 고양이로다」가 꼽히며,「하일소경 (夏日小景)」이 꼽힌다. 위에서 소개한「겨울의 모경」또한 그런 유형으로 손색이 없는 작품이라고 할 만하다.

대상의 감각적 인상을 비유로 그려내는 작업에서「겨울의 모경」은 고르지 못한 솜씨를 보여준다. "가다가 앓는 소리 은은한 전차(電車)가/ 물오른 풀잎 같은 뾰죽한 신경(神經)을 드러내고/ 때아닌 푸른 꽃을 허공(虛空)에 날리기도 한다/ 길바닥은 얼어서 죽은 구렁이같이 뻐드러 졌고/ 그 위를 세찬 바람이 돛을 달고 달아나면" 같은 대목에서의 감각적 인상의 포착으로서 비유적 형상화는 대상을 한 폭의 그림처럼 그려낸 그의 작업들 중에서도 빼어난 것에 해당한다. 운행 중인 전차에 서 발생하는 소음, 때로 전차의 동력선에서 일어나는 방전의 파란 불꽃, 제설 작업이 제대로 이루어지지 못했던 평탄치 못한 한길의 상태, 그 위를 몰아치는 겨울 바람의 시적 뎃상이 실경을 생생하게 살려낸 점에서 그렇다. 그러나 그 뒤를 잇는 검은 외투를 입은 행인의 묘사는 철에 맞지 않는 '제비'를 끌어들인 점에서 그 성과가 의심스러 운 편이다. 게다가 10행의 '사이에 있어서' 같은 다듬어지지 못한 말, 13행의 '숨어 있음이라' 같은 의고적 어투의 돌출은 이 시의 미감을

적지 않게 손상시키는 것이 사실이다. 그러한 결함은 「봄은 고양이로
다」, 「새 한 마리」같이 고르게 다듬어진 그의 시들과 비교할 때에
더 크게 드러난다.

그런 결함들을 노출시키고 있음에도 불구하고, 시 「겨울의 모경」은
여전히 매력을 간직한 시로서 떠오른다. 당시의 시로서는 드물게 시적
대상을 객관적 거리에서 실감을 살려 그려내고 있는 점, 서·본·결의
3단 구성을 무리없이 이룩한 점, 그 결과 고월로서는 드물게 도시의
거리 풍경 같은 큰 폭의 뎃상을 만들어낼 수 있었던 점, 그 뎃상을
통하여 1924년 무렵 서울의 풍경의 한 면이 재현된 점 등이 시 「겨울의
모경」이 보여주는 상큼한 매력이라고 말할 수 있을 것이다.

1924년 겨울, 서울 거리의 풍경화

고월의 시 「겨울의 모경」은 제목 뒤에 '도회시편(都會詩篇)이라는
부제를 달아 그 시가 도회를 그려냈음을 알려준다. 고월이 그려낸
도시가 당시 조선의 여러 도시들 중에서도 서울이리라는 점은 두
가지 증빙에 말미암는다. 첫째는, 고월과 가까웠던 벗인, 시인 오상순
의 회고에 나타나는 그의 주거(住居)에 관한 증언이다. 오상순은 고월
7주기에 쓴 「고월 이장희군」에서 "당시 군은 경성에 주거하고 1년에
한두 번 고향인 대구로 다니러 오던 터인데 그 때 군의 눈앞에 어른거리
는 죽음의 그림자를 따라 대구 향제(鄕第)에 와서 누운 지 석 달 이상이
되었으되"라고 당시 고월의 주주거지가 서울이었음을 말한 것이다.

시 「겨울의 모경」이 그려낸 도시가 서울이라는 점은 「겨울의 모경」
이 그려내고 있는 전차로써도 증명된다. 앞의 회상문에서 오상순이

말하고 있듯이 1924년 무렵에 고월이 거주했거나 단기간이라도 머무를 만한 도시는 서울과 대구뿐이었다. 두 도시 중 서울에서는 전차를 운행했으나, 대구에서는 전차를 볼 수 없었다. 식민지 시대의 조선에서 전차를 운행했던 도시는 경성과 부산, 평양뿐이었다. 따라서 전차의 운행을 그려낸 시 「겨울의 모경」이 그려낸 도시는 서울이었음이 확연히 드러난다. 전차에 관한 논의는 시의 이해와는 별개의 것이므로 뒤로 미룬다.

「겨울의 모경」은 모두 15행으로 이루어진 비연시이다. 그 중 서장 단락은 1, 2행이며 본장 단락은 3~13행, 결장(結章) 단락은 14, 15행이다. "큰 거리는 저물은 저녁 연기에 젖어 동정(動靜)이 몽롱하고/ 녹슬은 무쇠 같은 둔중(鈍重)한 냄새가 잠겨 흐른다"는 풍경 묘사로 이루어진 서단은 큰 거리의 풍경 하나 하나를 그려낸 것이 아니라, 시야에 들어온 풍경 전반의 느낌을 말한 것이다. 서단에서 큰 거리에서 볼 수 있는 풍경은 두 가지로 진술되었다. 어둠에 조금씩 젖어드는 풍경인지라 시각상으로는 몽롱하다는 것과 느낌으로는 둔탁하고 무겁다는 것이다. 2행의 '둔중한 냄새'를 후각상의 '냄새'가 아니라 '느낌'이라는 뜻으로 이해할 때에 그런 해석이 가능한 것이다. 눈온 뒤끝의 찌푸린 겨울 날씨는 그렇지 않아도 침울한 느낌을 주는데 어둠이 조금씩 스며들고 보니 그런 느낌이 더 강화된다는 뜻일 것이다.

모두 11행으로 이루어진 본단은 어떤 풍경을 그려냈는가에 따라 네 토막으로 세분된다. 전차를 그려낸 3~5행, 눈이 얼어붙은 길, 바람 소리와 거리에서 발생하는 소리를 그린 6~8행, 행인의 복색을 그린 9~11행, 낙조의 풍경을 그린 12, 13행의 네 토막이다. 본단에 이어지는 14, 15행은 결단(結段)이다. 결단인 14행의 모든 풍경이 "저마다 김을 뿜"는다는 진술의 합리적인 이해는 용이하지 않아 보인다. 시인은 모든 풍경이 점점 더 어둠에 가라앉는 모습을 그렇게 말한 것일까? 그렇지 않으면 그 뒤를 '환등'이란 낱말이 잇는 것처럼 그 진술은 어떤 환상에 기반한 것인가? 그 문제는 미해결인 채로 남겨 둘 수밖에 없다. 결단의 끝에서 그 때까지 살펴왔던 풍경을 "환등의 영사막이며 침울한 뎃상을 보는 듯하다"고 말한 것은 이 시의 대상을 대하는 시인의 의식의 한 끝을 노출시킨 듯한 진술이다. 이 시의 제작에서 시인은 처음부터 환등의 필름을 찍듯, 뎃상을 하는 듯한 의식을 가졌던 것이리라고 추정해 본다.

우리 시에 그려진 전차와 그 실상

식민지 시대와 광복 이후의 우리 시들에서 전차의 운행을 그려낸 작품은 더러 찾아볼 수 있다. 식민지 시대의 우리 시인들 중 전차의 운행을 그의 시들에서 빈번하게 활용한 시인은 단연 김기림이다. 그는 1930년대 경성의 중추 교통 수단으로서 전차를 자주 그려냈다. 시 「겨울의 모경」이 그려낸 것은 1924년 무렵 서울의 전차다. 승용차는 엄두도 낼 수 없었고 버스조차 그 운행 대수가 많지 않았던 1920년대의 서울의 중심 교통 수단 역시 전차였던 것으로 보인다. 서대문-종로-동대문-청량리까지 전차 선로가 깔리고 서울에서 전차가 처음으로 운행되기 시작한 것은 1899년 5월의 일이었다. 첫 무렵에 여러 곡절을 겪었던 전차 운행은 1924년경에는 서울의 교통 수단으로서 이미 확고하게 자리를 잡았던 것으로 짐작된다. 1924년 6월 14일자의 『동아일보』는 당시의 전차가 호황을 누린다는 기사를 싣고 있다. 그 기사는

당시의 전차가 '시민의 발' 역할을 어떻게 수행했던가를 간접적으로
증언해 주고 있는 것이다(손정목, 『일제 강점기 도시 사회상 연구』,
p.392에서 재인용).

전차 한 구역을 타는 데 5전밖에 들지 않는 것이지만은 그것도
주어모으면 무던히 많은 것이다. 이제 작년 4월부터 만 1개년간 경성전
기회사 수입 성적을 들면 승객 총수가 33,703,661인인데 (…) 총수입이
1,629.210여원이라 한다. (…) 경성 인구를 30만으로 가정하고 이상의
숫자를 평균 안배하면 1인 1개년간 승차횟수가 112회 남짓하며 요금
액이 5원 43전 남짓하다.

위 인용문 중 시민 1인 1개년간 전차 승차 횟수 112회라는 통계
수치는 그야말로 산술적 수치일 뿐이다. 1920년대는 핵가족 시대가
아니었음에 유의하면서 한 가구의 구성원수를 부부 2인과 부모, 자녀
합해 4인, 평균 6인 정도로 보면, 매일 직장, 학교에 통근, 통학하는
가구원수는 전체 가구원수의 3분의 1 정도를 넘어서지 않았을 것으로
추정된다. 그런 추산을 전제할 때에 위의 전차 승차 횟수는 현저하게
증가된다.

위 인용문에서 전차 이용객들이 서울 시민들만인 것처럼 계산되었
으나 실제로는 그렇지 않았다. 서울 성문 밖, 옛 문자로 '성저십리(城底
十里)'의 주민들 중 다수도 전차를 이용하여 성문 안의 직장, 학교에
통근, 통학했다. 당시에 아직 경성으로 편입되지 못하였던 영등포,
마포(용강면), 신촌(연희면), 홍제동(은평면), 동대문 밖(숭인면), 신당
동(한지면) 일대의 주민들이 그 경우에 해당한다. 그들의 숫자 또한
적지 않았던 점을 고려할 때에 전차 승차 횟수 계산은 더욱 용이한

것이 아님이 드러난다. 그 계산이 용이한 것이 아님에도 분명하게 드러나는 사실 한 가지는 1924년 무렵의 서울 시내 교통 수단의 중심을 차지했던 것이 전차였다는 점이다. 식민지 시대의 서울에서 전차가 그처럼 중요한 위치에 있었으나 그 모습을 시로 그려낸 경우는 드물었다. 앞에서 살펴본 이장희의 시 「겨울의 모경」이 전차의 외관을 그 일부나마 그려낸 것은 값진 것이라고 할 만하다. 당시로서는 너무도 흔한 풍경이었으나 이제는 구해 볼 길 없는 한 폭의 시적 뎃상을 우리는 그 시에서 찾아볼 수 있는 것이다.

4) "Café Chair Revolutionist, 너희들의 손이 너무도 희구나!"

백수(白手)의 탄식 | 김팔봉

카페 의자에 걸터앉아서
희고 흰 팔을 뽐내어가며
브나로드! 라고 떠들고 있는
60년 전의 노서아 청년이 눈앞에 있다……

Café Chair Revolutionist
너희들의 손이 너무도 희구나!

희고 흰 팔을 뽐내어가며
입으로 말하기는 '브나로드!'
60년 전의 노서아 청년의

헛된 탄식이 우리에게 있다—

Café Chair Revolutionist,
너희들의 손이 너무도 희구나!

너희들은 '백수(白手)'—
가고자 하는 농민들에게는
되지도 못한 '미각'이라고는
조금도, 조금도 없다는 말이다.

Café Chair Revolutionist,
너희들의 손이 너무 희구나!

아아! 60년 전의 옛날
노서아 청년의 '백수(白手)'의 탄식은
미각을 죽이고서 내려가 서고자 하던
여력(餘力)을 다하던 전력(全力)을 다하던 탄식이었다.

Ah! Café Chair Revolutionist,
너희들의 손이 너무도 희어!

프로문학의 기수, 김팔봉

올해(2004)는 팔봉(八峰) 김기진(1903~1985)의 출생 101년을 맞는 해다. 그는 우리 문학사에서 특이한 위치를 점하는 문인으로, 1920, 30년대에는 시, 소설, 비평, 수필을 쓰면서 전방위 문필 활동을 전개했던 인물이다. 팔봉 김기진을 가리켜 우리 문학사에서 특이한 위치를

1930년대의 브나로드 포스터

점한다고 했을 때에 그 특이성은 사회주의 경향의 문학에 그가 앞장을 섰거나 그 전개 방식에 이의를 제기한 데에서 나타난다. 그는 청주 출신으로 서울 배재고보를 졸업했다. 배재에서 수학하던 중 그는 동급생으로 박영희를 만났는데, 박영희는 뒷날 팔봉의 프로문학 운동에 강력한 동반자가 된 인물이다.

1920년에 팔봉은 도쿄로 건너가 릿쿄(立敎) 대학 영문과에서 수학했다. 그는 대학 재학 중에 일본 지식층들의 프롤레타리아 운동에 깊이 감염되었었다. 식민지 시대에 프롤레타리아 운동에 투신했던 조선 청년들의 다수가 그러했듯이, 나라를 잃어버린 참담한 처지에서 대다수의 민중이 기아의 지경을 헤매는 현실의 타개책을 기대했던 것이 그가 그 운동에 투신한 이유였을 것이다.

그는 1923년에 귀국하면서 자신이 새롭게 접하고 익힌 프로문학의 앞장을 서는 데 주력했다. 그는 프로문학을 실천하는 자신의 목표를 '힘(力)의 예술'로 규정하면서, 자신과 이념을 같이하는 동지들을 결속시키는 데에 주력했다. 그런 작업의 일환으로 그는 당시에 낭만적, 유미적(唯美的) 시의 경향을 띠었던 『백조』의 동인이 되어 그 동인지를 해체시키기도 했다. 또한 그는 박영희, 안석주, 김복진, 김형원, 연학년, 이익상 등의 동지들과 결합하여 프로문학의 이념 서클인 PASKYULA를 조직하였다.

프로문학에 대한 김팔봉의 투신이 일단 성과를 올렸던 것이 1925년 8월 23일에 조직한 KAPF였다. 이 조직에서 그는 동지인 박영희와 함께 맹렬한 활동을 전개하였다. 그러나 박영희와 함께 KAPF를 이끌었던 김팔봉에게는 그 창작 노선을 두고 곧 깊은 회의가 생겨났었던 듯하다. 그것은 KAPF의 창작 노선이 이래도 좋은가라는 본질적인 문제에 관한 것이었다. 팔봉의 그러한 생각은 그의 평론을 통해 고스란히 토로되었다.『조선지광』1926년 12월호에 발표한「문예시감」에서 "소설은 하나의 건축이다. 기둥도 없이 서까래도 없이 붉은 지붕만 입혀 놓은 건축이 있는가……"라고 그의 최대의 동지인 박영희의 단편소설「지옥 순례」,「사냥개」등을 겨냥하여 문제를 제기한 것이 그것이다.

프로문학의 이념 도구화냐, 그렇지 않으면 예술성의 획득이냐의 문제를 놓고 제기된 팔봉의 비판은 적어도 KAPF 내부에서는 받아들여지지 않았다. 조직이 우선되어야 한다는 논리와 조직의 이념을 옹호해야 한다는 논리가 그의 입을 막아 버렸던 것이다. 그러나 주로 김팔봉, 박영희 두 사람 사이에서 벌어졌던 그 논란에서 팔봉의 패배는 표면적인 것이었을 뿐이다. 왜냐하면 그가 제기한 프로문학에서의 예술성 확보 문제는 모든 목적문학이 거듭 돌아보아야 할 불가피한 문제이겠기 때문이다.

말뿐인 민중주의에 대한 비판

우리는 이제껏 1920, 30년대의 우리 문학에서 김팔봉이 차지하는 특이한 위치를 돌아보았다. 그 과정에서 드러나듯이 KAPF 결성 직전

지게꾼들을 함께 모아놓은 모습. 당시의 지게는 오늘의 용달차와 맞먹는 운송수단이었다.

과 직후의 김팔봉의 활동은 아주 열정적이었다. 앞에서 소개한 시 「백수의 탄식」은 KAPF를 결성하기 1년여 전인 1924년 6월호 『개벽』 지상에 발표한 작품으로, 당시의 그의 관심의 방향을 생생히 알아볼 수 있다.

「백수의 탄식」에서 시의 배경음처럼 거듭 울리고 있는 "60년 전의 노서아 청년"이란 러시아 제정 말기에 사회 변혁을 주장하던 지식인 청년들을 가리킨다. 그들은 어디서도 희망을 발견하기 어려웠던 60년 전 러시아에서 '민중 속으로(V NAROD)'라는 구호를 외쳤었다. 그들 과 다를 것 없이 1920년대 우리 사회에도 '민중 속으로'라는 구호를 내세우는 청년들이 생겨났음을 이 시는 알려주고 있다.

시인은 60년 전 러시아 청년들의 구호 자체가 잘못된 것이 아니었듯이, 당대 조선 청년들의 '브나로드!'라는 구호 자체가 잘못되었다고는 보지 않는다. 그러나 '브나로드!'가 무엇인가. 그 말은 민중의 차원에서 민중과 더불어 살아가는 일로부터 현실을 개혁하는 첫걸음을 뗀다는 주장이 아닌가? 그렇다면 '민중 속으로!'라는 구호를 외는 너희의 손은 너무도 희고, 너희의 '미각'은 되지도 못하게 너무 높은 것이 아닌가라고 시인은 조소의 빛을 보내고 있는 것이다.

시인은 이 시에서 민중의 삶과는 너무도 동떨어진 거리에서 '민중 속으로!'라는 구호만 외는 인물들을 가리켜 'Café Chair Revolutinist'라고 부른다. "까페 의자에 앉아서 입으로만 혁명을 말하는 헛된 이론가"란 뜻이다. 이 시는 모두 8연으로 이루어져 있는데 그 중에 짝수의 네 연이 "Café Chair Revolutionist/ 너희들의 손이 너무도 희구나!"로 반복되어 있어 이 시의 주조음이 탁상 공론만을 일삼는 이들에 대한 경고, 비판, 풍자가 되도록 만든다.

「백수의…」의 외적 원천과 내적 원천

한국 프로문학의 전개과정을 심층적으로 검토한 김윤식은 김팔봉의 「백수의 탄식」이 일본 프로 시인으로, '국민 시인'으로까지 추앙을 받기에 이른 이시카와(石川啄木)의 「끝없는 논의(論議) 뒤」(1911. 6.)의 영향을 받은 작품임을 말했다. 「백수의 탄식」과는 달리 이시카와는 그 시에서 "V NAROD!라고 외치는 자 없다"는 점을 강하게 부각시켰지만, 내용, 구조, 발상법이 매우 유사한 점에서 그렇게 말할 수 있다는 것이다. 다음에 이시카와의 「끝없는 논의 뒤」의 둘째 연만을 옮겨 「백수의 탄식」과 어떻게 같고 다른가를 살펴보기로 한다.

우리들은 우리를 구하는 것이 무엇인지 알지만,
오직 민중이 구하는 것이 무엇인지 알지만,
그리하여 우리들이 무엇을 할 것인가를 안다.
실로 50년 전 노서아 청년보다도 더 많이 알고 있다.
그러나 누군가 한 사람 주먹을 꽉 쥐어 탁자를 치면서
"V NAROD!"라고 외치는 자 없다.

김팔봉은 학업으로 일본 체재 중에 프로문학으로 기울어졌고 프로 문학의 선도자가 되어 무산자 문제에 기울어졌다. 그러나 그런 경력이 아니더라도 그는 무산자 문제나 인간의 평등 문제에 관심이 컸던 사람이다. 그는 그의 문학의 첫걸음부터 이미 그 문제에 관심을 보였었다. 그 점은 1920년 4월 『동아일보』에 발표된 그의 처녀작 「가련아(可憐兒)」에서부터 이미 나타난 면모다. 시 「가련아」는 말 그대로 소박한 작품이다. 거기서는 시의 행과 연에 따른 라듬 이외에는 어떤 시적 장치도 찾기 어렵다. 그런 작품에 오직 선명히 부각된 것은 무산층에 대한 작자의 짙은 연민이다. 무산층에 대한 작가의 짙은 연민은 그 시의 첫째 연 "사람은 모두 더웁게 입었으나/ 너 홀로 벗었으니/ 돌아오는 한설(寒雪)을 어찌 견디나" 같은 말로 표현된다. 시의 끝 연인 넷째 연에 이르면 시인이 느끼던 그런 연민의 느낌은 인간의 평등 문제로까지 뻗어 나간 것을 볼 수 있다. "오– 불쌍한 너야/ 울어라 부르짖어라/ 너도 사람이요 너도 남아이니/ 남 갖는 만족과 남 받는 즐김이/ 쓸쓸한 네 가슴에 안기기까지"라는 말들이 약관(弱冠)의 시인이 생각한 평등의 문제다.

김팔봉은 그의 처녀작 「가련아」에서 보여준 위와 같은 휴머니즘적 관점을 「백수의 탄식」에서도 일관되게 보여주었다. 「백수의 탄식」에서 경고, 비판, 풍자의 대상이 되는 것은 참된 실천의 주체가 아니라, 관념 놀이에 빠져 있는 창백한 지식층이다. 이 시에서 참된 실천의 주체로 떠오르는 존재는, '백수'로서는 접근하기도 어렵고 '미각'이라 곤 그 존재조차도 알지 못하는 농민, 곧 민중이라는 점이 주목된다. 「가련아」에서의 무산층에 대한 휴머니즘적 관점은 「백수의 탄식」에서 는 무산층에 대한 짙은 신뢰로 변모, 성장되어서 뻗어 있음을 알아볼 수 있는 것이다.

김팔봉의 시 「백수의 탄식」은 우리 문학사상 중요한 이정표에 해당 하는 작품이다. 비록 이시카와(石川啄木)의 짙은 영향을 시인한다 할지 라도 그 점은 변하지 않을 듯하다. 작품 자체가 갖는 예술적 가치로서보 다 그 작품이 내포한 이데올로기의 문제로 보아 그렇다는 뜻이다. 이 시가 보여준 민중 중심의 세계인식은 식민지 시대의 카프문학과 해방 직후의 좌파문학을 가로질러 1980년대의 민중문학에까지 뻗어 있다. 그런 의미에서 시 「백수의 탄식」은 '힘(力)의 예술'을 지향하던 젊은 팔봉을 보여주는 것과 함께, 새로운 이념의 시가 출발했음을 보여주는 증표로 남아 있다.

5) "고요히 근심을 가져오는
  오오 공산(空山)의 적막(寂寞)이여"

산 거(山居) | 한용운

띠끌 세상을 떠나면
모든 것을 잊는다 하기에

산을 깎아 집을 짓고
돌을 뚫어 새암을 팠다.
구름은 손인 양하여
스스로 왔다 스스로 가고
달은 파수꾼도 아니언만
밤을 새워 문을 지킨다.
새소리를 노래라 하고
솔─바람을 거문고라 하는 것은
옛사람의 두고 쓰는 말이다.

님 기루어 잠 못 이루는
오고 가지 않는 근심은
오직 작은 벼개가 알 뿐이다.

공산(空山)의 적막(寂寞)이여
어디서 한가한 근심을 가져오는가.
차라리 두견성(杜鵑聲)도 없이
고요히 근심을 가져오는
오오 공산(空山)의 적막(寂寞)이여.

'심우장(尋牛莊)', 시 「산거」의 배경 공간

이 시는 1936년 3월 27일 『조선일보』 지상에 발표되었다. 시 「산거」
는 같은 무렵, 같은 신문에 모두 17편이 발표된 「심우장산시(尋牛莊散
詩)」들 중의 한 편이다. 이 시는 한용운의 후기 시들 중 가장 널리
알려진 작품이다. 그런 의미에서 그의 후기 시를 대표하는 작품이라고
보아도 무방하리라고 생각한다.

1933년에 세운 만해의 주거 심우장. 지금도 그 모습이 그대로 남아 있다.

만해의 연보에 따르면 만해는 1933년에 서울 성북동의 작은 산 위에 벽산 스님, 방응모 조선일보 사장 등 친지, 후학의 도움으로 작은 집을 마련하였다. 방 두 칸에 툇마루가 붙은 아담한 일자(一字) 기와집이었다. 이 작은 기와집이 지금까지도 사람들의 입에 자주 오르내리는, 만해 만년의 주거였던 심우장(尋牛莊)이다. 지금 심우장이 위치한 곁이나 집 앞 좁은 길 건너로는 작은 주택들이 다닥다닥 잇달아 붙어 있다. 따라서 만해가 시 「산거」에서 노래한 '띠끌 세상을 떠난' 분위기나 '공산(空山)의 적막(寂寞)' 같은 한적한 맛은 찾아볼 길이 없다. 지금 볼 수 있는 심우장 일대의 그러한 모습은 시 「산거」를 제작했던 당시와는 판이하게 변화된 모습일 것이다. 실제로 1950년대 끝 무렵까지만 해도 심우장이 위치한 일대는 일반 주택을 거의 찾아보

78

기 어려운, 깊은 정적이 깃든 산골이었다.

1933년 당시에 성북동 심우장은 만해의 서울 나들이에 불편할 수밖에 없었던 궁벽한 곳이었다. 대중 교통이 발달하지 못하였던 당시에 심우장을 출발하여 서울 나들이를 하려면, 지금의 혜화동 또는 삼선교까지 걸어나가야만 했다. 그러나 그러한 불편은 만해로서는 오히려 즐겨 선택한 것이었으리라고 짐작된다. 그의 집 당호(堂號)인 심우장(尋牛莊)의 '심우'란 불가에서 즐겨 사용하는 상징어다. 그 말은 밝은 깨달음을 상징하는 소를 찾는다는 의미를 내포하고 있다. 그 당호가 보여주듯이 그의 집은 단순한 생활 공간만이 아니라, 삶의 진리를 밝혀 찾아내는 도량으로서의 성격을 띠기도 했다는 것이 그 첫째 이유다. 민족 정신에 투철했던 만해는 일제가 식민지 조선을 경영하던 중심 도시였던 서울, 당시의 경성 안에 자신의 주거를 마련하기를 꺼렸을 것이라는 점이 그 둘째 이유다. 만해의 심우장과 관련된 위와 같은 추정은 시 「산거」에서도 그 근거를 충분히 찾아볼 수 있다. 만해는 서울, 당시의 경성 구획 안에 집을 마련하는 일을 꺼릴 수밖에 없었다. 그러면서도 동시에 서울을 자주 출입할 수밖에 없었던 것이 만해의 처지이기도 했을 것으로 보인다. 왜냐하면, 민족 주체성을 강조하면서 그가 전개했던 여러 활동들은 서울이란 지리적 이점을 필요로 하는 것이었겠기 때문이다. 서울과 가까운 거리이면서 동시에 서울을 조금 비켜난 지점인 성북동 작은 산 위에 그가 자신의 주거를 마련한 이유는 그렇게 설명될 수 있을 것이다.

유유자적할 만한 주거 공간이지만

시 「산거」는 위에서 살펴본 대로 만해 만년의 주거인 심우장과 깊은 관련을 가진 시이다. 모두 3연으로 이루어진 시 「산거」는 만해 자신의 심우장 생활의 외적 형태를 주로 그려냈다. 시 「산거」에서는 심우장 생활의 외적 형태 이외에 시인 자신의 내적 정황도 그려 보였다. 이 시에서 시인이 정작 전달하려는 것은 그 시에서 길게 그려낸 자신의 주거 생활의 외적 형태보다도 비교적 짧게 그려낸 그 자신의 내적 정황의 토로일 것이다. 그 점은 무엇보다도 시 자체의 진술 형태에서 뚜렷하게 드러난다.

시 「산거」의 세 연 중 첫째 연은 만해가 새로 마련한 주거의 외적 형태를 그려내는 데에 집중되어 있다. 시인인 시의 화자는 그가 산 위에 집을 마련한 사유를 짐짓 세간의 지혜를 따른 것으로 돌리고 있다. "띠끌 세상을 떠나면/ 모든 것을 잊는다 하기에"라는 첫 두 행 뒤에 붙인 '하기에'란 한 마디가 그 점을 선명히 보여준 말이다. 산 속에 자신의 주거를 마련한 사유를 그렇게 간결하게 진술한 뒤에 화자는 집짓기와 집의 신축 이후의 삶의 모습을 속도감 있게 그려 보여준다. "구름은 손인 양하여/ 스스로 왔다 스스로 가고/ 달은 파수꾼도 아니언만/ 밤을 새워 문을 지킨다"가 산 속에 신축한 그의 집에서 누릴 수 있었던 외적 풍경에 해당한다. "새소리를 노래라 하고/ 솔—바람을 거문고라고 하는 것은/ 옛사람의 두고 쓰는 말이다"의 세 행에서도 그러한 외적 풍경의 진술은 계속 이어진다. 다만, 여기서는 '옛사람'의 '말'을 끌어들여 새로 마련한 주거 안에서의 자신의 생활이 옛사람의 풍류와 다를 것 없음을 덧붙이고 있다. 한 마디로 만해는 신축한 그의 집에서 낮이면 구름, 밤이면 달 같은 자연을 벗하며, 새소리, 솔바람 소리에 귀를 기울이는 풍류 생활을 즐길 수 있음을 말한 것이다.

님을 그리는 만해의 일관성

첫째 연에서 그렇게 유유자적할 만한 주거 환경을 그려낸 시인은 둘째 연에 들어서면서 급격하게 진술의 방향을 바꾼다. 그의 주거 환경은 그처럼 유유자적할 수 있는 경우이지만, 그러한 환경 속에서 살아가는 주체로서 시인의 내적 정황은 그런 환경과는 사뭇 다르다는 것이 그의 토로이다. 세 행으로 이루어진 둘째 연에서 시인은 오직 한 마디만을 강하게 부각하여 그려냈다. "님 기루어 잠 못 이루는/ 오고 가지 않는 근심"이 그 연에서 만해가 그려낸 진술의 전체에 해당한다. 만해의 시에 어느 정도 친숙한 독자라면, 이 둘째 연에서 그가 토로한 "님 기루어 잠 못 이루는/ 오고 가지 않는 근심"이란 그의 시들에서 이미 숱하게 제시된, 조금도 새로울 것이 없는 화두라는 점을 잘 짐작할 수 있을 것이다. 만해는 널리 알려진 그의 시집 『님의 침묵』(1926) 속에서 거듭, 거듭 그려냈던 "님 기루어 잠 못 이루는/ 오고 가지 않는 근심"을 그 시집보다 꼭 10년 뒤에 발표한 「산거」에서 도 되풀이하고 있었던 것이다.

만해는 시 「산거」에서 시집 『님의 침묵』 수록 시편들의 화두와 다를 바 없는 화두를 말하면서도 그것을 말하는 방식에서는 큰 차이를 보여주었다. 그 차이는 『님의 침묵』의 시들에서 노래된 님의 모습은 그 면모가 여럿이어서 한 마디로 규정할 수 없었던 데 비하여, 「산거」에 서의 님에서는 그런 다면성이 자취를 감추고, 반면에 일면성이 크게 확장되었다는 점이다. 어쩌면 그 점은 『님의 침묵』에 수록된 88편의 시들이, 시들 서로 사이에서 상호텍스트성을 품을 수 있었던 점과는 달리, 시 「산거」는 외롭게 동떨어진 작품이어서 그런 이점을 살릴 수 없었던 데에도 그 이유를 찾을 수 있으리라고 본다.

하여튼 『님의 침묵』에 수록된 만해의 시들이 ① 나라 잃은 민족 현실의 극복을 ② 불교가 가르치는 깨달음에 기대어 ③ 대중에게 친숙한 사랑의 노래로 전하려고 시도한 작품들이라면, 시 「산거」는 나라 잃은 민족 현실로 애태우는 시인 자신의 모습만을 크게 확대하여 보여주었다. 그러한 자신의 모습을 말하면서 만해가 '기루어'란 낱말을 쓰고 있는 점은 눈길을 끈다. '기루어'란 낱말은 시집 『님의 침묵』 첫머리에 붙인 「군말」에 출현한 이래, 독자들의 흥미로운 관심을 모은 말이다. 그 낱말은 '그리운'이란 표준어의 충청도 사투리로 알려져 있다. 그 낱말이 쓰인 「군말」의 대목을 소개하면 다음과 같다.

「님」만 님이 아니라 기룬 것은 다 님이다. 중생이 석가의 님이라면 철학은 칸트의 님이다. 장미화의 님이 봄비라면 마치니의 님은 이탈리 아이다. 님은 내가 사랑할 뿐 아니라 나를 사랑하느니라.

10년 전의 그 사투리까지 그대로 되풀이하면서 씌어진 시 「산거」의 둘째 연은 시의 배경을 달리하였을 뿐, 그의 화두가 조금도 달라지지 않았음을 보여준다.

시 「산거」의 셋째 연은 이 시가 노래한 주거의 외적 풍경과 그 주거 안에서 살아가는 서정적 주체의 내적 정황을 함께 연결하면서 종합하는 역할을 맡고 있다. 셋째 연이 노래한 주거의 외적 풍경은 '차라리 두견성(杜鵑聲)도 없이' 고요한 '공산(空山)의 적막'으로 나타 난다. 또한 서정적 주체의 내적 정황은 '한가한 근심'으로 표백되어 있다. 둘째 연에서 '오고 가지 않는 근심'으로 절실하게 말했던 서정적 주체의 '근심'을 이 연에서 '한가한 근심'으로 바꾸어 말한 것은 아마도

'공산의 적막'과의 어울림 때문이기도 하고, '오고 가지 않는 근심'이 너무 오랜 기간 머물러 있었다는 사정과도 관련을 가질 것으로 보인다.

시 「산거」는 한 편의 시의 짜임으로서 독자들에게 읽히는 점 이외에도 두 가지 다른 점으로도 읽힌다. 그 하나는 한국 현대사의 큰 인물인 시인 한용운의 1936년 무렵의 삶의 모습이며 또 하나는 그 무렵 서울 성북동이 간직했던 서울 외곽지대의 모습이다. 이 시의 첫째 연이 보여주듯이 1936년 무렵의 서울 성북동은 아직 개발의 바람이 미치지 못하여 전원 지역과도 방불한 모습을 간직하고 있었다. 개발 이전의 서울 외곽지대의 그런 모습을 만해의 시 「산거」에서 찾아볼 수 있는 것은 이 시를 읽는, 의외의 부수적인 즐거움이라고 이를 만하다.

6) "가늘게 떨며 흐느끼는 영혼의 울음소리"

밤 | 심훈(沈熏)

밤, 깊은 밤
바람이 뒤설레며
문풍지가 운다.
방, 텅 비인 방안에는
등잔불의 기름 조는 소리뿐……

쥐가 천장을 모조리 쓰는데
어둠은 아직도 창밖을 지키고,
내 마음은 무거운 근심에 짓눌려
깊이 모를 연못 속에서 자맥질한다.

독립문 앞의 풍경. 독립문은 19세기 말에 독립협회가 세웠다.

아아, 기나긴 겨울 밤에
가늘게 떨며 흐느끼는
고달픈 영혼의 울음소리……
별 없는 하늘 밑에 들어줄 사람 없구나!

감방의 벽을 긁는 마음으로

나는 쓰기를 위해서 시를 써본 적이 없습니다. 더구나 시인이 되려는 생각도 해보지 아니하였습니다. 다만 다따가 미칠듯이 파도치는 정열에 마음이 부디끼면 죄수가 손톱 끝으로 감방의 벽을 긁어 낙서하듯 한 것이 근 100수(首)나 되기에 한 곳에 묶어보다가 이 보잘것없는 시가집(詩歌集)이 이루어진 것입니다.

위는 시집 『그날이 오면』(한성도서, 1949)에 실린 심훈의 「머리말씀」의 첫 대목이다. 위 글이 알려주듯이 그는 시인의 길을 걸으려고 처음부터 의도하지는 않았던 것 같다. 작가로서의 그의 첫 걸음은 시나리오와 소설이 결합된 형태로서 영화 소설로 시작되었다. 1925년에 『동아일보』에 발표한 「탈춤」이 그 작품이다. 「탈춤」 이후에 그는 실제로 영화 제작에 손을 대어 「먼동이 틀 때」(1928)의 시나리오를 쓰기도 했고 감독으로도 나섰다. 그 이후에 그는 소설 쪽에 힘을 기울여 『불사조』 등 몇 편의 소설들을 발표했다. 춘원의 『흙』과 함께 긴 시간에 걸쳐 널리 읽혀졌던 그의 대표작 『상록수』(1935)는 그가 타계하기 1년 전에 발표되어 큰 반향을 일으킨 작품이다.

작가로서 시나리오와 소설 쪽에 힘을 쏟았던 심훈에게 시 쓰기는 자신의 부디끼는 마음의 표백 그것이었다. 그는 자신의 시작을 "죄수가 손톱 끝으로 감방의 벽을 긁어 낙서하듯한" 작업이라고 했다. 자신의 시작에 대한 심훈의 그 표현은 누구도 그 이상 그려내기 어려운 적실한 것으로 공감을 일으킨다. "손톱 끝으로 감방의 벽을 긁어 낙서하듯한" 정황이 그의 개인적 삶에서 연유한 경우도 없지 않다. '생활시'란 부제를 단 시 「토막 생각」에서 "날마다 불러가는 아내의 배,/ 낳는 날부터 돈 들 것 꼽아보다가/ 손가락 못 편 채로 잠이 들었네" 같은 경우가 그 한 예이다. 위와 같이 시인이 자신의 생활 속의 현실을 '감방의 벽'처럼 암담한 심경으로 대한 경우도 없는 것은 아니다. 그러나 "죄수가 손톱 끝으로 감방의 벽을 긁어 낙서하듯한" 심훈의 작업들이 주로 그려내려 했던 것은 개인의 궁핍 같은 것을 넘어서는 데서 시도되었다. 자신의 개인적 궁핍보다도 그에게 더 완강한 '감방의 벽'으로 실감되었던 것은 그를 숨막히도록 만들었던 참담한 식민지 현실이었다.

심훈의 시집 『그날이 오면』에 수록된 시들에는 그가 식민지 현실을 '감방의 벽'으로 인식한 작품들이 여러 편 포함되어 있다. 「통곡 속에

서」, 「박군의 얼굴」, 「조선은 술을 먹인다」, 「만가(輓歌)」 등의 시편들이
그런 작품들이다. 앞에서 소개한 시 「밤」은 시집 『그날이 오면』의
서시로 실린 작품이다. 시집 『그날이 오면』의 서시로 실린 이 시에서도
우리는 '식민지'라는 어두운 감방에 갇힌 심훈의 비통하고 처절한
심경을 만나게 된다.

이 시를 접하는 오늘의 독자는 이 시의 배경을 깊은 오지(奧地)
쯤으로 짐작할지도 모를 일이다. 전등이 아닌 등잔불로서의 조명,
"쥐가 천장을 모조리 써는" 허술한 가옥 등이 그렇게 짐작하도록
만드는 소재들이다. 그러나 시인 스스로 이 시 뒤에 달아놓은 '1929년
겨울/「검은돌」 집에서'라는 기록에서 이 시의 배경, 생산지가 당시
서울의 외곽 지역인 '흑석동(黑石洞)'이라는 사실이 확연하게 드러난
다. 당시에 서울의 중심가를 제외한 서울 외곽 지역에는 아직 전등이
제대로 가설되지 못했었다. 이 시는 그렇게 전등이 미처 가설되지
못했던 서울 외곽 지역의 구차한 삶의 모습을 보여준다. 그와 아울러
이 시는 등잔불의 어두운 조명 아래 고뇌하는 시인의 모습을 그려낸다.

일제가 가로막았던 시집 출판

심훈은 시 「밤」을 '서시'로 내세운 시집 『그날이 오면』을 그의 생전
에 간행하려고 시도했었다. 그가 타계하기 3년 전인 1932년의 일이었
다. 그는 출판 절차를 밟기 위해 당국에 그의 시집 원고의 검열을
신청했었다. 결과는 '불가(不可)' 쪽이었다. 제출했던 원고의 절반 이상
이 '삭제(削除)'라는 빨간 도장이 찍힌 채 퇴출(退出)되었던 것이다.
일제의 출판 검열이 형식적인 것이 아닌 한, 조선인의 가난, 분노,

원한이 시편 곳곳에 깊이 아로새겨져 있는 그 시집 출판을 허용할 리가 없었다. 그 시집 출판이 허용된 경우라면, 적어도 문학 쪽에서의 검열은 폐지해도 좋을 정도였기 때문이다. 그렇게 말할 수 있을 만큼 시집 『그날이 오면』에서의 심훈의 저항은 당시에 출판된 어떤 시집에 비해서도 치열한 것이었다. 검열에 통과하지 못해 식민지 시대에 줄곧 원고 형태로 보관될 수밖에 없었던 시집 『그날이 오면』은 광복을 맞고서도 4년 뒤에야 출판되기에 이른다. 심훈의 중형 명섭이 주선한 결과이다.

식민지 백성인 자신의 참상을 응시하다

시집 『그날이 오면』에 수록된 시편들 중에서 시 「밤」은 특이한 위치를 점한다. 이 시의 '나'는 '나의 삶'을 고요히 응시하는 방법으로 불행한 시대를 살아가는 자신의 모습을 그려낸 점에서 그렇다. 첫째 연이 5행, 둘째, 셋째 연이 각각 4행으로 이루어진, 단정한 형태의 이 시는 두 면에서 주목의 대상으로 떠오른다. 첫째는, 이 시에서 식민지 시대의 암담하고 처절한 삶의 모습을 그려낸 시점(視點)이다.

심훈은 그의 대다수의 시들에서 외부 현실 쪽으로 시선을 집중했다. 조선조 마지막 임금인 순종의 죽음을 애도하는 동족(同族)들을 안타까운 시선으로 바라본 「통곡 속에서」나, 빈사(瀕死)의 몸으로 옥문을 나선 친구의 모습을 바라보고 오열하는 「박군의 얼굴」이 그 예이다. 그의 대다수 시들의 그 같은 시점 선택 방식과는 달리 시 「밤」의 시선은 주로 '나'의 내면을 향한다. 그런 성향은 이 시의 2연 3행 이후의 후반부에서 뚜렷하게 부각된다.

"내 마음은 무거운 근심에 짓눌려/ 깊이 모를 연못 속에서 자맥질한다"는 대목의 '연못 속의 자맥질'이 화자의 마음속에서 반복을 거듭하는 번뇌를 의미하는 점은 분명하다. '자맥질'의 사전상 의미가 "물속에 들어가서 떴다 잠겼다 하며 팔다리를 놀리는 일"이라면, 그 대목에서의 '자맥질'은 화자의 마음속에서 떴다, 가라앉았다를 거듭하는 번뇌를 의미할 수밖에 없는 것이다. 그렇다면 이 시의 화자는 무엇으로 말미암아 길고 긴 겨울밤에 번뇌를 거듭했던 것일까? 이 대목에 이어지는 3연에서 그 점은 좀더 구체적으로 그려져 나타난다.

아아, 기나긴 겨울밤에
가늘게 떨며 흐느끼는
고달픈 영혼의 울음소리……
별 없는 하늘 밑에 들어줄 사람 없구나!

시 「밤」을 끝맺는 위 3연에서 시의 중심 대상이 되는 것은 "고달픈 영혼의 울음소리"이다. 그 점은 시의 이미지로도, 시문장으로도 또렷이 확인된다. 그렇다면 시의 대상으로서 한 영혼이 울음까지 터뜨리도록 만드는 고달픔이 무엇에서 연유하는가를 묻지 않을 수 없다. 그 고달픔은 무엇에서 연유한 것일까? 그것은 당대의 민족공동체가 겪어야 했던 공동의 것인가? 그렇지 않으면 화자인 '나'만이 겪는 불행으로서 단독의 것인가? 그 물음에 대하여 위에서 제시한 「밤」의 3연은 선명한 대답을 마련해 놓지는 않았다.

어떤 이는 화자가 토로하는 위 시 제3연에서의 고달픔을 개인적인 것으로 이해하려 할지도 모른다. 그런 독법을 고집할 때에 3연 끝 행에 보이는 "별 없는 하늘 밑에 들어줄 사람 없구나!"라는 탄식은 그런 주장을 뒤받쳐주는 대목으로 이해할 수도 있을 것이다. 화자의 고달픔이 공동의 것일 때에 어떻게 "들어줄 사람 없구나!"라는 탄식이 가능한가라는 의문이 생김직하다는 뜻에서이다. 그러나 그 대목은 화자가 토로하는 고달픔이 공동의 것인가, 개인적인 것인가를 가려내는 결정적 근거로는 부적절한 것으로 판단된다. 그의 고달픔이 공동의 것이더라도 그러한 탄식은 얼마든지 가능하기 때문이다.

나라를 잃은 수난이야 식민지의 모든 주민들에게 똑같이 강요된 것이더라도 그것에 반응하는 양태는 개인에 따라 현저하게 달랐다. 심훈의 연보를 참조하고, 그의 작품들을 검토할 때에 그가 얼마나 강렬한 국권 회복 의지와 민족 재기의 열망을 간직한 이였던가를 알아볼 수 있다. 그의 그런 의지와 열망은 이미 식민지 주민으로서 길들여졌던 당대의 일반인들과는 현격하게 다른 것이었다. 따라서 시 「밤」의 끝 행에서 그 시의 화자가 "별 없는 하늘 밑에 들어줄 사람 없구나!"라고 탄식한 것은 시의 작가인 심훈을 반영하는 화자의 깊은 속내를 제대로 들어줄 이가 없다는 의미로 무리없이 읽힌다.

'밤'의 상징의 중요 작품

둘째로, 시 「밤」에서 주목할 만한 또 하나의 성질은 이 시가 당대의 시대적 상황을 겨울밤으로 상징한 시로서 부각된다는 점이다. 이 시의 2연 2행까지에 이르는 전반부에서는 겨울밤의 상징적 의미를 각별히 부각하려고 하지는 않았다. 그렇던 것이 2연 3, 4행을 징검다리로 하여 3연으로 들어서면서부터는 사정이 달라진다. 3연 1행의 '기나긴 겨울밤'이 그 앞, 뒤의 은유, 환유들과 만나면서 맞게 되는 변화이다.
'기나긴 겨울밤'이 만나게 되는 그 앞, 뒤의 은유, 환유는 다음과 같이
나타난다.

> 내 마음은 무거운 근심에 짓눌려
> 깊이 모를 연못 속에서 자맥질한다.
>
> 아아, 기나긴 겨울밤에
> 가늘게 떨며 흐느끼는
> 고달픈 영혼의 울음소리……
> 별 없는 하늘 밑에 들어줄 사람 없구나!

위에 인용한 대목에서 '기나긴 겨울밤'은 두 가지 독법으로 읽는
것이 가능하다. 그 말 뒤에 따로 감추어진 의미가 없는 것으로 읽는
경우와 그 말 뒤에 따로 감추어진 의미로서 원관념이 숨은 것으로
읽는 경우가 그것이다. 위 대목에서의 '기나긴 겨울밤'은 두 독법
중의 어느 것으로 읽어도 무방할 만큼 시 읽기를 제약하지 않는다.
그러나 시 「밤」은 식민지 현실에 대하여 강렬하게 저항한 다수의
시들을 묶은 시집 『그날이 오면』의 서시라는 점을 가볍게 넘기기
어렵다. 또 그 시의 표제마저도 상징성을 강하게 띠고 있는 '밤'으로
정해진 점 역시 주목을 요한다. 그렇게 시집 전체와의 관련으로 보면
그 말은 "나라를 잃은 고난의 시기"라는 원관념을 숨기고 있는 상징으
로 읽도록 무리 없이 유도된다고 할 것이다.

1932년에 시집 『그날이 오면』이 제대로 출판될 수 있었더라면 시
「밤」의 상징성은 우리 시의 상징사에서 좀더 중요한 위치를 점하였을

것이다. 그러나 시 「밤」이 차지했어야 할 그 위치는 심훈 시가 차지하여야 할 다른 많은 것들과 함께 잃어버릴 수밖에 없었다. 그의 시들이 이른 시기에 제작되었으면서도 뒤늦게 독자들과 대면할 수밖에 없게 되었던 불가피한 결과이다.

심훈의 시 「밤」은 이제껏 각별한 주목을 받아오지 못한 작품으로 보인다. 중요한 사화집(詞華集)에도 제대로 실리지 못했을 만큼 그 시의 수용은 현저하게 떨어지는 편이다. 그러나 그 시는 식민지 시대의 지성인의 고뇌를 그려낸 것을 비롯하여 당시 서울의 삶의 한 모서리를 그려낸 점 등에서 각별히 주목할 만하다.

심훈의 시로서는 그의 시집의 표제시 「그날이 오면」의 명성만이 홀로 높다. 그의 시 수용에 나타난 그런 현상에는 그럴 만한 이유가 없지 않다고 생각한다. 심훈 자신의 말대로 "시인이 되려는 생각도 해보지 않"았던 데서 생겨난 그의 시적 표현의 범속성이 무엇보다도 그의 시를 향수하는 데 제약을 가져왔기 때문이다. 심훈 시의 그러한 한계를 타오르는 열정으로 타개한 작품이 시 「그날이 오면」이다. 시 「밤」 또한 그의 시의 한계를 타개한 작품의 하나로 판단된다. 시 「밤」이 그의 시들이 보여주는 일반적 한계를 극복한 방법은 아주 자연스럽다. 그 시는 그의 다수 시들이 보여준 표현의 범속성 자체를 뛰어넘는 방법으로써 주목할 만한 시가 된 것이다. 그런 의미에서 시 「밤」은 심훈 시의 대표작의 하나로서 부상하여야 마땅한 작품이다.

7) "항 안에 든 금붕어처럼 갑갑하다"

내어다 보니
아조 캄캄한 밤,
어험스런 뜰앞 잣나무가 자꼬 커올라간다.
돌아서서 자리로 갔다.
나는 목이 마르다.
또, 가까히 가
유리를 입으로 쫏다.
아아, 항 안에 든 금붕어처럼 갑갑하다.
별도 없다. 물도 없다. 쉬파람 부는 밤.
소증기선(小蒸氣船)처럼 흔들리는 창(窓).
투명한 보라빛 누뤼알 아,
이 알몸을 끄집어내라, 때려라, 부릇내라.
나는 열(熱)이 오른다.
뺨은 차라리 연정(戀情)스레히
유리에 부빈다, 차디찬 입마춤을 마신다.
쓰라리, 알연히, 그싯는 음향(音響)―
머언 꽃!
도회(都會)에는 고흔 화재(火災)가 오른다.

우리 시의 새 지평을 연 시인

정지용은 우리 현대 시인들 중 당대의 독자들로부터 가장 두터운 사랑을 받았던 시인이다. 식민지 시대에 그가 내놓았던 두 권의 시집 『정지용 시집』(1935)과 『백록담』(1941)은 출판과 함께 뜨거운 찬사를 받았다. 『정지용 시집』의 독후감인 「바라던 지용 시집」에서 영문학자이며 수필가인 이양하는 그 시집이 "우리 문단 유사 이래의 자랑거리"

라고 했다. 이양하는 시인 정지용을 가리켜 "온 세계 문단을 향하여 '우리도 마침내 시인을 가졌노라' 하고" 내세울 만한 긍지를 갖게 하는 시인이라고 격찬했다. 1938년에 「정지용론」을 발표한 평론가 김환태는 그 글에서 정지용 시의 지성적인 면을 강조했다. 흔히들 정지용의 시들에서 그의 예민한 감각을 포착하지만, 그의 감각은 감정과 지성의 미묘한 하모니를 성취함으로써 시의 향연을 베풀게 되는 것이라고 지적했다.

그는 1930, 40년대의 우리 문단에서 대단한 권위를 인정받았던 인물이다. 그는 1930년에 우리 시의 수준을 한 단계 끌어올린 그룹으로 평가받는 『시문학』의 동인으로 영입되면서 시인으로서 자신의 명성을 확립하였고, 우리 시문학의 차원을 한 단계 상승시켰다. 그는 1939년에 『문장』지의 시 선고(選考) 책임을 맡으면서 조지훈·박목월·박두진 등 뒷날의 '청록파' 시인들을 비롯하여, 박남수·김종한·이한직 등 뒷날 우리 시단을 이끌어나갈 뛰어난 시인들을 배출하였다. 그는 후대의 독자, 시인, 비평가, 문학 연구자들로부터도 높은 평가를 받아온 시인이기도 하다. 한국의 시문학사는 정지용 시의 출현으로부터 현대시의 본격적 단계에 접어들었다는 것이 문학 연구자들의 평가일 만큼 그가 성취한 작업은 높게 평가된다.

도시시를 피했던 모더니즘 시인

그렇게 높은 평가를 받았던 정지용의 시들에서 도시를 노래한 시들을 찾기는 쉽지 않다. 널리 알려져 있듯이 정지용은 모더니즘의 시인이다. 그와 같은 무렵에 모더니즘 시들을 썼던 김기림, 김광균은 도시에

경복궁 안 연못가에 세워진 경회루

서의 삶을 노래하는 데 주력했다. 그들에게 도시를 노래하는 일은 모더니즘 시의 한 징표였다. 그러나 같은 모더니즘 시인이면서도 정지용은 그의 시에서 도시에서의 삶을 그려내는 데에는 등한하였다. 1929년에 일본 도시샤(同志社) 대학을 졸업한 뒤로 서울 휘문고보의 교사로 재직하면서 그는 서울 생활에 익숙해 있었음에도 말이다. 그는 초기에는 바다, 중기에는 가톨릭 신앙, 후기에는 산수(山水)를 노래하는 데에 치우쳐 있었다. 따라서 그는 서울의 도시 생활을 노래함으로 모더니즘 시를 구현한 것이 아니었다고 할 수 있다. 그는 시의 이미지를 중시하는 회화적 방법으로써 모더니즘 시의 방법을 구현했던 것이다.

위와 같은 사유로 해서 정지용에게는 도시시가 많지 않다. 그의 시로서 도시의 풍경을 노래한 작품으로 확실한 것은 「귀로(歸路)」, 「저녁 햇살」, 「황마차(幌馬車)」 정도이다. 그에게는 이미 일본 경도

94

유학 중에 제작한 「카페-프란스」 같은 도시시가 없지 않았으나 국내에서 쓴 것이 그렇다는 뜻이다. 위 시들 외에 도시에서의 삶을 노래한 그의 작품으로는 「유리창·2」 정도를 추가할 수 있을 듯하다. 「유리창·1」 또한 정지용 일가가 서울로 상경한 뒤에 제작되었을 가능성이 없지 않다. 그러나 그의 일가의 상경과 그 시의 제작 시기의 앞뒤를 가리기가 용이하지 않아 논의 대상에서 제외했다.

정지용은 시작에서 시인 개인의 정서가 과잉 방출되는 현상을 극히 경계했다. 그는 시인이 슬픈 정서를 말하면서 독자보다 먼저 울어버리는 태도를 '선읍벽(善泣癖)'이라고 했다. 시인 자신이 느끼는 감동을 주체하지 못하는 태도를 '감격벽'이라고도 했다. 그에게 있어 바람직한 시란 '선읍벽'과 '감격벽'을 스스로 극복한 지점에서 태어나는 것이다. 그런 생각을 강조하기 위하여 그는 "슬픈 어머니가 기쁜 아기를 탄생한다"고도 하고, "안으로 열(熱)하고 겉으로 서늘"한 것이 시의 위의(威儀)라고도 했다.

번뇌 속에서 그려낸 풍경화

정지용의 위와 같은 생각을 바탕으로 하거나 그의 시의 전개 양상으로 볼 때에 시 「유리창·2」는 상당히 예외적인 작품이다. 이 시는 화자인 정지용이 불편한 심기(心氣)를 제대로 가누지 못하는 모습을 거의 가리지 않은 채 보여준 점 때문이다. 이 시에서 시인은 무엇이라고 분명하게 토설하지 않은 불편한 정서로 부대끼는 중이다. 달리 말하면 시인은 지금 쉽게 사라지지 않는 어떤 번뇌로 괴로워하는 중이다. "나는 목이 마르다", "항 안에 든 금붕어처럼 갑갑하다" 등의 전언은

거리의 악사

시인이 느끼는 그 정서, 또는 번뇌의 조각들을 보여주는 말들이다.

이 시에 나타난 공간은 시의 제4행 "돌아서서 자리로 갔다"라는 말로 미루어 뜰이 보이는 그의 서재이리라고 추정한다. 시인은 지금 서재의 유리창을 통해 캄캄한 밤의 뜰을 내다본다. 그가 지금 유리창을 통해 내다보는 풍경은 비(누뤼－우박) 오기 직전과 비가 내리는, 뒤설레는 풍경이다. 비를 몰아오려고 뒤설렐 때의 바깥 풍경은 평소의 모습과는 다른 법이다. 자주 바라보던 뜰의 잣나무는 '짐짓 위엄 있어 보이던'(어험스런) 모습보다 키가 한층 더 커 보인다. 밖에 어둠이 내리고 비를 몰아오려고 뒤설렐뿐더러 시인 자신의 정서까지 불안한 상태를 "뜰앞 잣나무가 자꼬 커올라간다"는 느낌으로 표현했을 것이다. 비를 몰아오면서 바람은 한결 기세가 등등하다. 어둠 속에서 잣나무의 층층한 가지를 흔들 터이고, 서재의 유리창을 때릴 것이다. 시인은 그 사나운 바람의 기세를 "소증기선처럼 흔들리는 창"으로 느낀다. 방의 유리창이 물결에 따라 들썩이는 작은 증기선의 선체처럼 덜컹거린다는 진술이다.

바람을 몰아오던 빗기운은 드디어 우박을 쏟아놓았다. 우박은 쏟아지면서 시인의 방 유리창을 두들겨 댄다. 시인은 우박이 자신의 방 유리창에 부딪치는 모습을 바라보면서, 자신의 내면의 번뇌를 우박에 투사하여 표현한다. "이 알몸을 *끄집어내라, 때려라, 부룻내라*"는

96

그렇게 만들어진 말들이다. 그 표현 중 '부릇내라'는 매끈한 몸에 상처라도 만들어 보라는 의미로 읽힌다. 시인은 우박으로 내리는 굵은 빗줄기에 자신의 몸을 내맡기고 싶어할 만큼 번뇌로 하여 괴로워한 것이다.

시의 끝 두 행인 "머언 꽃!/ 도회에는 고흔 화재(火災)가 오른다"는 그 해독이 용이하지 않다. 해독이 용이하지 않은 그 대목은 실제의 풍경 묘사보다 상상의 풍경 묘사로 읽힌다. 상상의 풍경으로 이해할 때에 그 대목은 시인의 내면의 번뇌가 그려낸 풍경으로 읽도록 유도된다. 물과 불은 상극이다. 앞 대목에서 물인 '누뤼알'이 유리창을 때리는 풍경을 말하고, 그 뒷대목에서 '머언 꽃!'인 도회의 '화재'를 말할 정도로 시인 정지용은 상식에 반란을 감행해 온 이가 아니다. 그러나 이 시에서 정지용은 상식에 반란을 감행했다. 이 시에서 그려내려 한 그의 번뇌는 그만큼 심각했고 절실했다는 징표이겠다.

거친 현실의 노래는 피해가

1930년대에 그 시대 한국인의 힘겨운 삶의 모습을 리얼하게 그려냈던 오장환은 '탁류의 시인'이라는 평가를 들었던 시인이다. 그가 정지용의 두 번째 시집 『백록담』의 서평을 쓰면서 그 제목을 「지용사(師)의 백록담」이라고 붙인 것은 눈길을 끌게 하는 대목이다. 그는 정지용 밑에서 휘문고보를 졸업까지 하지는 못했으나 한때 정지용의 학생이었던 인연을 그렇게 표했던 것이다. 정지용 또한 휘문을 중퇴한 오장환을 남다르게 아꼈던 모양이다. 그는 졸업생들을 만나면 그들의 졸업 기수를 오장환을 기준으로 구별하곤 했다는 것이다. 그가 제대로 휘문을 졸업하지도 못한 경우였음에도 말이다.

오장환은 그 글에서 정지용의 『백록담』이 보여주는 두 가지 성질을 함께 지적하였다. 첫째는 그의 시의 언어의 연금술 또는 감각의 연금술이다. "이처럼 탁마하여 자구(字句) 자구가 티 하나 없이 맑고 깨끗한 위치를 차지하여 우리나라 풍경물시에 무류(無類)의 보옥(寶玉)을 가져온 지용사"라는 찬사가 정지용 시에 대한 오장환의 긍정적 시각이다. 둘째는 거친 현실과 병든 속세에 대하여 무력한 정지용의 시적 대응이다. 오장환은 정지용 시의 그런 성격을 지적하여 "이 희유의 연금술사도 한번 냉흑한 현실면에 부닥치면 선상(船上)에 끌려온 신천옹(信天翁)모양 그 화려한 날개깃도 보기 싫게 퍼덕일 뿐"이라고 비판했다.

정지용 시에 대한 오장환의 그 평가는 삶의 여러 국면을 두루 포괄하기 지난한 시인의 개성에 힘겨운 주문일 것이다. 그렇기는 해도 오장환의 그 평가가 일면의 진실을 간직한 점만은 분명하다. 자연의 모습과 자신의 신앙 고백을 그려내는 데에 날렵하기조차 했던 것이 정지용 시의 면모이다. 그러나 정지용 시의 그런 면모는 거친 현실을 그려내는 데에서는 크게 달라진다. 그가 그의 시작에서 도시시를 외면한 데에도 그런 점이 작용하였을 개연성이 높다. 도시시가 소재, 배경으로 그려내는 도시야말로 거친 현실이 반영, 집중된 곳이며, 속세 자체이겠기 때문이다. 정지용은 그의 시에서 드물게 시의 위의를 구현한 시인이다. 그러나 그는 그가 지향한 시의 위의를 도시시로까지 구현하지는 못했다. 아마도 그 점은 그의 시의 개성이면서 생리로서 극복하기 어려웠던 한계였을 것으로 보인다.

8) "도회(都會)는 나를
    고혹(蠱惑)의 뒷골목으로 부른다"

점 경(點景) | 박팔양(朴八陽)

도회
밤 도회는 수상한 거리의 숙녀인가?
그는 나를 고혹(蠱惑)의 뒷골목으로
교태로 손짓하며 말없이 부른다.

거리 위의 풍경은 표현파(表現派)의 그림.
붉고 푸른 채색등(彩色燈), 네온싸인,
사람의 물결 속으로 헤엄치는 나의 젊은 마음은
지금 크나큰 기쁨 속에 잠겨 있다.

쉬일 사이 없이 흐르는 도시의 분류(奔流) 속으로
내가 여름밤의 조그마한 날벌레와 같이
뛰어들 제, 헤엄칠 제, 약진할 제,
아름다운 환상은 나의 앞에서
끊임없이 명멸(明滅)하고 있다.

그러나 이윽고 나는 나의 피로한 마음 위에
소리도 없이 고요히 나리는 회색의 눈(雪)을 본다.
아아 잿빛 환멸 속의 나의 마음아,
페이브먼트 위엔 가을의 낙엽이 떨어진다.

이것은 1933년의 서울

황금정통 입구 근처. 황금정통은 오늘날의 을지로에 해당한다.

늦은 가을 어느 밤거리의 점경(點景).
기쁨과 슬픔이 교착되는 네거리에는
사람의 물결이 쉬임없이 흐르고 있다.

도시 풍경과 버무린 시인의 느낌

이 시는 1930년대의 종합지 『중앙(中央)』(1933. 11.)에 실린 박팔양의 「점경(點景)」이다. 이 시에서 시인은 그 한 대목에서도 밝히고 있듯이 "1933년의 서울 (…) 어느 밤거리"의 풍경을 그려냈다. 전체를 5연으로 다듬어 낸 이 작품은 다시 크게 세 단락으로 나뉘어진다. 1~3연의 첫 단락, 4연만으로 이루어진 둘째 단락, 5연만으로 이루어진 셋째 단락처럼 세 단락의 구분이 가능하다.

시 「점경」의 첫 단락인 1~3연에서 시인은 도시의 모습을 그려낸다. 사람의 마음을 끌어당기는 강한 인력(引力), 거리의 현란한 볼거리,

100

군중과 차의 흐름이 그가 그려낸 도시의 모습이다. 박팔양 시에서의 그 같은 도시 묘사는 이 시 이전에도 이미 시도되었었던, 낯익은 것이다. 그는 1926년에 시 「도시 정조(都市情調)」를 발표하였는데, 이미 그 시에서 도시의 다채로운 모습들을 그려냈었다. 다음에 인용한 것은 시 「도시 정조」의 몇 연이다. 각 연의 앞에 붙여놓은 숫자는 그 시에서의 연의 차례를 나타낸다.

   (1) 도회는 강렬한 음향과 색채의 세계,
      나는 그것을 얼마나 사랑하는지 모른다.
      불규칙한 직선의 나열, 곡선의 배회,
      아아 표현화의 그림 같은 도회의 기분이여!

   (5) 직선과 사선, 반원과 타원의 선과 선,
      도회의 건물들은 아래에서 위로, 불규칙하게 발전한다.
      6층 꼭대기 방에 앉은 타이피스트는
      가냘픈 손으로 턱을 고이고 한숨을 쉬고 있다.

   (6) 문명 기관(機關)의 총신경(總神經)이 이곳에 집중되어
      오오! 현대문명이 이곳에 있어,
      경찰서, 사법대서소, 재판소, 감옥소, 교수대,
      학교, 교회, 회사, 은행, 사교구락부, 정거장,
      실험실, 연구소, 운동장, 극장, 음모단의 소굴,
      아아 정신이 얼떨떨하다.

   (8) 기생이 인력거 위에 높이 앉아
      값비싼 담배를 피우면서 연회장으로 달릴 때,

순사는 다 떨어진 양복에 헬메트를 쓰고
네거리에서 STOP과 GO를 부른다.
거미새끼들같이 모였다 헤어지는
상, 중 하층의 각 생활군을 향하여.

(9) 어떻든 이 도회란 곳은
철학자가 혼도(昏倒)하고 상인이 만세 부르는 좋은 곳이다.
그 복잡한 기분과 기분의 교류는
어느 놈이 감히 나서서 정리하지를 못한다.
마치 그는 위대한 탁류의 흐름과 같다.

위의 인용에서 볼 수 있듯이 박팔양의 시 「도시 정조」는 주로 도시의 풍경과 성격을 그려냈다. 이 시의 표제는 "감각에 따라 일어나는 감정"이라는 뜻을 가진 '정조(情調)'라는 말을 내세웠다. 시의 표제가 그렇게 '정조'를 내세웠음에도 불구하고 막상 그 시에서 우세하게 접할 수 있는 것은 도시의 풍경과 성격 자체이다. 시 「도시 정조」는 말하자면 도시의 풍경과 성격을 주로 그려낸 사이사이에 시인의 느낌을 무늬로 박아 넣은 형태로 만들어진 시이다.

나는 도시를 끔찍히 사랑한다

이 시의 첫째 연인 (1)에서 시인은 이 시 전체를 관류하는 두 개의 진술을 들려준다. "도회는 강렬한 음향과 색채의 세계"라고 도시의 성격을 말한 것이 그 하나이다. 시의 첫머리로 제시된 도시의 성격이 청각의 대상인 '음향'과 시각의 대상인 '색채'로 인식된 점은 주목할 만하다. 그러한 인식의 뒤를 이어 "나는 그것을 얼마나 사랑하는지

일제가 세운 대표적인
공연장이었던 부민관

모른다"는 시인 자신의 도시에 대한 애정을 토로한 것이 또 하나이다. 시의 첫머리에서 행해진 그 두 개의 진술은 이 시 전체를 끌고 나가는 주조로서 이 시 전체를 물들인다.

위의 (5)에서 시인은 도시의 불규칙한 선들과 도시의 상공으로 치솟은 건물들을 말하고 있다. 그가 말하는 도시의 선들은 다양하다. 직선, 사선, 곡선, 타원의 선 등이 그가 말하는 도시의 선들이다. 그는 그 선들을 도시의 건물들에서만 찾지는 않았던 듯하다. 그는 녹지, 분수대, 지붕의 형상 등 도시의 온갖 사물들에서 그런 선들을 찾았을 것으로 보인다. 이 연에서 도시의 고층 건물이 6층으로 그려진 점은 흥미롭다. 그 점은 아마도 당시 서울의 최고층 건물을 반영한 결과이리라고 추정할 수 있을 것이다.

위 (6)은 도시에서만 볼 수 있는 도시의 여러 기구(機構)들을 나열했다. 시인은 그 여러 기구들을 말하면서 "오오! 현대문명이 이 곳에 있어,"라고도 하고 "아아 정신이 얼떨떨하다"라고도 말한다. 오늘의 서울이 갖추고 있는 복잡한 기구들에 비하면 그것들은 한결같이 기초(基礎) 기구의 성질에도 미달하는 것들이었음에도 말이다. 오늘의 서울이 차지한 지역과 포용한 인구 그리고 문명의 정도에 비할 때에 엄청난 격차를 실감하지 않을 수 없다.

(8)에서는 "거미새끼들같이 모였다 헤어지는/ 상, 중, 하층의 각 생활군"처럼 도시 주민의 높은 인구 밀도가 그려져 나타난다. 도시 인구의 높은 밀도와 함께 이 연에서는 도시의 익명성(匿名性)도 그려냈다. "인력거 위에 높이 앉아/ 값비싼 담배를 피우면서 연회장으로 달리"는 기생, "다 떨어진 양복에 헬메트를 쓰고/ 네거리에서 STOP과 GO를 부르는" 순사는 직업에 따른 도시 주민의 계층적 성격과 함께 익명성을 그 성격으로 하는 1926년 무렵의 서울 거리의 풍경을 보여준다.

교통 수단으로서 인력거는 그 자체가 1920, 30년대의 도시의 풍물로 등장하는 사물이다. 기생들은 교통 수단으로서 인력거를 어느 계층보다 애용한 이들로 알려져 있다. 승용차의 보급이 실로 미미했던 것이 1920, 30년대 당시의 형편이었다. 그런 시기에 남다른 치장으로 늦은 밤 시간의 출입이 불가피했던 기생들에게 인력거는 그들만의 공간을 확보해 주는 아주 편리한 교통 수단이었다. 한 사람이 땀 흘리며 끌고 가고 한 사람이 편안히 타고 가는 인력거는 비정한 교통 수단임에 틀림없다. 그러나 인력거는 일자리를 얻기 어려웠던 구한말, 식민지 시대의 도시 빈민들에게 일자리를 제공한 긍정적 측면도 갖고 있다. 축적된 기술이나 큰 자본을 들이지 않고도 인력거 채를 잡아서 밥벌이를 할 수 있었던 점 때문이다. 바로 그 점 때문에 구한말, 식민지 시대의 다수 소설들은 인력거꾼의 삶의 모습을 그려내게 된 것이다. 현진건의 단편 「운수 좋은 날」, 채만식의 장편 『태평천하』가 그런 모습을 그려낸 대표적인 작품들이다.

(9)에서 시인 박팔양은 도시의 풍경을 통하여 다시 도시의 성격을

읽어낸다. 이 연에서 그가 읽어낸 도시의 성격은 두 가지이다. "도회란 곳은/ 철학자가 혼도(昏倒)하고 상인이 만세 부르는 좋은 곳이다"가 그 하나이다. 도회의 "복잡한 기분과 기분의 교류는/ (……)/ (…) 위대한 탁류의 흐름과 같다"가 또 하나이다. 시인은 "철학자가 혼도하고 상인이 만세 부르는" 도시의 현상에서 물질과 자본을 중시하는 도시의 성격을 읽어냈다. 인간 정신의 흐름을 중시하는 철학자는 "정신이 아뜩하여 쓰러지"는 혼도의 모습을 보여주는 것으로 그려내고, 이윤의 극대화를 추구하는 상인은 더할 나위 없이 만족해하는 공간으로 도시를 그려낸 데서 그가 읽어낸 도시의 자본주의적 성격이 드러난다. 그가 읽어낸 또 하나의 도시의 성격으로는 도시 주민의 욕망의 분출(噴出)이 드러난다. 그가 말하는 "복잡한 기분과 기분의 교류"란 욕망이 감성적으로 드러난 모습으로 읽힌다는 점에서이다. 시인은 무수한 도시 주민의 욕망의 외화(外化)로서 나타난 "복잡한 기분과 기분의 교류는/ 위대한 탁류의 흐름과 같다"고 했다. 도시에 몰려든 인간군의 욕망과 그에 따른 기분의 뒤얽힘을 '탁류'로 인식한 것은 그의 도시관이 근대적인 것에 접근하였음을 보여주는 증표이다.

박팔양, 도시를 사랑했던 시인·언론인

시 「도회 정조」의 몇 연에서 확인할 수 있듯이 시인 박팔양은 우리 도시시를 선도한 시인이다. 시 「도시 정조」(1926)의 면모가 도시시의 본격적 태반(胎盤)이라 할 수 있는 산업사회를 배경으로 했던 것은 아니다. 산업사회를 배경으로 한 우리의 본격적 도시시는 1970년대 후반에 이르러서야 제대로 출발한 것으로 볼 수 있다. 또한 그 시는 도시시의 사조적 배경으로서 모더니즘을 바탕으로 하지도 못했다. 그러면서도 시인 박팔양은 식민지 치하에서 변동하는 사회의 모습으로서 도시를 인식하고, 도시시를 만들어낸 것으로 이해할 수 있을 것이다.

1926년에 제작한 「도회 정조」와 1933년에 발표한 「점경(點景)」을 비교할 때에 두 작품들 사이에는 공통점과 차이점이 존재한다. 두 시의 공통점으로는 「도회 정조」에서 "나는 그것을 얼마나 사랑하는지 모른다"고 했던 도시 예찬이 시 「점경」에서도 지속되는 점이다. 「점경」의 둘째 연에서 "나의 젊은 마음은/ 지금 크나큰 기쁨 속에 잠겨 있다"고 토로한 대목이 「도회 정조」로부터 7년의 시간차에도 불구하고 그의 변함없는 도시 예찬을 보여주는 예이다. 도시에 대한 변함없는 관심을 보여주면서도 두 시들 사이에는 차이도 나타난다. 「도회 정조」에서는 도시의 풍경과 함께 도시의 성격을 그려내는 데에 주력했었다. 그와는 달리 「점경」에서는 도시의 성격에 대한 진술은 거의 보이지 않는다. 「점경」에서는 그에 대신하여 시인 자신의 감상을 토로하면서, 도시에 사는 느낌을 그려내는 데에 더 주력했다.

앞에서 살펴보았듯이 「도회 정조」, 「점경」 등의 도시시를 썼던 박팔양은 1920, 30년대에 주로 활동했던 시인이다. 그는 본명인 박팔양(朴八陽) 이외에도 김여수(金麗水), 여수학인(學人), 김니꼴라이 등의 필명을 쓰기도 했다. 그는 1905년에 경기도 수원에서 출생한 뒤에 서울에서 생활했다. 배재 고보, 경성 법전에서 공부한 뒤에 동아일보 기자로 입사하였고 그 뒤에 조선일보, 중외일보, 조선중앙일보로 자리를 옮기면서 언론계에 종사했다. 1937년에는 만주 신경에서 발행되던 만선일보(滿鮮日報)로 자리를 옮겼고 광복 이후로는 북한 언론에 종사하는

106

한편 북한 문단의 지도적인 인물로서 활동하기도 했다.

시인으로서 박팔양은 그의 시작에서 일관된 신념을 고수하지는 않았다. 그 단적인 예가 사회주의 문학운동을 전개했던 단체인 KAPF와 순수문학을 지향했던 문인들의 모임인 구인회 사이를 그가 넘나든 사실로 나타난다. 시인으로서 그의 신념의 정도가 어떠했던 당시의 독자들은 새로운 소재를 개발하고 거기에 신선한 감수성을 불어넣은 박팔양의 시들을 반겼던 듯하다. KAPF의 대표급 시인이던 권환이 "뿌루(부르조아) 시단에까지 많은 총애를 받던 박팔양씨의 시"라고 했던 데서 그런 사정을 짐작할 수 있다. 아마도 우리 시인들로서는 최초로 여러 편의 도시시들을 보여준 점도 그의 인기를 형성하는 데 적지 않게 작용하였을 것이다.

9) "몸과 마음이 상할 자리를 비워주는
　　　운명이 애인처럼 그립다"

자고 새면 | 임화(林和)
─벗이여 나는 이즈음
자꾸만 하나의 운명이란 것을 생각하고 있다

자고 새면
이변을 꿈꾸면서
나는 어느 날이나
무사하기를 바랬다

행복되려는 마음이

북문 앞 오간수 다리. 북문이 보이고 아치형으로 멋을 낸 오간수 다리가 보인다.

나를 여러 차례
죽음에서 구해 준 은혜를
잊지 않지만
행복도 즐거움도
무사한 그날 그날 가운데
찾아지지 아니할 때
나의 생활은
꽃진 장미넝쿨이었다

푸른 잎을 즐기기엔
나의 나이가 너무 어리고
마른 가지를 사랑하기엔
더구나 마음이 앳되어

그만 이젠
살려고 무사하려던 생각이

108

믿기 어려워 한이 되어
몸과 마음이 상할
자리를 비워주는 운명이
애인처럼 그립다.

KAPF의 투사 시인 임화

임화(1908~1953)의 시인으로서의 출발은 이른 나이에 이루어졌
다. 1926년에 발표한 「무엇 찾니」가 그의 최초의 시로 알려져 있는
것이다. 그는 1927년에 다다적 경향의 시 「지구와 빡테리아」, 경향파
적 시 「담(曇)-1927」을 거쳐, 1929년에 「네거리의 순이(順伊)」, 「우리
오빠와 화로(火爐)」와 같은 이른바 '단편 서사시'들을 발표하면서 역량
있는 카프의 젊은 시인으로 그의 이름을 떨치게 되었다. 시인으로서
그의 출발이 그렇게 일렀던 점을 고려하면 임화 시를 살피려는 이
글은 정지용 시를 살피는 순서만큼이나 앞으로 돌려졌어야 마땅하다.
그러나 여기서 살펴보려는 그의 시 「자고 새면」의 제작 연대가 늦은
점을 감안하여 뒤로 돌려지게 된 것이다.

임화는 그의 길지 않은 생애 중 긴 기간을 이데올로기 투쟁에 몸을
던졌던 시인이다. 그는 1925년, 만 17세가 되던 해에 조선 공산당의
영향 아래 조직된 문화단체인 카프(KAPF)에 가입하였다. 그 이래,
1953년 북한 공산정권에게 사형을 당하기까지 그는 이데올로기의
깊은 늪으로부터 발을 빼지 못하였다. 그는 긴 기간에 걸친 이데올로기
투쟁 과정 중, 1926~1947년 월북에 이르기까지 사회주의 문학운동을
이끄는 지도적인 인물로 활동하였다. 1931~1935년까지 카프의 서기
장, 1945년에 조선문학 건설본부 의장의 직책을 맡았던 점이 그 점을

생생하게 보여준다.

　시 「자고 새면」은 일제말 암흑기의 첫머리이던 1940년 2월에 발행한 『문장』 창간호에 발표되었다. 발표 당시의 제목은 「실제(失題)」였었다. 그것이 1947년에 발행된 그의 시집 『찬가(讚歌)』에서는 「자고 새면」으로 개제되었다. 『문장』에 발표된 이 시의 끝에는 작품 제작일이 '쇼와(昭和) 13년 11월'로 밝혀져 있다. '쇼와 13년'은 1938년에 해당한다.

「자고 새면」 제작의 내적, 외적 풍경

　시 「자고 새면」이 보여주고 있듯이 1938년 11월경의 임화는 "무사한 그날 그날"을 보내고 있었다. 이 시가 제작된 때로부터 3년 전인 1935년에 그는 카프의 서기장직을 맡고 있었던 처지이면서도, 희한하게도 세칭 '카프 전주 사건'으로 구속되는 화를 모면하였었다. 1934년 4월에 발단되어 1935년 12월까지 구속-조사-재판-복역이 계속된 '카프 전주사건'은 카프의 밑뿌리를 뒤흔들어 놓은 큰 사건이었다. 그 큰 사건에서 구속을 모면한 카프의 서기장 임화는, 다수의 맹원들이 옥살이를 하는 시점에 고작 경기도 경찰부에 나가 카프의 해산계를 제출하는 일을 했을 뿐이다.

　'카프 전주 사건'이 진행되었던 시점에 임화는 공교롭게도 폐결핵에 한창 시달리고 있었던 것 같다. '전주 사건'으로 잡혀 끌려가던 중에 서울역 앞에서 졸도하는 기지로 구속을 면하였다는 것이 당시에 떠돌았던 임화에 관한 소문이었다. 그러나 세상의 소문이야 어떻든, 결핵이 중증이었고 보면 당사자로서는 결핵 위에 덮친 '전주 사건'이 심각한

한강의 빨래터. 당시의 서울 부녀자들은 큰 빨래를 한강으로 들고 나갔다.

생사의 위기로 보였을 것이고, 혹시 기지로써 죽음을 모면하겠다는 계략이 발동했을지도 모르는 일이다. 그 기간 중에 그는 평양 실비병원에 입원했다가 서울 보문동 탑골승방으로 거처를 옮기기도 하고, 다시 마산으로 요양처를 옮기기도 했다. 그는 요양지 마산에서 뒷날 소설가 지하연으로 등장할 이현욱을 만나게 되었고 그녀와 재혼하기에 이르렀다. 지하연과의 결혼이 임화에게 재혼이었던 것은 그에게는 이미 이귀례라는 동지이면서 아내이기도 했던 여인과 결합했던 경험이 있었기 때문이다.

임화는 요양지 마산에서 어느 정도 건강을 추스른 뒤에 아내 이현욱(지하연)과 함께 1937년 9월에 경성으로 돌아왔다. 그는 귀경 이전, 곧 마산 체재 당시부터 신문학사론 기술에 매달려 있었다. 그에게 그 작업은, 당시로서는 무너진 카프의 정신적 기둥을 세우는 일이었으

며, 다수 동지들이 옥중에서 고초를 겪고 있을 때에 옥 밖에 놓여
있었던 자로서 최소한의 의무를 수행하는 일에 해당했었던 것으로
보인다. 경성으로 돌아온 뒤에 그는 그 작업 이외에 출판사인 학예사
경영을 더 맡게 되었지만, 긴 시간에 걸쳐 혁명을 표방하며 살아왔던
임화로서는 적지 않게 정신적 기갈을 경험할 수밖에 없었던 듯하다.
시 「자고 새면」이 제작되었을 당시에 임화의 내면 풍경은 대체로
위와 같이 정리해 볼 수 있을 듯하다.

시 「자고 새면」은 1938년 당시 임화의 내면 풍경을 비교적 진솔하게
보여주는 시이다. 이 시는 우선, 그의 대표작들로 알려져 있는 시들,
「네거리의 순이」, 「우리 오빠와 화로」, 「우산 받은 요꼬하마의 부두」
등의 배역시와는 작품의 의도에서부터 판이하다. 다수의 그의 배역시
들이나 그의 고양된 의식을 노래하는 시들과는 달리, 이 시에서는
그의 맨얼굴과 그의 가슴속에 담겨진 아픔 같은 것들이 그 모습을
거의 그대로 드러내고 있는 상태이다.

시인, 비평가이면서 영화 「유랑」, 「혼가」의 주역 배우이기도 했던
임화를 연기에 능한 인물로 파악할 때에 시 「자고 새면」에 대한 이해는
얼마쯤 달라질 수도 있다. 자신을 비교적 솔직하게 보여준 이 시는,
그 솔직한 바탕 위에서 시인 자신에게 돌아오던 '전주 사건' 모면의
책임이나 결핵 환자로서 전처 이귀례를 버리고 이현욱과 재혼한 처사
에 대한 곱지 않은 세평에 대하여 해명 또는 변호를 시도한 작품으로
읽을 수도 있는 것이다. 시 「자고 새면」이 시인 임화의 진심 토로이면서
연기로서도 읽혀질 수 있는 가능성은 이 시의 긴 제사에서도 엿볼
수 있다. 그는 이 시의 제사로 "—벗이여 나는 이즈음 자꾸만 하나의
운명이란 것을 생각하고 있다"처럼 긴 말을 덧붙이고 있는데, 그 제사

가 자기 자신의 해명 또는 변호의 언사를 준비하는 것처럼 읽히는 것이다. 그럴 경우에 임화의 자기 해명 또는 변호는 가히 일급이라고 말할 수 있을 것이다. 왜냐하면 자기 해명 또는 변호에서 일단 자신을 솔직하게 보여주는 태도야말로 듣는 이를 사로잡도록 만드는 기반을 조성하리라는 점 때문이다.

모진 운명의 얼굴을 만나고 싶다

시 「자고 새면」의 첫째 연은 가파른 시대를 살아가던 시인 임화의 상반된 염원을 보여준다. 가파른 시대 또는 세계를 살아가는 이들은 아주 자연스럽게 그 시대 또는 세계의 변혁을 염원한다. 그 변혁이 '이변'으로 말해질 경우에 그 '이변'을 가져오는 것은 '나'를 포함한 공동체일 수밖에 없다. 사리가 그러함에도 불구하고 시정의 범속한 생활인들은 '이변'을 염원하면서도, '나'나 '나'에 딸린 이들의 '무사'를 또한 염원하는 이중적인 모습을 보여주는 것으로 흔히 나타난다. 시대 또는 세계의 변혁을 간절히 염원하면서도 막상 그 변혁에는 '무임 승차'하고 싶다는 안이한 바람의 반영이다. 「자고 새면」의 화자인 임화는 카프의 활동을 통하여 세계 변혁의 깃발을 높이 들었던 사람이다. 그러나 그 역시 세계의 거대한 폭압 아래에서 시정의 갑남을녀와 다를 것 없이 안이한 염원을 품을 수밖에 없었음을 이 시의 첫째 연은 솔직하게 보여주고 있어 주목의 대상이 된다.

이 시의 둘째 연은 다른 연들에 비해 갑절 가깝게 길다. 그 긴 연에서는 첫 연과 마찬가지로 시인인 화자 자신의 내면을 숨기지 않고 보여준다. 이 연이 들려주는 화자 자신의 내면 토로는 두 가지이

다. "행복되려는 마음이/ 나를 여러 차례/ 죽음에서 구해주"었다는
점이 하나, "행복도 즐거움도/ 무사한 그날 그날 가운데/ 찾아지지
아니할 때/ 나의 생활은/ 꽃 진 장미넝쿨이었다"는 점이 또 하나이다.
앞의 진술에서 우리는 임화가 가치 존중의 우직한 태도보다 그의
생명을 지키기 위하여 가능한 방법을 약삭빠르게 동원했으리라는
짐작을 갖게 된다. 혹시 '전주 사건'에서 검속을 기지로 모면한 일
같은 것도 그 중에 포함되었을지도 모를 일이다. 뒤의 진술에서 자신의
생활을 '꽃 진 장미넝쿨'로 짝지은 점은 십분 이해할 만하다. 이상을
추구하는 행동 속에서 삶의 보람을 맛보았던 임화에게 이상 추구의
행동이 제거된 현실이란 '꽃 진 장미넝쿨'과 다르지 않았으리라는
점은 충분히 이해할 수 있을 듯하다.

시 「자고 새면」의 셋째 연은 둘째 연의 '꽃 진 장미넝쿨'에 대한
느낌을 거듭 강조한 데에 지나지 않는다. 그런 셋째 연과는 달리 이
시의 넷째 연은 이 시가 독자들에게 전하는 전언 가운데 가장 예민한
부분에 해당한다. 그 예민한 부분이란, "몸과 마음이 상할/ 자리를
비워주는 운명이/ 애인처럼 그립다"는 진술이다. 앞의 연들에서 밝혀
놓았듯이 임화는 세상에 '이변'이 닥쳐올 때에 '무사하기'를 바란
편이었고, '죽음'의 운명이 다가올 때에 '행복하려는 마음'을 앞세워
그 운명을 피하는 편이었다. 그러했던 그가 "살려고 무사하려던 생각
이/ 믿기 어려워 한이 되어" 몸과 마음이 상할 운명이 오히려 애인처럼
그립다고 말하는 것은 현저한 변화가 아닐 수 없다. 이 시를 쓸 무렵의
임화는 날로 조여오던 일제의 억압으로 말미암아 점차로 그들의 시책
에 협조하는 전향자의 역할을 수행하지 않을 수 없었다. 현실이 그러했
던 만큼 그는 차라리 모진 운명을 수락하면서 이상 추구에 전력으로

투신하는 자신의 모습을 상상 속에서 그리워하지 않을 수 없었던 것으로 짐작된다.

시 「자고 새면」은 시인 임화의 의식이 깊이 가라앉을 수밖에 없었던 시기에 제작된 작품이다. 이 시에서 그는 그의 의식이 높이 솟구치던 때의 작품들과는 전혀 다른 모습을 보여주었다. 시행이 현저하게 짧아진 것과 그의 삶 자체에 대한 내밀한 아픔과 날로 조여드는 시국에 번민하는 지성인의 모습을 아프게 보여준 것이 그것이다. 연보에 따르면 임화는 이 시 이후 광복에 이르기까지 이렇다 할 만한 시작을 하지 못하였다. 그 점은 시 「자고 새면」이 그의 시작에서 차지하는 의의가 작지 않음을 보여주는 것으로 볼 수 있다. 시 「자고 새면」은 그의 배역시 또는 선동시들과는 달리 세계 속에서의 그의 삶 자체를 문제삼고 있는 시이다. 그런 의미에서 이 시는 그가 살아온 삶을 반추하는 입장에서도 중요한 의미를 띤다고 이해하여야 할 것이다.

10) "나는 독(毒)을 품고 선선히 가리라"

독(毒)을 차고 | 김영랑(金永郎)

내 가슴에 독(毒)을 찬 지 오래로다
아직 아무도 해(害)한 일 없는 새로 뽑은 독(毒)
벗은 그 무서운 독(毒) 그만 흩어버리라 한다.
나는 그 독(毒)이 벗도 선뜻 해(害)할지 모른다 위협하고,

독(毒) 안 차고 살어도 머지않어 너 나 마주 가버리면
누억천만(屢億千萬) 세대(世代)가 잠잣고 흘러가고

남산 기슭에 자리잡았던 조선신사 정문.
신사는 일본인들의 호국신앙의 제장(祭場)이다.

나중에 땅덩이 모지라져 모래알이 될 것임을
「허무(虛無)한듸!」 독(毒)은 차서 무엇 하느냐고?

아! 내 세상에 태어났음을 원망않고 보낸
어느 하루가 있었던가, 「허무(虛無)한듸!」, 허나
앞뒤로 덤비는 이리 승냥이 바야흐로 내 마음을 노리매
내 산채 짐승의 밥이 되어 찢기우고 할퀴우라 네 맡긴 신세임을

나는 독(毒)을 품고 선선히 가리라
마금날 내 깨끗한 혼(魂) 건지기 위하야

좁힌 세계와 치열한 반일 정신

"북에는 소월이 있고, 남에는 영랑이 있다"는 말을 흔히 듣는다.
소월보다 영랑을 말할 때에 더욱 어울릴 듯한 그 말은 김소월, 김영랑

116

황국신민서사 암송.
조선인에게 일본혼을
주입시키려는 계책으로 만들어졌다.

두 시인의 출생지, 그들의 고향만을 들추려는 말은 아니다. 그 경우에, 그들의 출생지보다 오히려 더욱 중요한 고려항은 그들의 시작과 생활의 거점이 된다. 소월은 평북 안주 곽산(安州 郭山) 태생이다. 그는 정주(定州) 오산학교를 다녔고 구성(龜城)에서 10년 가까이 살았던 데서 볼 수 있듯이 평북 일원을 시작과 생활의 거점으로 삼았다. 영랑은 서울과 일본에서 학창 시절을 보냈다. 그 시절을 제외하면, 그는 광복 이후 서울로 이주하기까지 40년 가까운 세월을 줄곧 전남 강진의 향리에서만 지냈다.

영랑은 그의 향리인 강진에서 칩거하듯이 살면서 크게 둘, 작게 셋으로 나눌 수 있는 경향의 시작에 몰두했다. 크게 둘로 나눌 수 있는 그의 시작 경향이란, 첫째, 그의 시세계가 '내·마음'이라고 할 수 있는 '나'와 '마음'을 주로 그려내는 좁은 세계로 닫혀 있음을 가리키며, 둘째, 그런 좁힘과 닫힘의 세계로부터 벗어나 외부 세계와 즐겁게 어울리도록 열려 있음을 가리킨다. 후자의 경우에 시적 자아가 자신의 닫힘을 풀고 즐겁게 어울리는 외부 세계는 복잡하게 뒤얽힌 인간사로까지 뻗어 나간 것은 아니다. 영랑 시의 시적 자아가 즐겁게 어울리는 외부 세계는 자연 현상으로만 제한되어 있다. 그런 의미에서 후자까지를 전자와 다름없는 좁힘과 닫힘의 세계로 묶어내려는 견해도 제시될 수 있다. 그러나 후자는 상실, 소멸을 주로 그려낸 전자의 경우와는 판이한, 밝은 정조를 드러낸 점에서 구별된다.

영랑의 시작 경향을 작게 셋으로 나눌 때는, 그의 첫째 시작 경향으로 구분했던 좁은 세계를 시기의 앞뒤에 따라 둘로 구획하게 된다. '나'와 '마음'을 대상으로 삼은 영랑의 좁은 시세계는 일제의 식민지 지배가 날로 가혹해짐에 따라 내적 변화를 일으켰다. 여기서 말하는 '내적 변화'란 '좁게 닫힌 세계'라는 김영랑 시의 공통 특질에도 불구하고 '나'와 맞선 외부 세계가 날로 험악해지고, 그 결과 외부 세계에 대한 '나'의 반응 양상 또한 변화를 일으킨 것을 의미한다.

매서운 결의로 내 것을 지킨다

외부 세계가 험악해짐에 따라 외부 세계에 더욱 완강하게 등을 돌린 시기의 작품들의 하나인 「독(毒)을 차고」는 몇 가지 점에서 읽는 이의 눈길을 강하게 끌지 않을 수 없다. 이 시가 읽는 이의 눈길을 끄는 첫째 사유는, 위에서 살펴보았던 바와 같은 시적 자아의 현실인식이다. 같은 무렵의 그의 시 「거문고」에서의 현실인식과 다르지 않게 이 시에서의 현실인식은 "앞뒤로 덤비는 이리 승냥이 바야흐로 내 마음을 노리"는 것으로 그려져 있다.

시 「독을 차고」에서 독자의 눈길을 끄는 둘째 항목은 시적 자아가 '독'을 차는 태도 또는 행위이다. 이 시에서 말하는 '독'은 어떤 유형(有

形)의 것으로 보이지는 않는다. 그것은 '새로 뽑은 독', "그 무서운 독(毒) 그만 흩어버리라" 같은 가시적 대상물을 다루는 듯한 표현에도 불구하고, 가시적 형상을 가진 것으로는 보기 어렵다. 이 시 첫 행에서의 표현 그대로 그것은 '가슴에 찬', 곧 '마음에 들어앉은' 생각인 까닭이다. '독'을 마음에 찼다는 말로 미루어 그것은 독기를 피우며 마음에 간직한 매서운 결의 같은 것의 의미로 읽힌다. 그의 생애에 관한 증언(김영랑의 3남 김현철, 「아버지 영랑」)으로 미루어보면 당시에 영랑이 작심하였던 매서운 결의는 삭발, 신사 참배 거부, 창씨개명 거부 같은 일제의 폭압에 대한 비순응적 태도로 나타났었던 것으로 추정된다. 영랑은 그런 비순응적 태도를 말없이 실천으로 보였던 듯하다. 그는 이 시에서 일제의 각종 폭압에 대한 거부의 사유를 한 마디로 밝힌다. "마금날 내 깨끗한 마음 건지기 위하야"가 그가 내세운 사유이다.

독자들을 끌어들이는 이 시의 셋째 항목은 시적 자아를 만류하는 벗의 등장이다. 벗이 등장하여 시적 자아의 태도와 행동을 만류하고 자신의 현실 대응 태도를 개진하면서 이 시의 사유는 깊어진다. 시적 자아를 만류하면서 벗이 내세운 논리는 삶 자체의 허무함이다. 이 시의 둘째 연에 집중하여 제시된 그의 논리의 핵심은 "(삶이란 그렇지 않아도) 「허무(虛無)한듸!」 독(毒)은 차서 무엇 하느냐"는 것이다. 말하자면 벗은 삶의 허무라는 인간 존재에 대한 근원적 인식으로써 일제에 대한 비순응적 태도를 중단하도록 권고한 것이다. 이 시의 시적 자아는 벗의 그런 만류를 가볍게 생각하지는 않았다. 그의 만류의 논리가 옳아서가 아니라 그의 말에는 삶의 이끼 같은 것이 끼어 있기 때문이다. 그러나 벗의 그런 만류에도 불구하고 이 시의 시적 자아는 자신의 매서운 결의를 중지하지 않기로 결정한다. 그것이 친구의 간곡한 만류에 우선하는 자신의 억제할 수 없는 지향이기 때문이다.

앞에서 살펴보았듯이 영랑의 시 「독을 차고」는 식민지 시대 후기에 만들어진 작품이다. 그 시는 험악한 시대를 살았던 시인 김영랑의 고통스러운 삶을 증언하는 소중한 모습을 간직한다. 아마도 시 「독을 차고」는 영랑의 향리인 강진에서 제작되었을 것이다. 그러함에도 불구하고 그 시는 강진 향리에서 제작된 면모보다 '서울의 시'의 면모를 더 짙게 보여준다. 식민지 시대 말기에 일제가 보여준 잔혹한 폭력과 그 잔혹한 시대를 살아가던 지성인의 삶의 모습을 주로 그려낸 점 때문이다. 향리인 전남 강진에서 제작되었으면서도 '서울의 시'의 면모를 강하게 띠게 된 시, 그것이 김영랑의 「독을 차고」가 간직한 특별한 성격이다.

11) "부풀어오른 탄력성(彈力性)의 대지의 가슴으로"

새날이 밝는다 | 김기림(金起林)

굳게 잠근 어둠의 문 저쪽에서 골짝들은 새벽을 음모(陰謀)합니다.
비로―도의 금잔디 위에서는 침묵이 잡니다.

밤 하늘을 아름답게 꾸미던 무수한 별들은
지금 눈물에 젖어 하나씩 둘씩
강(江)물 속에 빠져서는 구을러 갑니다.
어서 일어나요……
푸른 안개의 휘장 속에서는
「마르쓰」의 늙은이가 부지런히 지구의 요람(搖籃)을 흔들어 깨웁니다.

일제 강점기에
일본인들이 발전시킨
본정(오늘의 충무로) 풍경

거리 거리의 들창들이
수박빛 하늘로 향하여 입을 벌립니다.
집들은 새벽을 함뿍 들이켭니다.

어느새 검은 차고(車庫)의 쇠문을 박차고
병아리와 같은 전차(電車)들이 뛰어나옵니다.

옷자락에서 부스러떨어지는 간밤의 꿈조각들은 돌보지도 않으면서 그는
고함을 치면서 거리거리를 미끄러져가는
난폭(亂暴)한 「스케―트」 선수(選手)올시다.

오― 전(全)조선의 시민제군(諸君)
고무공과 같이 부풀어오른 탄력성(彈力性)의 대지(大地)의 가슴으로 뛰어나오렴.
우리들의 경주(競走)를 위하여 이렇게도 훌륭하고 큰 아침이 준비되었다.

새로운 풍물과 감각의 시

이 시는 종합지 『신동아』 제3권 제1호(1933. 1.)에 발표되었으며, 김기림의 첫 시집 『태양의 풍속』(1934.10.에 시집 원고 정리—실제의 출판은 1939.에 이루어짐)에 수록되었다. 이 시는 종전의 서정시들에 길들여진 이들에게는 얼마쯤 거리감을 줄지도 모른다. 서정시는 일반적으로 작은 드라마를 보여주면서 그 드라마의 주인공이거나 관찰자인 서정적 화자의 독백에 귀를 기울이도록 만드는 것인데, 이 시는 그런 것과는 구별되는 점 때문이다. 이 시는 말하자면 시적인 대상들을 독자들의 눈앞에 그려서 보여주는 묘사시이다. 묘사시에서 묘사의 대상이 흔히 정태적인 것과는 달리 이 시에서는 그것이 동태적인 활기에 차 있다.

이 시의 화자의 목소리는 두 가닥으로 갈라져 있다. 밝아오는 새 날 속에서 대상 쪽을 바라보면서 그것들의 깨어남을 들려주던 화자의 목소리는 이 시의 끝 연에 이르러 갑자기 독자들 쪽을 향하여 방향을 바꾼다. "오— 전(全)조선의 시민제군(諸君)"이란 영탄을 얹은 호명은 그 때까지 시적 대상들을 향했던 화자의 목소리가 갑자기 독자들 쪽을 향해 말을 건넨 표지이다. 화자의 목소리의 그 돌연한 방향 전환은 시문장에도 그 자취를 남겨 놓았다. '깨웁니다', '뛰어나웁니다' 같이 경어체이던 서술어미가 '뛰어나오렴'처럼 평어체로 바뀐 것이다.

이 시가 그려낸 상상적 풍경은 비교적 범속한 것들이다. 첫째 연에서 새벽이 열리도록 음모(陰謀)하는 주체가 골짜기(골짝)로 상상된 점부터 그렇다. 둘째 연에서 "어서 일어나요…"라고 지구의 요람(搖籃)을 흔들어 깨우는 「마르쓰」의 늙은이는 새벽 하늘에 떠 있는 화성(火星)을 가리킨다. 화성을 의미하는 「마르쓰」의 늙은이가 지구의 요람을 흔들

어 깨운다고 한 것은 상상력에 바탕을 둔 의인법적 은유에 말미암은
수사이다.

이 시에서 볼 수 있듯이 김기림의 제1기 시들은 어느 정도의 새로운
감각적 인상을 불러일으킬 뿐, 깊은 울림을 갖지 못한 시들이다. 시인
으로서 활동하던 중도에 일본 도호쿠 제대(東北帝大) 영문과에서 수학
하였던 김기림은 1930년에서 1936년 도일(渡日) 전까지의 제1기, 1939
년의 귀환에서 1942년까지의 제2기, 1945년 광복에서 1948년까지의
제3기에 걸쳐 활동했는데, 그의 제1기 시들은 당시에 그가 주창했던
시론에 얽매이면서 새로운 시의 지평을 개척하는 데는 실패했다.

아침 햇살 같은 시를 주장한 김기림

그러면서도 내가 권하고 싶은 것은 의연히 상봉(相逢)이나 귀의(歸
依)나 원만(圓滿)이나 사사(師事)나 타협(妥協)의 미덕이 아니다. 차라리
결별(訣別)을―저 동양적 적멸(寂滅)로부터 무절제한 감상(感傷)의 배
설(排泄)로부터 너는 이 즉각으로부터 떠나지 않아서는 아니 된다.

탄식(嘆息). 그것은 신사와 숙녀들의 오후의 예의가 아니고 무엇이
냐? 비밀(秘密). 어쩌면 그렇게도 분(粉) 바른 할머니인 19세기적 「비너
―쓰」냐? 너는 그것들에서 지금도 곰팡이의 냄새를 맡지 못하느냐?

그 비만(肥滿)하고 노둔(魯鈍)한 오후의 예의 대신에 놀라운 오전의
생리에 대하여 경탄(驚嘆)한 일은 없느냐? 그 건장한 아침의 체격을
부러워해본 일은 없느냐?

　　(……) 그러면 너는 나와 함께 어족(魚族)과 같이 신선하고 깃발과
　같이 활발하고 표범과 같이 대담하고 바다와 같이 명랑하고 선인장과
　같이 건강한 태양의 풍속을 배우자.

　위는 김기림의 첫 시집 『태양의 풍속』의 서문인 「어떤 친한 '시의
벗'에게」의 몇 대목이다. 이 글을 썼던 무렵(1934. 10.)에 김기림은
우리 시의 새로운 방향을 선도하던 평론가로서 활발한 활동을 전개하
고 있었다. 위 글에는 당시 김기림의 그러한 지향이 농축되어 나타나
있다. 위 글에서 김기림은 우리 시가 '결별'하여야 할 것과 새롭게
'배우'지 않으면 안 될 것을 힘주어 구분한다. 그는 새로운 우리 시가
'결별'하여야 마땅한 것들을 '오후의 예의'라는 수사로 묶어서 제시했
다. 그가 '오후의 예의'로 묶은 것들에는 '동양적 적멸', '감상(感傷)의
배설', '탄식' 그리고 시인 자신만이 알 수 있을 뿐이고 독자로서는
짐작하기도 어려운 심정 고백에 해당하는 '비밀' 등이 포함된다.

　김기림이 우리 시에서 배격하여야 할 것으로 지목한 '오후의 예의'
에 해당하는 것들은 그가 뒷날 "모더니즘은 두 개의 부정을 준비했다"
(「모더니즘의 역사적 위치」, 1939)고 했던 첫 번째의 부정에 해당한다.
김기림은 새로운 시로서 모더니즘 시가 '오후의 예의'에 해당하는
센티멘탈 로맨티시즘을 부정하고 다른 한편 예술로서의 시를 잃고
사상 중심으로만 기울어버렸던 KAPF의 편(偏)내용주의를 부정했다
고 정리했던 것이다.

　위 글에서 김기림은 '오후의 예의'를 배격하여야 할 낡은 가치로
지목하면서, 새로운 시가 지향하여야 할 새 가치를 내세워 역설하였다.
'오후의 예의'에 대척되는 것으로서 '오전의 생리'가 그것이다. 그가

역설한 '오전의 생리'는 달리 '태양의 풍속'이라고도 불렸다. 위 글에 따르면 '오전의 생리' 또는 '태양의 풍속'으로 불린 새로운 시의 지향점은 '건장한 아침의 체격'을 갖는다. 그가 말하는 새로운 시의 지향점은 '신선', '활발', '대담', '명랑', '건깅' 등 새 날을 맞는 오전의 햇살처럼 밝고 싱그러운 기운을 가진 것들이다. 김기림은 새로운 시가 추구하는 가치들이 자신의 시작에서 구현되었다는 의미에서 그의 첫 시집의 표제 자체까지 『태양의 풍속』으로 정했다.

현실 인식과 시적 방법에 한계 보여

시집 『태양의 풍속』 수록 시들을 제작하면서 김기림이 내세웠던 목표는 그 목표 자체만으로는 타당한 것이다. '무절제한 감상의 배설'로 대표되는 과거의 시작 태도는 마땅히 극복의 대상이 될 수밖에 없는 것이다. 그러나 그의 시의 목표가 타당하다고 해서 그 점이 그의 시작의 성공까지 보증하는 것은 아니다. 그 목표는 시가 제작되는 시대적 정황이나 시작에서의 미적 방법과 긴밀히 제휴해야 하는 까닭이다.

시집 『태양의 풍속』에 수록된 시들은 그 두 면에서 각각 한계를 보였다. 그의 시들이 '오전의 햇살처럼 밝은 서정'을 지향하기에는 당시 식민지 조선 사회의 정황은 너무도 어두운 것이었다. 우리 민족 공동체는 무의식한 가운데서도 식민지 체제의 짙은 어둠과 그늘을 떨어내기 어려웠던 것이 당시의 정황이었다. 그러한 정황 속에서 그의 '오전의 햇살처럼 밝은 서정'은 결국 당면한 시대와 위화감을 불러일으킬 수밖에 없는 것이었다. 게다가 그의 시들은 '밝은 서정'을 노래하기 위하여 우리 현실과는 동떨어진 서구 문명의 소재들을 마구 끌어들였다. 당시의 우리 사회로는 신기의 차원에 머무를 수밖에 없었던 '옥상 정원', '살수차(撒水車)' 같은 새 문물 또는 서구의 지명, 인명 등을 끌어들이는 데에 그는 조금도 주저하지 않았다. 김기림 시의 그런 태도는 독자들로 하여금 거리감을 느낄 수밖에 없도록 만들었다.

그의 시들의 미적 방법은 시대와의 위화감을 더욱 벌려 놓았다. 그것이 성공한 경우에 읽는 이들에게 감각과 위트를 느끼게 하는 것이 그의 시의 미적 방법이다. 그러나 그것은 실패할 경우에 시인의 경박함을 부각시켜 놓기 일쑤였다. 그의 시들이 삶 자체에 대한 깊은 통찰을 결여한 채 주로 문명의 외양만을 문제삼았던 데서 나타난 결과이다.

한 마디로 시인 김기림이 다수의 도시시들을 제작하였던 그의 제1기 시들은 제대로 성과를 올리지 못한 편이다. 거창한 시론에도 불구하고 그의 제1기 시들은 감각과 위트를 살린 소수의 시들을 제외하면 문학 작품으로서의 재미도, 감동도 주지 못한 것이다. 그에 비하면 그의 제2기 시들 중, 「바다와 나비」, 「못」, 「연륜」 등은 그의 제1기 시론을 대체로 청산한 지점에서 오히려 시적 성취를 보여주었다.

12) "눈 속에 떨고 섰는 옛 성문(城門)"

봄 없는 나라여 | 유치환
　　─벌써 서울에서는 눈이 온다는
　　　신문 기사이다

동대문과 거기 이어진 성벽

어느덧 눈 나리는 도읍(都邑)이여
풀풀 나는 눈 속에 떨고 섰는 옛 성문(城門)이여 준봉(峻峰)이여
거리에는 사람 엷은 도읍(都邑)이여
봄 없는 나라여
죽음의- 일체(一切) 망각(忘却) 위에 떠오른
-늘 눈 나리는 폐허(廢墟)여

묻혀 있었던 청마의 초기 작품

청마 유치환(1908~1967)의 시 「봄 없는 나라여」는 긴 시간에 걸쳐 독자의 접근이 어려웠던 작품이다. 이 시는 청마의 문단 진출 이전의 작품으로 어떤 지면에도 발표되지 않았다. 청마는 이 시를 자신이 내놓은 『청마시초(靑馬詩抄)』(1939), 『생명(生命)의 서(書)』(1947) 등 다수의 시집들 어디에도 수록해 놓지 않았다. 청마의 문단 진출은

1931년 『문예월간』 제2호를 통해서 이루어졌는데, 이 시는 그가 습작기에 낸 시집 『소제부(掃除夫』(1930)에만 수록되어 그의 사후에야 제대로 세상에 전해지게 되었다.

시 「봄 없는 나라여」는 시인의 생전에 그렇게 조명을 받지 못한 작품이다. 식민지 시대에 이 시는 감추어질 수밖에 없었던 작품이기는 하다. 이 시가 반일(反日)의 어떤 큰 구도를 내장해서가 아니라, 나라를 잃은 탄식조차도 마음놓고 털어놓을 수 없었던 것이 그 시대의 정황이었기 때문이다. 문제는 광복을 맞은 이후에 청마가 보여주었던 태도이다. 식민지 시대의 보잘것없는 행위조차 민족적 양심으로 과장, 분식(粉飾)되던 시기에, 그가 어째서 이미 만들어졌고 또 제대로 발표되지도 못한 작품을 그의 시의 목록에 제대로 올리지 않았던가 하는 점이다. 광복 뒤에 민족적 양심의 문제를 성찰하는 마당에 시인 유치환이 어떻게 개결(介潔)하려고 했던가를 이 시의 사례로써 짐작할 수 있을 듯하다.

위의 인용에서 확인할 수 있듯이 시 「봄 없는 나라여」는 짧고 간결한 작품이다. 짧고 간결한 형태이면서도 이 시는 당시에 서울을 대하던 시인의 생각과 느낌을 집약하여 그려냈다. 이 시를 읽기 위하여 작품 안으로 들어설 때에 먼저 부딪히게 되는 것은 그 표제보다 훨씬 길게 붙어 있는 제사(題詞)이다. 그 제사는 "―벌써 서울에서는 눈이 온다는 신문 기사이다"처럼 이 시가 어떻게 만들어졌던가 하는 시의 제작 계기를 밝혀 놓았다. 시인이 그 제사를 붙여 놓지 않았더라면 우리는 이 시가 눈 내리는 서울의 현장에서 바로 씌어진 줄로만 알았을 것이다. 그 제사로 하여 우리는 청마의 기억 속에 담겨져 있었던 서울의 풍경과 눈 내리는 서울의 상상적 풍경이 알맞게 뒤섞이면서 이 시가 만들어졌음을 짐작하게 된다. 청마에게는 이 시 이외에도 대상을 상상 속에서 그려낸 시들이 적지 않다. 청마의 대표시의 하나로 아낌을 받는 시 「울릉도」 또한 그런 작품의 하나이다.

영탄으로 물들인 짧고 예리한 시

신문 기사를 접하고 눈 내린 서울을 상상하면서 썼던 시 「봄 없는 나라여」는 전체 6행의 짧은 길이 이외에 또 하나의 특징을 보여준다. 짧은 형태 이외에 이 시가 보여주는 또 하나의 특징은 전체 6행 중의 5행이 호명(呼名)으로 끝난 점이다. 호명은 이 시 시문장의 구조적 특징이면서 아울러 이 시에 흐르는 정서의 주조적 특징이기도 하다. 문장의 성분으로 볼 때에 무엇을 부르는 말인 호명, 곧 호칭어는 주어, 서술어 같은 주성분으로 기능할 수 없다. "사람이여, 너는 외로운 존재이다." 같은 문장에서 대상을 부르는 말인 '사람이여'는 주성분과 는 구분되는 독립어로서 주어, 서술어의 구실을 수행하지 못하는 점이 그 예이다. 호칭어는 주성분과 구분되는 독립어로서 감탄어로도 불린 다. 앞의 문장에서 '사람이여'가 감탄어로 쓰인 점은 분명하게 드러난 다.

시 「봄 없는 나라여」에서 호칭어로 쓰인 말은 모두 6개이다. 첫째 행의 호칭어인 "어느덧 눈 나리는 도읍이여"는 이 시의 제작 계기가 된 "벌써 서울에는 눈이 온다"는 신문 기사를 시의 언어로써 끌어들이 면서 시의 화제를 부각시킨 대목이다. 이 대목에서 말하는 '도읍'이 조선 왕조의 수도였던 한양, 곧 서울을 가리키는 점은 더 말할 것이 없다. 둘째 행의 시문장은 길다. 다른 시행의 갑절이나 되는 길이이다.

서울 성벽 위에 일꾼들이 앉아 쉬고 있다.
조선왕조는 이 성벽을 외적방어, 치안유지의 중요한 수단으로 활용하였다.

그 길이에 걸맞게 호명도 두 개나 쓰였다. 이 행의 앞 부분이 "풀풀 나는 눈 속에"로 표현된 점은 아주 평범하다. 그것은 눈 내리는 서울의 풍경으로 평범하게 상상된 것에 해당한다. 그러나 그 뒤를 잇는 대목의 풍경 묘사인 "떨고 섰는 옛 성문이여 준봉이여"의 대목이 충격적이어서, 그 앞의 평범한 풍경까지도 오히려 평범하지 않게 보일 정도이다.

방금 "떨고 섰는 옛 성문이여 준봉이여"라는 대목이 충격적이라고 했다. 그러나 시를 접하기에 따라서 그 대목을 단순히 추운 날씨 속의 풍경으로만 이해하려는 이도 없지 않을 줄로 짐작한다. 그럴 경우에

130

그 대목을 가리켜 충격 운운하는 것은 과민한 반응처럼 보일 것이다. "풀풀 나는 눈 속에 떨고 섰는 옛 성문이여 준봉이여"라는 이 시의 둘째 행이 눈 내리는 추운 날씨 속의 실경(實景)에 바탕을 두고 있는 것은 사실이다. 그 대목은 실경 자체로 읽을 수도 있다. 그러면서 그 대목은 시 전체라는 보다 큰 문맥 속에서 새롭게 의미 전환을 일으킬 수 있는 가능성을 열어 놓은 것으로도 읽힌다. 왜냐하면 '성문', '준봉'은 '떨고 섰'는데, 그 경우에 동사 '떨다'는 추위 속에서의 몸떨림이라는 행위를 의미하는 한편, 마음의 떨림이라는 정서 상태를 의미할 수도 있기 때문이다. 이 시의 셋째 행인 "거리에는 사람 엷은 도읍이여"라는 대목 또한 실경에 바탕을 두었다. 눈 내리는 날 시가에는 갑자기 행인이 줄어든다. 급한 볼일이 아니고서는 외출을 삼가기 때문이다. 그렇게 시가에 행인이 줄어든 모습을 이 행에서는 "거리에는 사람 엷은 도읍이여"라고 그려낸 것이다. 그렇게 실경을 그려낸 대목이면서도 이 대목 또한 시 전체의 문맥 속에서 미묘한 의미 전환을 일으킨다. '사람 엷은' 거리의 모습이란 대체로 생동감을 잃은 모습, 사람들이 조심하고 경계하는 모습이라는 연상을 갖게 하기 때문이다.

멸망한 내 나라를 잊고 살아야 하는 슬픔

위와 같은 실경의 뒤를 잇는 넷째 행이 "봄 없는 나라여"로 진술된 것은 갑작스럽고 돌출했다는 느낌이다. 시인이 표제 뒤에 붙여 놓은 제사를 보면 "벌써 서울에서는 눈이 온다는 신문 기사이다"로 되어 있어 이 시를 제작한 시기는 늦가을 또는 첫겨울임이 드러난다. 시의 제작 시기가 그러함에도 불구하고 시인이 계절에 맞지 않게 "봄 없는

나라여"라고 느닷없이 말한 것은 어째서일까? "봄 없는 나라여"라는
이 행에서의 시인의 진술은 계절의 교체로 보면 느닷없이 돌출한
것으로 볼 수밖에 없다. 그러나 그것은 앞의 둘째, 셋째 행들을 실경
묘사 이상의 맥락으로 그려낸 데서 예비된 생각과 느낌이었던 것으로
이해된다. 그런 이해에도 불구하고 이 행에서의 "봄 없는 나라여"라는
청마의 토로는 문제적이다. 그 토로에는 식민지 시대에 암암리에 통용
되었던 중요한 상징이 개재되어 있기 때문이다. 그 문제에 대하여는
뒤에서 다시 살펴보려고 한다.

이 시의 다섯째, 여섯째 행은 하나의 시문장으로 이어지면서 한
개의 호명을 제시한다. "죽음의— 일체 망각의 위에 떠오른/ —늘
눈 나리는 폐허여"가 그것이다. 이 두 행에는 식민지 시대의 한국인들
에게 강박관념처럼 따라 붙었던 국가 공동체의 모습이 제시된다. "죽
음의— 일체 망각"이 그것이다. 그 모습은 두 개의 성격을 가진 것으로
나타난다. '죽음'이 그 하나이다. 우리 국가 공동체가 침략자 일제의
손에서 멸망되었음을 그렇게 표현한 것이다. 조국의 멸망이라는 쓰디
쓴 현실의 확인 뒤에 청마는 국가 공동체에 관한 또 하나의 성격을
덧붙인다. '일체 망각'이 그것이다. 여기서 '일체 망각'은 우리 국가
공동체의 멸망을 완전히 망각한 채 살아갈 수밖에 없다는 슬픈 진술이
다. 우리 국가 공동체의 멸망을 '일체 망각'하도록 하는 것은 일제의
강폭한 요구였다. 일제는 조선인을 모질게 차별하면서도 다른 한편
저들의 제국의 순량한 신민으로 개조하도록 획책했다. 잃어버린 국가
공동체에 대한 '일체 망각'은 국권 회복 운동에 몸을 던진 소수의
지사 이외에 식민지 시대의 다수 조선인들이 택했던 삶의 길이다.
'일체 망각'만이 일제 통치 아래서 망국민으로서의 고뇌, 치욕과 고통

을 무산시키는 방법으로 생각되었기 때문이다.

청마는 당시의 대다수 동족들처럼 잃어버린 국가 공동체를 "죽음의
─ 일체 망각" 속에 묻어야 할 것으로 생각했다. 그러나 그에게 잃어버
린 국가 공동체에 대한 '일체 망각'은 생각처럼 손쉬운 것이 아니었다.
서울에 눈이 온다는 단순한 신문 기사를 접하는 것만으로도 잃어버린
국가 공동체의 참담한 운명은 그의 의식의 억압을 비집고 솟아오르는
것이었다. 그리하여 그는 그 마음 아픈 그리움이 솟아오른 모습을
"일체 망각의 위에 떠오른/ ─눈 나리는 폐허여"라고 영탄조로 중얼거
렸다. 이 대목에서 "눈 나리는 폐허"가 국가 공동체의 멸망이라는
비참한 모습을 말하는 것은 더 말할 것이 없을 것이다.

영탄으로 끝낸 시행의 의미

앞에서 짧은 길이로 이루어진 청마의 시 「봄 없는 나라여」의 의미를
살펴보았다. 이제부터 그 시를 살펴보면서 좀더 생각해 보아야 할
것으로 남겨둔 두 개의 문제를 검토해 보기로 한다. 생각해 보아야
할 첫째 문제는 그 시의 시문장 전체를 호칭어로 끝맺은 점이 어떤
의미를 갖는가 하는 점이다. 앞에서 이미 말해 두었듯이 대상을 부르는
말인 호칭어는 감탄어로서 감탄의 느낌을 나타낸다. 그러나 주어,
서술어 같은 문장의 주성분 구실을 수행할 수 없는 그 부류의 말들은
문장의 주성분과는 분리된 것으로 인식된다. 감탄어의 그러한 기능을
문장 성분으로는 독립어로 구분한다.

위의 간략한 검토만으로도 우리는 시 「봄 없는 나라여」의 전체
시문장들이 호칭어만으로 끝맺은 성질을 짐작해 볼 수 있을 것 같다.

시 「봄 없는 나라여」 전체의 시문장을 호칭어만으로써 끝맺은 점은
그 시 전체를 짙은 영탄으로 물들이게 만든다. 앞에서 말해 두었듯이
호칭어는 그 성질상 감탄어로서 영탄의 기능을 갖도록 하기 때문이다.
그 시가 호칭어, 곧 감탄어만으로 모든 시문장을 끝맺도록 만든 것은
서울로 말미암아 환기된 시인의 국권 상실의 아픔이 워낙 쓰라리기
때문인 것으로 보인다. 거기에 그 시를 감탄어만으로 매듭짓게 만든
다른 원인으로는 시인이 아픔의 표백 이외에 그 사태를 극복할 어떤
방안도 세우지 못했음을 지적해 볼 수도 있다. 바로 그 점이 주어,
서술어 같은 문장의 주성분으로 진입해 들어가지 못한 채, 독립어인
호칭어 수준에서 멈춘 이유일 것이다.

식민지 시대 시의 '봄'의 상징성

시 「봄 없는 나라여」가 제기하는 또 하나의 생각할 거리는 식민지
시대의 시들에 사용된 상징의 문제이다. 이 시에서는 그런 상징의
하나로서 '봄'이 쓰였다. 그것이 암암리에 '겨울'의 대립짝으로 제시된
점은 매우 흥미로운 문제가 아닐 수 없다.

이 시가 주로 그려낸 계절은 늦가을 또는 첫겨울이다. 제사로 쓰인
말 "벌써 서울에서는 눈이 온다는 신문 기사이다"의 '벌써'가 계절을
알려주는 열쇠말이다. 그렇게 늦가을 또는 첫겨울의 풍경을 말하면서
"봄 없는 나라여"라고 시인이 느닷없이 '봄'을 말한 것은 계절의 추이
로는 비약처럼 보일 수밖에 없다. 겨울은 이제 겨우 시작될 시점이기
때문이다. 계절로 보아 겨울을 아직 제대로 통과하지도 않은 시점에서
"봄 없는 나라여"라고 시인이 영탄을 발한 것은 그가 상징으로서

겨울의 대립짝인 봄을 생각했기 때문이라고 이해할 수밖에 없다.

식민지 시대의 우리 시인들이 봄, 겨울 같은 상징의 대립짝이나 밤, 새벽과 같은 상징의 대립짝들을 그들의 시작품들에서 제시하기에 이른 것은 아주 자연스러운 모습이다. 추운 겨울이 지나면 따듯한 봄이 오고, 캄캄한 밤이 지나면 밝아오는 새벽이 열리는 것은 자연 속에서 인간이 겪게 되는 보편적인 기본 체험이기 때문이다. 자연과의 끊임없는 교섭에서 인간이 겪게 되는 그 보편적인 기본 체험은 인간의 깊은 의식 속에 "인간의 삶은 한 해의 모습"으로 나타난다든가, "인간의 삶은 하루의 모습"으로 부각되도록 하는 기본 개념적 은유를 형성하도록 만든다. 그 기본 개념적 은유에서는 봄이 신생(新生), 소생, 부활의 의미로, 겨울이 죽음, 최후의 의미로 떠오르도록 만든다. 마찬가지로 그 기본 개념적 은유에서는 밤이 죽음, 최후의 의미로, 새벽이 신생, 출발의 의미로 솟아오르도록 작용한다. 청마의 시 「봄 없는 나라여」에서 사용된 봄, 겨울의 상징은 한국인의 깊은 의식 속에 형성되어 있었던 그 기본 개념적 은유를 기반으로 하여 형성된 것이라고 할 것이다.

앞에서 살펴보았듯이 청마의 시 「봄 없는 나라여」는 외관상 짧고 간결하다는 느낌을 주는 작품이다. 그러나 외관이 주는 그런 느낌에도 불구하고 그 시는 식민지 시대의 한 지성인이 잃어버린 국가 공동체와 서울을 그리워하고 있으며, 시대에 대처하는 그 자신의 의식을 아로새겨놓고 있어, 시의 정신사로도 또 민족의 정신사로도 꼼꼼히 따져보아야 할 소중한 면을 간직하고 있다. 그 시는 분명히 그의 습작기의 산물이다. 그러나 그것이 시인의 습작기의 산물이라고 해서 그 중요성이 감소되는 것은 아니다. 그런 점에서 이 시에 대한 따듯한 아낌과 활발한 평가를 기대하고 싶다.

13) "그 병원의 집 위론 고사포(高射砲) 둘이 솟았다"

시대병 환자(時代病 患者) | 박세영(朴世永)

솔개미가 빙빙 단엽기(單葉機)같이 날은다.
소란(騷亂)한 도시는 떠는 듯 무장(武裝)을 하였다.

청년단원이 나팔(喇叭)을 불고 지나가고,
트럭이 쉴새없이 도심지대(都心地帶)를 향하여 달리고 있다.

납작한 보루(堡壘)같이 그 병원의 집 위론 고사포(高射砲) 둘이 솟았다.
금방(今方)에 날으던 솔개미가 사라지니
연기(煙氣)가 무럭무럭 콩크리트의 굴뚝은 길기도 하다.

내 눈이 미쳤나, 보면 볼수록 늘어가는 고사포(高射砲),
공장(工場)마닥 솟는 굴뚝,
이리하여 도시는 완연(完然)히 내일을 준비하고 있다.

나는 지금도 독까쓰를 마신 질식(窒息)한 사나이,
시대병 환자(時代病 患者)다,
그러나 나를 환자로 보는 이가 없다,
보아주는 이조차 없다.

한 마리 솔개의 비상(飛翔)에 놀라다

재작년(2002)은 우리 사회가 기려서 마땅한 두 시인의 출생 100주년을 맞았던 해이다. 3년 전(2001)에는 시인 이상화의 출생 100주년을

일제 말기에 경성부민의 헌금을 거두어 만든 연락기

맞았었다. 작년에는 김소월과 정지용의 출생 100년을 맞았었다. 이데 올로기의 갈등과 남북 분단의 비극이 아니었더라면 김소월과 정지용의 출생 100주년을 기념하였던 작년에 또 한 시인의 출생 100주년을 추가하여 기억할 수 있었을지도 모른다. 김소월과 정지용 이외에 작년으로 출생 100년을 맞았던 또 한 시인은 앞에서 인용한 시 「시대병환자」의 작가 박세영이다.

박세영이란 시인의 이름은 우리 독자들에게 생소할 수밖에 없다. 일반 독자로서는 그 이름에 접할 기회를 갖기 어려웠었던 것이 그 이유이다. 그는 1920년대 이래 사회주의 문학 운동에 발을 담갔고, 광복 이후로는 월북하여 북의 시인이 되었다. 따라서 그의 이름을 들먹이는 일은 1988년의 월북 문인 작품 해금 조치 이전까지는 금기시되지 않을 수 없었다. 식민지 시대에 그가 남긴 시들 중에는 주목할 만한 것들이 포함되어 있었음에도 별단의 조치는 물론 고려될 수 없었다.

앞에서 인용한 시 「시대병 환자」는 박세영이 남겨놓은 시집 『산(山)제비』(1938, 광복 이후의 재판 1946)에 수록된 시들 중에서 이색적인 작품이다. 시 「시대병 환자」의 이색적인 성격은 두 가지 점에서 현저하다. 그 시집에 수록된 시들 중에서 온전히 국내의 도시를 대상으로 한 것으로는 그것이 유일하다는 점이 그 하나이다. 그의 시들은 예외없이 시적 대상들을 진지하게 그려냈을 뿐인데, 이 작품에서만 그 진지함을 뒤엎는 해학성을 살려내고 있는 점이 또 하나이다.

이 시의 첫째 연은 한 마리 '솔개미'(표준말은 '소리개'. 그 준말은 '솔개'이다. 이 시에 쓰인 말 '솔개미'는 그 방언이다.)의 출현으로부터 시작된다. 매과에 속하는 새의 일종으로서 '솔개미'는 시가지, 촌락 근처, 바닷가의 상공을 날개짓을 하지 않고 날개를 편 채 빙빙 선회하면서, 병아리, 죽은 쥐, 어패(魚貝) 등 동물성 먹이를 찾아내는 생리를 갖고 있다. 시인은 그런 '솔개미'의 생김새가 단엽(單葉) 비행기의 생김새와 유사한 점에 착안하여 "솔개미가 빙빙 단엽기(單葉機)같이 날은다./ 소란(騷亂)한 도시는 떠는 듯 무장(武裝)을 하였다."고 시의 첫째 연을 열었다. '솔개미'를 단엽기를 몰고온 적처럼 상상한 것에 대응하여 도시—아마도 서울, 식민지 시대의 경성을 염두에 두었을 것이다—에서도 무장을 갖추었다는 것이 이 시 첫째 연의 상상적 설정이다.

고사포에서는 연기가 솟고

　첫째 연에서 '솔개미'의 선회를 적군 단엽기의 내습(來襲)으로 전제하고 그에 대항하는 도시의 무장을 상상하였던 시인은 둘째 연에 들어가면서 사태를 조금 더 발전시킨다. "청년단원이 나팔을 불고 지나가고,/ 트럭이 쉴새없이 도심지대를 향하여 달리고 있다."는 진술이 그 사태의 발전에 해당한다. "청년단원이 나팔을 불고" 도시의 거리를 지나가는 풍경은 군국주의(軍國主義) 일본의 식민지의 풍경으로서는 낯선 것이 아닐 것이다. 또한 "트럭이 쉴새없이 도심지대를 향하여 달리고 있"는 풍경 역시 도시에서 흔히 목격되는 평범한 것이다. 그러나 그것이 비록 흔하고 평범한 풍경일지라도 '솔개미'의 도시 상공 선회를 적기의 내습으로 상상하는 맥락에서는 그 의미가 얼마든지 달라지는 것이 가능하다. 그 흔한, 평범한 풍경은 적기의 내습에 시민의 결전의 의지를 북돋고 전쟁에 대비하도록 하려는 숨가쁜 움직임으로 둔갑되는 것이다.

　셋째 연은 이 시가 그려낸 상상―상상이라기보다는 망상이라고 해야 적절할 것이다―의 클라이맥스에 해당한다. 망상이라고 부르는 것이 마땅할 그 상상의 클라이맥스를 살펴보기 위하여 셋째 연의 시문장을 임의로 잘라 보면 "그 병원의 집 위론 고사포(高射砲) 둘이 솟았다./ 금방(今方)에 날으던 솔개미가 사라지니/ 연기(煙氣)가 무럭무럭―"처럼 된다. 이 장면은 '솔개미'를 적기의 내습으로 인식한 망상에서 '솔개미'를 격추(擊墜)하기 위한 고사포의 포격이 시작되고 고사포에서는 포연(砲煙)이 솟아오른 풍경처럼 다듬어져 있는 것이다. 따라서 이 장면은 첫째 연에서부터 예비된 '솔개미'의 선회, 곧 적기의 내습과 그에 대응하는 고사포의 포격이라는 상상의 극점이 된다. 적기의 내습에 대한 아측(我側) 도시의 대응으로는 고사포의 포격이 무엇보다

용산 공업지대. 뒤에 만들어진 영등포 공업지대와 함께 서울의 대표적인 공업지구였다.

우선하는 것이라는 점에서이다.

　시 「시대병 환자」를 여기까지 읽어 온 독자들은 이 시의 셋째 연이 '솔개미' 단엽기—도시의 고사포와의 대결을 망상 속에서 그려본 망상의 클라이맥스이면서, 사태의 진실을 보여준 전환점이기도 하다는 사실을 놓치지 않을 것이다. 이 시 셋째 연에서 보여준 사태의 진실이란 병원 지붕 위의 '고사포'로 인식하였던 것이 실제로는 "연기가 무럭무럭—" 솟아오르는 병원의 "콩크리트의 굴뚝"이라는 점이다. 이 연에서 시인은 '고사포'와 콩크리트의 높은 '굴뚝'을 곧바로 연결시키지는 않았다. 재빠르게 사태를 알아볼 수 있는 독자들만이 양자 사이를 연결시켜 사태의 진실을 짐작할 수 있도록 양자의 거리를 적절히 떼어놓은 점이 눈에 띈다. '고사포'는 3연 첫째 행에, '굴뚝'은 같은 연 셋째 행에 "연기가 무럭무럭—콩크리트의 굴뚝은 길기도 하다."처럼 등장시킨 데서 그런 배려를 읽을 수 있다.

새롭게 확인되는 사태의 진실

넷째 연은 이 시의 전환점이다. 시의 전환점으로서 넷째 연에서는 두 가지 사실이 밝혀진다. 하나는 "내 눈이 미쳤나,"라는 시인의 자탄 (自嘆)에서 독자들이 새롭게 확인하게 되는 사태의 진실이다. 그렇지 않아도 독자들은 이 시에서 시인의 시선과 그것에 연결된 그의 인식이 예사롭지 않다고 생각했음직하다. 시인의 설정에 따라 독자들은 그것들을 재미있게 받아들이기는 했다. 그러나 "내 눈이 미쳤나"라는 시인의 자탄은 그 때까지 시인의 설정을 즐겁게 따라온 독자들에게 새로운 성찰을 갖도록 요청한다. 그의 인식에는 분명히 사태를 그릇 인식한 대목이 없지 않아 보인다. 그 점을 긍정적으로 말하면 기상(奇想) 또는 공상이라고 부를 수 있을 것이다. 그러나 그 인식을 부정적으로 받아들이면 그것은 망상(妄想)이랄 수밖에 없는 허무한, 병적인 것이 된다. 이 연에서 행한 시인의 자탄은 독자들이 그렇게 사태의 진실을 성찰하도록 이끌어간다.

이 연에서 드러난 또 하나의 사태는 '솔개미'를 포격하던 고사포의 정체이다. 시인은 그 점을 "보면 볼수록 늘어가는 고사포,/ 공장마닥 솟는 굴뚝"이라고 말했다. '고사포'와 '굴뚝'이 별개의 것이 아닌 동일한 사물임을 밝힌 것이다. 앞 연에서도 고사포와 굴뚝이 결국 동일한 사물임이 진술되었다. 그러나 그 진술에서는 '고사포'와 '굴뚝'이라는 두 사물 사이의 거리를 떼어놓는 방법으로 두 사물 사이의 관계가 암시되었을 뿐이다. 암시로만 그쳤던 앞 연에서의 두 사물의 관계는 위 대목에서 선명하게 밝혀진다. 도시의 상공을 선회하는 '솔개미'를 격추하려는 듯 "연기가 무럭무럭─" 오르던 고사포의 실체는 "공장마닥 솟는 굴뚝"이었음을 밝힌 것이다.

앞에서 살펴보았듯이 시 「시대병 환자」의 넷째 연은 그 때까지
이 시를 이끌어오던 사태의 진실을 밝혀주는 전환점이 되었다. 이
연의 전환점으로서의 기능은 거기서만 그치지 않는다. 그 때까지 시의
근간을 이루던 '솔개미' 단엽기ー도시의 고사포라는 시적 설정의 전환
이외에 또 하나의 전환을 마련한 것이다. 또 하나의 그 전환은 공장이
증대되는 도시의 새로운 풍경과 관련된 것이다. 시인은 그 점을 "공장
마닥 솟는 굴뚝,/ 이리하여 도시는 완연히 내일을 준비하고 있다."라는
시행으로써 보여준다.

「시대병 환자」를 도시시로 읽기

이 시의 끝 연인 다섯째 연에서는 시의 구조상 중요한 변화가 나타난
다. 그 때까지 주로 외부로 향하던 시인의 시선이 시인 자신에게로
방향을 바꾼 것이다. 이 연에서 시인의 시선이 자신에게로 돌려진
것은 당연한 귀결이다. 이 연에서 시인의 시선이 자신에게 머무르지
않았더라면, 「시대병 환자」라는 이 시의 표제는 그대로 붙여지기 어려
웠을 것이다. 이 시의 표제인 「시대병 환자」는 시인 자신을 가리킨
말로써, 이 연에서의 시인 자신에 대한 성찰이 그 표제를 붙이도록
기능했다고 말할 수 있다.

이 연에서 시인 자신에 대한 탐구는 우선 두 행으로 나타난다.
"나는 지금도 독까쓰를 마신 질식(窒息)한 사나이,/ 시대병 환자다,"가
시인 자신이 바라본 자신의 모습에 해당한다. 시인이 자신을 가리켜
"독까쓰를 마신 질식한 사나이"라고 하고, 한마디로 자신을 '시대병
환자'라고 지칭한 의미는 간단하지 않아 보인다. 그가 자신을 가리켜

"독까쓰를 마신 질식한 사나이"라고 했을 때에 '독까쓰'의 의미로는 먼저 공장 굴뚝의 연기가 떠오른다. 시간이 흐를수록 도시 안의 다양한 변화가 진행되고 공장 굴뚝이 점점 많은 양의 연기를 뿜어내는 실상을 그렇게 표현했다고 보자는 것이다. 그렇게 이해할 경우에 '시대병 환자'라고 자신을 지칭한 의미 또한 어렵지 않게 풀린다. 시인이 자신을 '시대병 환자'라고 한 것은 자신의 삶이 거대한 공장 굴뚝을 거느린 도시 안에서 이루어지는 점을 말한 것으로 나타난다.

앞의 두 행에 대한 위와 같은 이해는 무리한 독법이 아닌, 무난한 것으로 떠오른다. 이 독법으로 본 시 「시대병 환자」는 도시시, 그 중에도 참신한 도시시로 나타난다. 1930년대의 서울을 비롯한 우리의 도시들이 "독까쓰를 마신 질식한 사나이/ 시대병 환자"를 만들었다는 시적 진술이 과장의 혐의를 받을 가능성은 없지 않다. 당시의 서울이 그만큼 다수의 공장을 가졌던가 하는 점 때문이다. 그러나 그 과장까지 포함하여 시 「시대병 환자」를 1930년대의 도시시로 대하는 것은 즐거운 체험이 될 것임에 틀림없다. 당시에 새로 출현한 도시시의 다수 작품들이 가벼운 재치 또는 값싼 감상(感傷)으로 흐른 점과 비교하여 보면 시 「시대병 환자」 읽기는 더욱 값진 체험으로 부상하리라고 말할 수 있게 된다.

'정글'의 세상을 고발한 「시대병 환자」

앞에서 시 「시대병 환자」를 한 편의 도시시로 읽는 독법을 제시하였다. 시 「시대병 환자」는 한 편의 도시시로도 무리없이 읽히지만, 그와는 판이한 독법으로도 읽힐 가능성을 열어 놓은 것으로 판단된다. 이 시를 읽는 다른 가능성으로는 먼저 '시대병'에서의 '시대'를 약육강식 (弱肉强食)의 '정글'의 시대로 생각해 보는 것이다. 이 독법의 경우에 "독까쓰를 마신 사나이,"라는 대목의 '독까쓰'는 '정글'의 법칙이 지배하는 이데올로기로서 제국주의의 무차별한 침략을 의미하게 된다. 따라서 '독까쓰를 마신 사나이'의 감추어진 문맥 의미는 일본 제국주의의 침략으로 괴로운 삶을 살아갈 수밖에 없는 시인 자신의 초상으로 떠오르게 된다.

시 「시대병 환자」를 위와 같은 제2의 독법으로 읽을 때에 이 시의 의미는 상당히 달라진다. 제1의 독법으로 읽었을 때에 시 「시대병 환자」는 새로운 기법으로 다듬어진 한 편의 도시시로 나타난다. 그러나 제2의 독법으로 읽을 경우에 이 시는 도시시의 범주를 벗어난다. 끊임없는 침략과 방어로 뒤얽힌 전쟁의 소용돌이에서 이미 제국주의의 희생물이 된 '나'와 우리 민족 공동체의 운명을 걱정하는 차원으로 의미 이동을 하기 때문이다. 두 가지 독법 중 나는 제2의 독법에 상당히 끌리는 편이다. 그 경우에 시의 세부가 그 방향으로 덜 다듬어진 점은 아쉬움을 품게 한다. 그렇게 생각하면서도 제2의 독법과 같은 이해가 필요한 것이라고 생각한다. 비록 시인 자신이 스스로 망상임을 밝혀 놓기는 했지만, 도시 공간에 날아든 적기-그에 대응한 고사포 등의 배치가 일제의 침략 전쟁이 한창이던 시대의 산물인 점에서 제2의 독법을 쉽게 털어 버리지 못하는 것이다.

가벼운 발상으로 무거운 화제를 다루다

시인 박세영의 시들 중에서 이색적으로 돌출한 시 「시대병 환자」는

주목할 만한 가능성을 가진 시이다. 진지하고 엄숙한 어투라야만 시가
만들어진다고 생각했던 시대에 가벼운 발상과 어조로써 무거운 화제
를 다루는 기법을 실현한 그 시는 주목의 대상이 되기에 충분할 만큼
문제적이다. 그러나 그렇게 문제적인 자질을 갖추었으면서도 그 시는
당대의 독자들에게 각별히 주목을 받지는 못했던 듯하다. 그런 자질의
작품이 박세영에게서도 오직 한 편만 제작되어 하나의 유형으로서
세간의 이목을 끌어내지 못했던 데에 그 원인이 있을 것이다. 식민지
시대의 우리 현실이 해학적인 시를 실험하기에는 너무 가팔랐던 데에
도 그 원인을 찾을 수 있을 것이다.

　박세영의 시 「시대병 환자」는 시대를 건너뛰어 광복 이후 남한의
후배 시인들에게도 영향을 끼치기 어려웠다. KAPF 계열의 사회주의
시인 가운데서도 그는 골수파에 해당하는 편이어서 그의 시들은 우리
사회에서 기피될 수밖에 없었다. 광복 당시 그는 임화, 김기림, 이용악
처럼 독자 대중의 관심을 강하게 끌었던 시인이 못 되는 편이었다.
그런 점들이 함께 작용하면서 「시대병 환자」를 비롯한 「화문보(花紋褓)
로 가린 이층(二層)」, 「산(山)제비」, 「오후의 마천령(摩天嶺)」 같은 박세
영의 잘 다듬어진 시들이 제대로 평가받을 만한 기회를 잃은 것은
분단이 만들어낸 적지 않은 손실에 해당한다.

14) "황홀하기 장미빛 바다였다"

서 울 | 이육사(李陸史)

어떤 시골이라도 어린애들은 있어 고놈들 꿈결조차 잊지못할 자랑

속에 피여나 황홀하기 장미(薔薇)빛 바다였다.

밤마다 야광충(夜光虫)들의 고흔 불아래 모혀서 영화로운 잔채와
쉴새 없는 해조(諧調)에 따라 푸른 하늘을 꾀했다는 이얘기.

왼 누리의 심장을 거기에 느껴 보겠다고 모든 길과 길을 피줄같이
얼클여서 역(驛)마다 느름나무가 늘어서고

긴 세월이 맴도는 그 판에 고초먹고 뱅—뱅 찔레먹고 뱅—뱅 너머지
면 '맘모스'의 해골(骸骨)처럼 흐르는 인광(燐光) 길다랗게.

개아미 마치 개아미다 젊은 놈들 겁이 잔뜩나 참아 참아 하는 마음은
널 원망에 비겨 잊을 것이었다 깍쟁이.

언제나 여름이 오면 황혼의 이 뿔따귀 저 뿔따귀에 한 줄씩 걸쳐매고
짐짓 창공에 노려대는 거미집이다. 텅 비인.

제발 바람이 세차게 불거든 케케 묵은 몬지를 눈보래만냥 날려라
녹아 나리면 개천에 고놈 살무사들 승천을 할넌지.

육사 시 「서울」의 문제적 성격

앞에 인용한 이육사(李陸史)의 시 「서울」은 육사가 중국 북경의
감옥(당시의 북경 주재 일본 영사관의 감옥으로 추정된다.)에서 옥사
하여 순국(殉國)했던 1944년 1월 16일, 그 때로부터 3년 전인 1941년
4월호『문장』지에 발표한 작품이다. 육사는 같은 지면에 「아미(蛾眉)」,
「자야곡(子夜曲)」 등 두 편의 시들과 함께 그의 '서울의 詩'에 해당하는

전통 외출복 차림의 남아

시 「서울」을 발표했다.

육사의 시로서는 널리 알려지지도 못한 것이 그의 '서울의 詩'에 해당하는 시 「서울」의 수용 양상이다. 흔히 육사의 대표작으로 지목되는 「절정」, 「광야」, 「꽃」, 「교목」, 「청포도」 등의 작품들은 식민지 시대의 모진 수난에도 불구하고 꺾이지 않았던 시인의 헌앙한 의기를 보여줌으로써 뜨거운 찬탄과 공감을 불러일으킨다. 육사 시의 그런 일반적 수용 양상과는 달리, 시 「서울」은 당대 한국인의 삶의 세목을 그 이해가 용이하지 않은 표현들로 그려내고 있어 독자들의 눈길을 사로잡지 못한 데서 생겨난 양상일 것이다. 그러나 해독상의 어려움까지 포함하는 육사의 시 「서울」이 그려낸 삶의 모습은 그 시를 꼼꼼히 읽어냈을 때에 반전되는 듯한 실감을 갖지 않을 수 없도록 만든다. 먼저 육사의 시 「서울」 전편을 찬찬히 읽어보면서 어째서 이 시가 문제적인 작품인가를 밝혀보려고 한다.

서울은 황홀한 장미빛 바다

이 시의 첫째 연에서 시인은 "황홀하기 장미(薔薇)빛 바다"와 같은 어떤 대상에 대해서 말하고 있다. 모든 층에게 두루 그렇다기보다 특히 호기심이 강한 '어린애들'이 '자랑'으로 내세우는 것이 그 대상이라는 것이다. '어린애들'이 그렇듯 자랑스럽게 생각하는 그 대상은 첫째 연의 시문장에서는 그 구체적인 모습을 드러내지 않는다. 첫째 연의 시문장에서 그 대상을 제대로 드러내지 않은 방식은 시문장의 주어를 생략한 방식이다. 첫째 연의 시문장에서 서술어로 쓰인 말은 "황홀하기 장미빛 바다였다"이다. 그런데 '무엇'이 그렇다는 것인지, 이 시 첫째 연의 시문장은 문장의 주체가 될 그 '무엇'에 대한 어떤 언급도 제대로 보여주지 않고 있는 것이다.

시의 첫째 연에서부터 시문장의 주어를 생략한 방식, 곧 시라는 담화 행위에서 중심 화제를 감추어 버리는 방식은, 시를 대하는 독자들을 난감해하도록 만들기 십상이다. 난해시가 꽤 널리 퍼져 있는 오늘의 경우에도 시의 난해성에 대한 기피는 대단하다. 그렇다면 지금부터 60여 년 전인 그 순박한 시의 시대에 이 시의 첫째 연이 독자들을 어떻게 곤혹스럽게 만들었을 것인가를 짐작하기는 어렵지 않다.

그러나 이 시를 대하는 독자가 조금만 더 인내심을 발휘한다면, 이 시의 첫째 연은 별로 어렵지 않게 풀린다. 시문장의 생략된 주어, 곧 시라는 담화의 생략된 중심 화제를 시의 표제인 '서울'로 생각해보는 데서 시문장의 주어 생략이란 어려움을 풀어내는 매듭을 찾도록 시도하는 것이다. 첫째 연의 중심 화제를 '서울'로 상정했을 때에, 어린애들의 꿈결에서조차 잊지 못할 "자랑속에 피여나 황홀하기 장미빛 바다" 같은 모습으로 떠오른 실체는 '서울'이라는 점이 선명하게 나타난다. 오랜 기간에 걸쳐 서울은 나라의 중심지, 곧 '국심(國心)'으로 부상해 있었다. 그뿐만이 아니다. 서울은 또한 문명의 온갖 혜택이 생산되고 집중되는 한국의 대표적인 도시로도 떠오른다. 바로 그 점으로 하여 서울은 많은 이의 기대 속에 '황홀한' 삶의 공간으로 자리잡게 된 것이다. 그런 관점에서 시인은 서울을 "황홀하기 장미빛 바다였다"라는 화사한 표현으로 그려낼 수 있었던 것이다.

도시와 수도의 모습을 함께 그린 '서울의 시'

시 「서울」의 첫째 연은 서울이라는 도시 공간에 대한 시골 어린이의 선망을 말하는 방식으로 그 종합적인 인상을 그려 보여준 것이었다. 그 점과는 달리 시 「서울」의 둘째 연은 서울이라는 도시에서 펼쳐지는 밤 시간의 향락을 그려낸 대목에 해당한다. 불야성(不夜城)은 거대 군중, 마천루의 이미지와 함께 근대 도시를 표상하는 중요한 상징의 하나이다. 거리와 옥내 공간을 인위적인 조명으로 밝게 만듦으로써 밤 없는 거리, 어둠 없는 거리를 만든다는 뜻을 가진 '불야성'은 근대 과학이 만들어 낸 뚜렷한 도시 이미지의 하나이다.

시 「서울」의 둘째 연은 "밤마다 야광충(夜光虫)들의 고흔 불 아래 모여서 영화로운 잔채와 쉴새 없는 해조(諧調)에 따라 푸른 하늘을 꾀했다는 이얘기"라는 말로써 서울의 흥청거리는 밤의 풍경을 그려낸다. 위 연에서도 볼 수 있듯이, 도시의 이미지로서 '불야성(不夜城)'은 단순히 불 밝힌 도시의 화려한 조명만을 말하려는 것이 아니다. 도시의 화려한 조명 못지않게 관심의 대상으로 떠오르는 것은 그 휘황한 조명을 받으며 펼치는 인간 행위이다. 위에 인용한 둘째 연에서는 '영화로운 잔채(잔치)'와 '쉴새 없는 해조(諧調)'의 행위로써 밤을 낮삼는 행위가 행해지는 것으로 그려졌다. 위 연에서 말하는 '쉴새 없는 해조(諧調)'란 '잔채(잔치)' 자리에서 울려 퍼지던 음악의 가락을 가리킨다.

이 시의 셋째 연인 "왼 누리의 심장을 거기에 느껴 보겠다고 모든 길과 길을 피줄같이 얼클여서 역(驛)마다 느름나무가 늘어서고"에서는 서울과 관련된 두 가지 사실을 그려냈다고 말할 수 있을 것이다. 서울이 '왼 누리의 심장' 격으로 비유할 수 있는 중요한 도시라는 점이 그 첫째이다. 국내의 모든 도로는 '왼 누리의 심장' 격인 서울과의 연결을 그 중요 기능으로 인식하면서 개통되었다는 점이 그 둘째이다. 이 연에서는 서울이 가진 수도와 거대 도시라는 두 개의 위상 중 앞의 위상 쪽에 좀더 무게를 두었음을 알아볼 수 있다.

조선 왕조의 부정적 역사와 민중의 무저항

이 시의 넷째 연은 모두 7연으로 짜여진 시 「서울」의 중간에 위치해 있다. 연의 위치로 보아 그렇듯이 작품의 중앙에 위치해 있으면서도, 이 연이 그려내고 있는 것은 이 시의 중심 제재인 서울 자체의 속성이라고는 말하기 어렵다. 그것은 서울로 말미암아 연상, 환기된 한국인의 삶의 행태라고나 부를 만한 모습이다. "긴 세월이 맴도는 그 판에 고초 먹고 뱅-뱅 찔레 먹고 뱅-뱅 너머지면 '맘모스'의 해골(骸骨)처럼 흐르는 인광(燐光) 길다랗게."라고 말하고 있는 넷째 연에서는 도시로서의 서울보다도 한국인의 삶의 역사를 말하는 쪽에 좀더 기울어 있다는 점이 주목된다.

"고초 먹고 뱅-뱅 찔레 먹고 뱅-뱅"이란 이 연의 앞 대목의 내포적인 의미는 선명하지 않다. 다만 분명한 것은 그 대목이 "아버지는 나귀 타고 장에 가시고/ 할머니는 건너 마을 아저씨 댁에"로 시작되는,

널리 알려져 있는 우리의 동요 「맴맴」의 한 대목 "고추 먹고 매앰맴,
담배 먹고 매앰맴"을 패러디한 대목이리라는 점이다. 그렇다면 시
「서울」의 넷째 연에서의 그 패러디는 무엇을 말하려고 한 것일까?
그 점에 대하여 중요한 암시를 던져주는 것은 그 패러디의 앞, 뒤에서
그 패러디와 연결되는 대목들의 의미이다. 그 패러디 앞에서 그 패러디
와 연결되는 "긴 세월이 맴도는 그 판에"와 그 패러디 뒤에서 패러디와
연결되는 '너머지면'이 그 대목들이다. 그 앞, 뒤 대목들로 미루어
그 패러디는 다수 한국인들의 긴 세월에 걸친 삶의 행태를 그려낸
대목으로 읽을 수 있을 듯하다. 그 패러디 뒤에 붙여 쓴 '너머지면'이란
말로 미루어보면 "고초 먹고 뱅－뱅 찔레 먹고 뱅－뱅"으로 표현된
한국인의 삶의 행태는 제 정신을 차리지 못한 채 비틀거리는 모습으로
나타난다. 비틀거리지 않고서야 쉽게 넘어지지 않을 것이기 때문에
그렇게 말할 수 있는 것이다.

"개아미 마치 개아미다 젊은놈들 겁이 잔뜩 나 참아 참아하는 마음은
널 원망에 비겨 잊을 것이었다 깍쟁이."라는 시 「서울」의 다섯째 연이
그려내는 의미 또한 그 이해가 용이하지 않아 보인다. 그러나 '개아미
(개미)'라는 낱말이 우리 언중들에게서 다수 군중을 가리키는 관용적
표현으로 흔히 사용되어 온 점과 '깍쟁이'가 '서울 깍쟁이'처럼 이기적
인 서울 사람들의 별칭처럼 사용되었던 점을 생각할 때에, 정작 난해한
대목으로 떠오르는 것은 "젊은놈들 겁이 잔뜩 나 참아 참아하는 마음은
널 원망에 비겨 잊을 것이었다"라는 대목임이 드러난다. 나는 그 대목
을 식민지 서울의 조선 청년들이 거대한 군중을 형성하면서도 조선을
식민지로 경영하던 일제에게 어떤 저항도 제대로 표하지 못하도록
무저항에 길들여진 모습을 그려낸 대목이리라고 추정한다.

서울의 군중으로서 조선 청년들이 "참아 참아" 하는 마음으로 스스로 저항의 의지를 삭힌 것은 '너'로 호칭된 서울, 또는 서울로 대표되는 조선 왕조에 대한 원망 때문에 그러했다는 것이 그 대목에 대한 나의 이해이다. 서울 또는 서울로 대표되는 조선 왕조에 대한 원망 때문에 저항의 의지를 삭혔다는 말은, 서울의 삶을 이끌고 조선 왕조를 경영했던 조선 왕조의 집권 세력이 망국의 현실을 초래한 것에 대한 원망이 컸다는 의미로 읽혀진다.

민족 재기와 일제 패퇴의 소망

"언제나 여름이 오면 황혼의 이 뿔따귀 저 불따귀에 한 줄씩 걸쳐매고 짐짓 창공에 노려대는 거미집이다 텅 비인"이라고 말하고 있는 시 「서울」의 여섯째 연에서 그려내고 있는 중심 대상은 '거미집'이다. 흔히 시에서의 '거미집'은 부주의하여 걸려드는 사냥감을 노리는 일종의 덫의 모습으로 출현한다. 또한 거미의 먹이가 되는 사냥감에게 있어 거미는 부당한 폭력을 자행하는 무법자의 모습을 띤 것으로 그려진다. 그런 의미에서 이 연에서 말하는 '거미'와 '거미집'이 일단 식민지 백성인 조선인을 노리는 일본 제국주의자와 그들이 동원한 탄압 수단에 해당한다고 짐작하는 것은 수긍할만한 점이다.

그러나 이 연에서의 '거미'와 '거미집'의 해독은 그런 일반적인 예상을 뒤집는다고 볼 수밖에 없다. 이 연에서의 '거미'와 '거미집'이 그런 일반적인 예상에 어긋나는 점은 "짐짓 창공에 노려대는 거미집이다 텅 비인"이라는 한 마디만으로도 그 대체적인 양상이 드러난다고 할 수 있다. 왜냐하면 일제 36년을 통틀어 일제는 조선인들을 탄압하고

고등주옥. 주막. 선술집과는 다른 고급 술집이었다.

착취하는 수단으로서 '거미집'을 '텅 비인' 채로 남겨둔 경우라곤 거의 찾을 수 없었기 때문이다. 따라서 이 연에서 그려낸 '거미집'이란 그런 일반적인 대상들을 그려내기 위한 것이 아니라, 좀더 특이한 대상을 그려내기 위한 것이라고 이해하여야 할 듯하다.

여섯째 연의 앞머리를 보면 '거미집'을 만들고 있는 '거미줄'은 실제의 사물 자체라기보다 일종의 환상이 만들어낸 가공(架空)의 것이라고 부를 만한 것임이 나타난다. 여기서의 '거미줄'은 거미가 흔히 줄을 치는 집의 처마 끝과 후미진 벽 사이, 나무의 이 가지와 저 가지 사이에 쳐놓은 것이 아니라, 황혼의 '이 뽈따귀', '저 뽈따귀'에 한 줄씩 걸쳐맨 것으로 그려져 있기 때문이다. 황혼의 이 뽈따귀 저 뽈따귀에 '거미줄'을 걸쳐매는 일은 두 가지 점에서 환상적이다. 황혼에는 물론 뽈따귀가 없다는 점이 그 하나이며, 어떤 거미줄도 황혼에 처맬 수는 없으리라는 점이 또 하나이다.

위에서 현실적으로는 그런 모습이 가능하지 않은, 환상적인 ‘거미집’이 상상된 것은 어째서일까? 그것은 당시 일제에게 혹독하게 억압을 받았던 한국인들이 환상으로나마 식민지 현실에서 재기하여 침략자에게 보복하려는 소망을 가졌던 것을 의미하는 것이리라고 추정해 볼 수 있다. 그러나 위 대목이 일부 한국인의 강렬한 소망을 그려낸 것이라 할지라도, 그 소망은 제대로 실현되지는 못하였던 것으로 그려져 있음에 유의할 필요가 있다. "창공에 노려대는 거미집"이 ‘텅 비인’ 것으로 그려진 점이 그런 정황을 말하고 있기 때문이다.

"제발 바람이 세차게 불거든 케케 묵은 몬지를 눈보래만냥 날러라(날려라) 녹아 나리면 개천에 고놈 살모사들 승천을 할넌지"로 짜여 있는 일곱째 연은 시 「서울」의 끝 연이다. 위 연은 한 작품의 끝 연으로서 하나의 특징적인 면을 보여주고 있는 것으로 판단된다. 이 연의 특징적인 면이란 시라는 담화 행위에서 그 때까지 미처 토로하지 못했던 화자의 깊은 내면의 소망을 털어놓는 일을 가리킨다. 화자는 그의 내면의 깊은 소망을 "제발……날러라(날려라)"라는 청원(請願)을 말하는 언어 형태 속에 담아놓고 있다. 그 언어 형태 속에 담긴 그의 깊은 소망이란 "제발 바람이 세차게 불어, 케케 묵은 먼지를 눈보라처럼 날리라"는 것이다.

시의 화자가 위 대목에서 제시한 소망은 당시 우리 공동체의 구성원들이라면 누구나 가져보았음직한 것이다. 그 시대의 "케케 묵은 몬지(먼지)"란 우리 공동체 구성원들이라면 누구나 걷어내고 싶어했던 ‘구습(舊習)’, ‘병든 현실’ 같은 부정적인 현상들이었던 것이다. 시의 화자는 그 부정적인 현상의 척결과 함께 서울과 관련된 또 하나의 관심사를 가지고 있었던 것으로 보인다. "개천에 고놈 살무사들 승천을 할년지"라는 대목에서의 '살무사들 승천'이 그것이다. 이 시의 화자가 우리 사회 자체의 부정적인 면의 척결과 함께 가졌던 또 하나의 관심사인 '살무사들 승천'이 무엇을 의미하는가는 짐작하기에 어렵지 않아 보인다. 그 존재는 이웃해 있는 약소국 조선과 그 국민을 선진 문명을 빌미로 하여 잔인하게 짓밟았던 일본 제국주의 세력들이었던 것이다.

도시-수도-역사가 어우러진 시

이제까지 보아왔듯이 육사의 시 「서울」은 '서울'이라는 제재를 중심으로 하여 적어도 세 갈래의 문제들을 그려내려 한 작품으로 보인다. 이 시가 그려내려 한 첫째 문제는 대도시로서의 서울의 면모이다. 이 시가 제작된 1940년 당시의 서울은 오늘의 서울과는 비교도 되지 않을 만큼 작은 규모의 도시였다. 또 근대 도시로서의 제반 시설에도 부족한 면이 산재했던 도시이기도 했다. 그러나 당시의 식민지 조선에 있어서 서울은 비교할 만한 다른 도시조차도 내세우기 어려웠던 대표적인 도시이기도 했다. 이 시에서는 '서울'의 대도시로서의 모습을 1연, 2연, 5연에서 주로 그려냈다.

이 시가 그려내려 한 둘째 문제는 수도(首都)로서의 서울의 면모이다. 이육사가 이 시를 썼던 무렵의 서울은 엄격한 의미에서 '서울'이라고 부르기 어려운 처지에 놓여 있었다. '서울'이 국체(國體), 곧 나라와 관련된 도시로서 '한 나라의 수도'를 의미한다면, 당시의 조선은 일제의 강점으로 말미암아 나라를 잃은 상태였기 때문이다. 그러나 서울은 이 시가 제작되었을 것으로 보이는 1940년으로부터 30년 전까지만 해도 조선 왕국의 수도였다. 그것도 1394년부터 1910년까지 517년간을 초기의 짧은 기간의 개성 천도와 임·병 양란 당시의 파천을 제외하면, 한 번도 바꿔 보려고 시도하지도 않았던 수도였다. 조선 왕국의 수도 서울은 조선을 식민지로 강탈한 일제 식민지 당국에게서도 저들의 통치의 중심지로 활용되었다. 수도로서 서울의 위와 같은 점들을 고려하면서, 이 시에서는 1연, 3연, 4연에서 서울의 수도, 또는 고도(古都)로서의 모습을 그려내려 했다.

모두 7연으로 이루어진 이 시의 1~4연에서는 서울의 수도로서의 면모와 대도시로서의 면모를 노래했다. 그러했던 것이 역사 속에서의 한국인의 삶의 모습을 노래한 4연을 분기점으로 하면서 식민지 조선의 현실에 대한 문제 쪽으로 방향을 크게 선회하였다. 시 「서울」의 5~7연에서는 두루 식민지 현실에 대한 응전의 자세가 그려졌다. 그런 중에 특히 7연에서는 한반도로부터의 침략자 일제의 퇴각과 식민지 현실로부터의 탈피를 소망하는 내용을 그려냈다.

이육사의 시 「서울」은 서울을 노래한 근·현대의 다른 서울 시편들이 대도시로서의 서울이나 수도로서의 서울 중 한 면만을 그려냈던 것과는 달리 그 두 면을 함께 그려냈다. 그의 시 「서울」은 실제의 삶에서 부각되는 서울의 두 면을 그렇게 함께 그려냈을 뿐만 아니라, 거기에 새로운 한 면을 덧붙여서 그려냈다. 그가 덧붙인 새로운 한 면이란 당시의 서울이 당면하였던 현실로서, 식민지 조선이 극복하지 않을 수 없었던 현실이다. 이육사의 시 「서울」은 그렇게 대도시로서의 면모와 수도, 고도(古都)로서의 면모 이외에, 심각한 민족 현실 문제를 덧붙여 그려냄으로써 근·현대에 만들어진 서울 시편들 중 단연 주목

일제 강점기에 경성의 행정을 맡아보던 관청인 경성부청.
오늘의 서울 시청이 이어받아 사용하고 있다.

할 만한 작품으로 다듬어지게 된 것이다.

식민지 중심 도시 서울이 거북했던 육사

시 「서울」에서 당시 한국인이 처한 식민지 현실의 극복 문제를 그려낸 것은 시인 이육사의 투철한 현실 인식과 매서운 의기의 결과이다. 시 「서울」이 제작, 발표된 때로부터 몇 달 뒤인 『조광』 1941년 8월호에 이육사는 「산시기(山寺記)」라는 수필을 발표하였다. 그 글에서 이육사는 서울에 대한 그의 평범하지 않은 느낌을 다음과 같이 설명하였다.

그래서 하룻밤을 지나고 표연히 차에 오르니 웬만하면 서울로 바로 가는 것이 보통이겠는데, 여기에 나라는 사람의 서울에 대한 감정이란 또한 남달리 델리케이트한 것이 있어, 그다지 수월한 것이 아니란 것은 마치 명가집 자식이 성격에 못 맞는 결혼을 하고 별거를 하다가 부득이한 사정이라도 있어 때때로 본가로 돌아오지 않으면 안 될 그 때의 심경과 방불한 것이다.

　그래서 될 수만 있으면 술집에도 들어서 얼근하게 한잔 하고 오듯이, 나 역시 서울이 가까와지면 슬쩍 옆길로 들어서서 한참 동안이라도 딴청을 부려 보는 것인데,

이육사가 그의 수필 「산사기」에서 서울에 대한 그의 감정이 델리케이트한 것이어서 그다지 수월한 것이 아니라고 말한 것은 그의 서울 시편인 「서울」을 참조할 때에 좀더 분명하게 드러난다고 말할 수 있다. 마찬가지로 그의 시 「서울」을 좀더 깊이있게 이해하는 데에 그의 수필 「산사기」의 몇 구절은 아주 요긴한 역할을 수행하는 것으로 판단된다. 「산사기」에서의 술회에서처럼 육사는 그 시대의 다른 이들과는 달리 서울을 범상하게 대할 수 없었던 것이다. 그가 남들과는 달리 서울에 대하여 예민한 반응을 보였던 데는 두 가지 이유를 생각해 볼 수 있을 듯하다.

첫째는, 서울과 관련된 그의 역사인식이다. 육사는 서울의 풍경으로 대표되는 조선 왕조의 집권층 또는 지도층의 무자각, 무능력이 1905년의 을사늑약(勒約), 1910년의 경술국치(國恥)를 거쳐 나라를 빼앗긴 원인이 되었다고 생각했던 듯하다. 그의 그런 인식을 시 「서울」에서 그려낸 모습이 넷째 연에서의 "고초 먹고 뱅-뱅 찔레 먹고 뱅-뱅"이라고 노래했던 대목에 해당할 것이다. 그것은 제 정신을 차리지 못한 채 취생몽사(醉生夢死)하는 것으로 그려진 조선 왕조 집권층 또는 지도층의 서글픈 초상이었다고 이해할 수밖에 없는 모습이다.

둘째는, 이미 나라를 잃은 비극적 현실에서 나라를 되찾으려는 투쟁과 관련된 그의 현실인식이다. 그가 서울을 들어설 때마다 오랜 동안에 걸쳐 돌보지 않았던 본가에 들어서듯이 불편해했던 것은 서울이 일제와 그 주구(走狗)들의 본거지로 변모했다는 생각 때문이었다. 그는 1927년에 일어난 장진홍 의거 이후 항일 독립 운동에 투신하여, 시「서울」을 발표했던 때까지 거의 15년간에 걸쳐 그 길에 줄곧 매진했었다. 항일 독립 정신이 충일했던 그에게 '조선총독부', '조선군사령부', '조선신궁' 등 일제의 식민 정책의 온갖 중심 기구들이 포진한 서울을 대하는 일은 실로 견디기 힘든 고초였을 것이다. 따라서 육사는 일제 지배하의 그런 참담한 현실로부터 벗어나는 길을 시「서울」에서 모색하지 않을 수 없었다. 시「서울」의 일곱째 연에서 "케케 묵은 몬지(먼지)를 눈보래만냥 날러라(날려라)"라고 한 것은 그가 모든 바람직하지 않은 민족 현실이 하루 빨리 소멸되기를 기원하였음을 보여준 것이다. 그 기원 중에 "고놈 살무사들 승천을 할년지"와 같이 한반도로부터의 일제의 전면 퇴각을 포함하고 있었음은 당연한 것이다.

「서울」, 식민지 시대 '서울의 시'의 종합편

이제까지 살펴보았듯이 이육사의 시「서울」은 한국 근·현대 서울 시편의 종합편이라고 불러도 좋을 만한 작품이다. 육사의 시「서울」은 대도시로서의 서울의 모습과 수도로서의 서울의 모습을 함께 그려내면서 서울 시편의 성격을 종합적으로 구현했다. 그뿐만 아니라, 육사의 시「서울」은 식민지 조선의 현실 극복이라는 시대적인 문제를 형상화하는 데에도 적지 않게 힘을 기울였다.

1941년의 발표 이후 육사의 시 「서울」은 연구자들을 포함한 독자들의 각별한 주목을 받는 데는 성공하지 못했던 것으로 보인다. 그러나 독자들의 작품 수용에서의 그런 한계에도 불구하고 시 「서울」은 서울을 대도시와 수도의 양면으로 그려낸 서울 시편의 하나로서 빛을 발하는 작품이다. 아울러 그 작품은 서울을 배경 공간으로 하여 당대의 민족 현실을 대담하고 깊이있게 그려낸 문제시의 하나로서도 무게를 지닌다. 시 「서울」은 독자들이 기억하고 향수하는 데에 유리하게 작용할 만한 형태, 수사상의 이점을 갖추지는 못했다. 그러나 그런 한계에도 불구하고 이 시는 대표적인 서울 시편의 하나로서도, 또 육사의 대표 시편의 하나로서도 새롭게 부상할 만한 가능성을 간직하고 있는 작품임에 틀림없다.

15) "나는우리집내문패(門牌)앞에서여간성가신게아니다."

가 정(家庭) | 이상(李箱)

문(門)을암만잡아다녀도안열리는것은안에생활이모자라는까닭이다. 밤이사나운꾸지람으로나를졸른다. 나는우리집내문패(門牌)앞에서여간성가신게아니다.   나는밤속에들어서서제웅처럼자꾸만감(減)해간다.   식구(食口)야봉(封)한창호(窓戶)어데라도한구석터놓아다고내가수입(收入)되어들어가야하지않나.   지붕에서리가내리고뾰족한데는침(鍼)처럼월광(月光)이묻었다. 우리집이앓나보다그러고누가힘에겨운도장을찍나보다.   수명(壽命)을헐어서전당(典當)잡히나보다. 나는그냥문(門)고리에쇠사슬늘어지듯매어달렸다. 문(門)을열려고안열리는문(門)을열려고.

이단아(異端兒) 이상의 가장으로의 초상

시인 이상은 서울의 문안인 순화동에서 출생하고 경복궁이 머지 않은 동네인 통인동에서 성장했다. 그는 수학기에도 줄곧 서울에만 머물렀었다. 그가 수학했던 동광학교, 보성고보, 경성고공은 모두 서울 시내 또는 서울 변두리에 소재했던 까닭이다. 그렇게 그는 서울 사람으로 생장했고 생활했다. 그는 서울의 주민으로 살아가면서 남다른 의식을 형성해 가지고 있었다. 그가 형성해 가졌던 남다른 의식은 당대까지 이어내려 온 낡은 인습을 청산하고 새로운 관점을 확보하는 것이었다. 그가 형성해 가졌던 새로운 의식은 그가 부딪혔던 실제의 삶과 그가 제작한 문학 작품들에 걸쳐 폭넓게 적용되었던 것으로 보인다. 그는 시, 소설 등 문학 작품의 형태에서뿐만 아니라, 윤리, 풍속 등 삶의 실제에서도 새로운 의식을 가져야 할 것으로 생각하였다.

시인 이상이 형성해 가졌던 새로운 의식과 관련하여 시 「가정」은 두 가지 면모를 보여준다. 그가 추구한 새로운 의식에도 불구하고 변화될 수 없는 면이 있는 반면, 또한 새롭게 변화된 면이 있음을 보여주는 것이 그것이다. 시 「가정」에서 확인할 수 있는, 변화될 수 없는 면이란 가족에 대한 사랑·연민 또는 가장으로서 가족 구성원에게 느꼈던 책임감 같은 것이다. 그 점을 달리 말하면, 그것은 무능한 가장으로서 이상 자신의 슬픈 초상과 관련된 모습이다.

시 「가정」에서 이상이 그려낸 무능한 가장으로서 작가의 초상은 1930년대 우리 문학의 중요한 화두였다. 이상과 가까운 친구였던 소설가 박태원은 그의 단편 「소설가 구보씨(仇甫氏)의 일일(一 日)」에서 그 문제를 그려냈다. 그의 선배 소설가인 채만식은 「레디 메이드 인생(人生)」 등의 단편들에서 역시 그 화두를 문제삼았다.

김장 담그기. 겨울이 춥고 긴 우리 가정에서는 김장을 담그는 일이 썩 중요했다.

이상의 시가 놓이는 자리

시 「가정」이 보여주는 변화된 면모는 그 시의 시문장, 시의 형태, 시의 진술 방법으로 나타나 있다. 시문장에서는 띄어쓰기를 하지 않은 예외적인 문장이 새로운 모습으로 출현한다. 시의 형태에서는 행, 연을 구분하지 않은 형태가 기대 위반의 모습을 보여준다. 시의 진술 방법에서는 짝이 맞을 것 같지 않았던 두 사물들 사이에 새롭게 짝을 맺어주는 은유의 정련(精鍊)으로 출현한다. 우리 시사에서 종전의 어느 시인도 활용하지 않았던 이 새로운 방법들을 구사함으로써 이상은 자신의 시의 특징적 성격을 확보했다. 아울러 그는 우리 시사에 새롭고 현저한 변화를 가져오는 데에 적지 않게 기여하기도 했다.

시 「가정」은 위와 같은 방법들을 구사하면서 그 시를 접하는 독자들을 거북하게 만들기 십상이다. 종래의 상식을 뒤엎은 그의 시작 방법들은 그 시에 접근하려는 의욕을 감퇴(減退)시키기 때문이다. 그러나 상당히 난해할 것으로 보이는 시 「가정」의 그런 선입관에도 불구하고 그 시에 대한 꼼꼼한 읽기는 시 읽기의 체험에 신선한 변화를 가져오게 할 것임에 틀림없다. 시 「가정」이 그려낸 삶의 모습은 그 시의 새로운 시작 방법들과 어우러지면서 그 시를 읽는 이의 생각과 느낌에 깊은 울림을 울려주기 때문이다.

시 「가정」을 포함한 이상의 시 및 그의 소설들을 대상으로 하여 시인 오규원은 그 문학사상의 의의를 말한 일이 있다. 그의 평론집 『언어와 삶』(문학과 지성사, 1983)에 수록된 「이상론」을 통해서이다. 그의 견해는 시 「가정」을 살펴보는 데에도 적지 않게 도움이 될 것으로 보여 다음에 인용해 보기로 한다.

첫째, 우리 문학사상, 자기의 삶을 이렇게 철저히 드러내 놓고 스스로 관찰하고 기록한 시인 또는 작가를 가진 적이 있었던가.
둘째, 우리 문학사상 보이지 않는 그리고 난마와 같은 우리의 정신세계를 이렇게 현미경적으로 잘 묘사한 시인 또는 작가를 가진 적이 있었던가.

가정을 꾸리지 못한 아픔

이상의 시 「가정」은 우선 시의 제목에서부터 생각할 문제점을 안고 있다. 시의 제목이 보여주듯이 그 시는 가정을 대상으로 한 시로 떠오른다. 가정은 그것이 내포한 국면이 결코 간단하지 않은 사람살이의 조직체다. 그렇다면 그 시가 그려낸 것은 가정의 어떤 국면인가를

생각해 볼 필요가 있다. 시 「가정」이 문제의 중심으로 그려낸 것은
시의 첫대목과 끝대목에서 말하고 있는 문(門), 곧 한 가정으로 들어서
는 문이다. 그 문은 표면상 한 가정으로 들어서는 입구의 의미를 가졌
다. 그러나 이면으로 보아 그것은 '바람직한 가정 실현의 길'이라는
의미를 가진 것으로 드러난다. '바람직한 가정'을 실현하기 위하여는
여러 요건들이 충족되어야 한다. 그 여러 요건들 중에서 시 「가정」은
'바람직한 가장(家長)' 되기를 문제삼은 시로 나타난다.

　시 「가정」은 '바람직한 가장 되기'라는 삶의 실제 문제를 가장인
시인의 입장에서 바라본다. 그 시에서 자신의 가정을 바라보는 시인은,
가장으로서 자신의 역할이 어떠해야 하는가를 잘 헤아리고 있다. 그러
나 '바람직한 가정'에 대한 가장의 그런 헤아림은 삶의 현실에서 실천
적인 행동으로 뻗어 나가지는 못하고 있다. 삶의 현실에서 그는 거의
무력한 존재라는 점이 그 이유이다. 따라서 시 「가정」은 '바람직한
가정'을 둘러싼 시인의 실천적인 행동을 그려낸 시라고는 할 수 없다.
그것은 '바람직한 가정'을 만들어내지 못하는, 안타까운 마음을 그려
낸 데서 멈춘 시이다. 다시 말하여 시 「가정」은 '바람직한 가정'을
구축하려는 실천적인 행동이 아니라, 그것을 구축하고 싶어하는 의식
속의 간절한 소망을 그려낸 시로서 존재한다.

　띄어쓰기를 하지 않은 답답한 시문장, 행, 연을 구분하지 않은 파격
적인 시 형태에도 불구하고 시 「가정」의 시적 진술은 선명하게 펼쳐진
다. 낱낱의 낱말들뿐만 아니라, 문(文) 단위에서도 시 「가정」의 진술은
선명하게 제시된다. 그 선명한 진술에 힘입어, 시 「가정」 전체를 크게는
셋, 조금 작게는 다섯 부분으로 구분하는 것이 가능하다. 그 구분에서
가장인 시인이 가족에게 건네는 "식구(食口)야봉(封)한창호(窓戶)어데

라도한구석터놓아다고내가수입(收入)되어들어가야하지않나"라는
호소는 매우 중요한 역할을 수행한다. 시「가정」이 그 말을 중심축으로
하여 앞, 뒤 대칭 형태로 구분되는 점에서이다. 다음에 시「가정」
전편을 다섯 토막으로 나누어 각 토막의 의미를 살펴보기로 한다.

부실 가장의 슬픈 자의식

첫째 토막은 "문(門)을암만…모자라는까닭이다"에 걸친다. 이 토막
에서 문(門)을 열려는 행위의 심층적 의미가 '바람직한 가정'을 실현하
고 싶어하는 소망의 표현이라는 점은 이미 앞에서 밝혀 두었다. 이
토막에서 문이 열리지 않는 이유를 "안에생활(生活)이모자라는까닭"
이라고 말한 근거는 분명하다. '바람직한 가정'의 실현을 위해서는
선행 요건들이 갖추어져야 하는데, 그 요건들이 갖추어지지 못한 정황
을 "안에생활(生活)이모자라는" 것으로 말한 것이다. 가정 안에 "생활
(生活)이모자라"지 않게 하려면 무엇보다 가계(家計)의 주체인 가장의
수입이 긴요하다. 그 점에서 치명적인 한계를 보여준 것이 이상의
경우였다. 따라서 "안에생활(生活)이모자라"도록 만든 궁극적인 원인
은 다른 가족 구성원들이 아닌 이상 자신의 탓으로 돌아온다. 이 토막은
'바람직한 가정'의 구축이라는 시「가정」의 중심 화두를 제기하여
그려낸다. 그러면서 그 구축을 원천적으로 망가트리는 원인 제공자
또한 시인 자신임을 밝혀내는 슬픈 정황을 보여준다.

둘째 토막은 "밤이사나운…자꾸만감(減)해간다"에 걸친다. 이 토막
의 첫문장인 "밤이사나운꾸지람으로나를졸른다"는 가장인 시인 자신
의 자의식이 얼마나 그 자신을 모질게 학대하기에 이르렀는가를 소상

하게 보여준다. 이 대목에서 무정물(無情物)인 밤이 "사나운꾸지람으로나를졸르"는 상상적 그림은 두 가지 효과를 발생시킬 것으로 예상된다. 그 첫째 효과는 자연스러운 배경 시간의 제시이다. 식민지 시대에 자본주의의 경제 여건 속에서 살았던 시인 이상에게는 교환 가치가 별로 높지 못했던 글쓰기에 매달리는 일 뿐, 다른 일거리도 수입도 없었다. 그는 낮 시간을 문인, 화가인 친우들과 산책, 방담 등으로 한가하게 보낸 뒤에, 마치 일터에서 돌아오는 다른 가장들처럼 밤 시간에 그의 집 앞에 이르렀을 것이다. 위 대목이 자연스럽게 '밤'이라는 배경 시간을 제시한 것은 뚜렷한 수입 없이 도시 공간을 떠돌던 이상의 생활 패턴과의 관련에서라고 볼 수 있다.

위의 상상적 그림이 발생시키는 둘째 효과는 시인인 가장이 부대끼던 자책감의 면모이다. 그의 자책감은 거의 자기 학대라고 부를 만한 뼈아픈 것이었다. 밤이 "사나운꾸지람으로나를졸르는" 상상적 그림은 자기 학대라고 할 만한 자의식 속에서 형성된 것이었다. 이 대목에서 밤이 "사나운꾸지람으로나를졸르는" 주체로 상상된 것은 밤이 어둠, 은폐, 미지(未知), 공포의 성질을 가진 원형적 모티프라는 점과 깊은 관련을 갖는다.

"나는우리집내문패(門牌)앞에서여간성가신게아니다"라는 둘째 토막의 둘째 문장은 시인의 가정에서 그의 위치와 그의 가정을 대하는 시인의 의식의 일단을 잘 보여준다. "우리집내문패(門牌)"라는 말은 그의 가정에서 시인의 위치가 가장이리라는 점을 일러준다. 우리의 관습에서 집의 주소와 함께 내걸리는 문패의 이름은 일반적으로 그 집의 세대주, 곧 가장을 나타내기 때문이다. "나는우리집내문패앞에서여간성가신게아니다"라는 말은 가장이라는 자신의 위치를 짐스러워하는 시인의 의식을 표출한 것에 해당한다. 낱말 '성가시다'는 "자꾸 들볶아 귀찮다, 너무 괴롭게 굴어 싫다"는 뜻을 가진 말이다. 그가 가장이어서 '성가시다'고 한 것은 그의 가족들이 들볶고 괴롭혀 귀찮고 싫다는 의미라고는 생각하기 어렵다. 가족들의 괴롭힘보다 그를 더 견디기 힘들도록 만든 것은 그 자신의 자의식이다. 자신이 한 가정의 가장이면서 가장 구실에 부실했다는 뼈아픈 자성(自省)이야말로 시인 이상을 더욱 성가시게 만든 실상이리라고 보인다.

이 토막의 셋째 문장은 "나는밤속에들어서서제웅처럼자꾸만감(減)해간다"로 되어 있다. 제웅이란 우리 민속에서 짚으로 사람의 형상을 만들어 액(厄)이 든 사람의 액땜을 하도록 만들어 버리는 사물이다. 어렸을 때에 내가 목격한 제웅의 길이는 길어야 30센티 정도였다. "나는…제웅처럼자꾸만감(減)해간다"고 한 것은 자신이 제웅처럼 작게 위축되고 또 무력감에 빠지는 점을 그려낸 말일 것이다. 그런데 그런 위축감, 무력감이 어째서 "밤속에들어서서" 나타난다는 것인가는 생각해 보아야 할 점이다. 아마도 가장인 시인의 그런 위축감, 무력감이 "밤속에들어서서" 크게 대두하는 것은, 그에게 밤이란 시간이야말로 가정이란 문제를 회피할 수 없도록 직면할 수밖에 없는 시간이기 때문일 것이다.

무너지는 가정의 상상 그림

시 「가정」의 셋째 토막은 이 시의 짜임에서 중심축을 이룬다고 했던 가족에게 건네는 호소로 되어 있다. 그것은 "식구(食口)야봉(封)한…들어가야하지않나"라는 긴 문장에 걸쳐 있다. 이 토막에서는 '바람직한 가정'의 구축을 둘러싼 가장의 책임이 가족들에게 전가되어 있음을 볼 수 있다. 앞의 첫째, 둘째 토막들에서는 '바람직한 가정' 구축을 어렵게 만드는 것이 가장 자신의 책임임을 말했었다. 그렇던 것이 이 토막에서는 가장인 '나'에 대한 가족들의 거부의 행위로 나타난다. 아마도 그 점은 가장으로서 자신의 부실이 장기화되면서 피할 수 없이 갖게 된 피해의식이리라고 이해한다.

"지붕에 서리가…전당(典當)잡히나보다"에 걸친 넷째 토막은 '바람직한 가정'을 이루지 못한 가장이 바라보는 자신의 집 안팎 풍경에 해당한다. 이 토막의 첫째 문장인 "지붕에서리가내리고뾰족한데는침(鍼)처럼월광(月光)이묻었다"에는 시 「가정」의 또 하나의 시간적 배경으로서 계절의 풍경이 제시된다. "지붕에서리가내리"는 계절인 늦가을은 한서(寒暑)의 차가 심한 한국의 각 가정이 김장, 땔감 등 겨우살이를 준비해야 할 때이다. 겨우살이 준비와 함께 몰려오는 추위는 포근한 가정이 더욱 소중하게 여겨지도록 만든다.

이 문장은 시 「가정」 중에서 유일하게 실경을 그려낸 것처럼 읽혀진다. 시 「가정」이 그려낸 다른 풍경 또는 행위들은 대체로 표면 의미와 이면 의미를 겹으로 가진 것으로 나타난다. 그런 경향과 달리 이 문장의 의미는 겹으로 읽을 필요가 없다. 이 문장이 그려낸 것은 지붕의 '뾰족한' 돌출물 같은 것이어서 그것이 이면적 의미로 읽힐 가능성은 닫혀 있다고 해야겠다. 바로 그 점이 이 문장이 그려낸 풍경을 실경으로 받아들이도록 만드는 이유이다. 이 문장이 그려낸 풍경을 실경으로 받아들일 때에 "뾰족한데는침(鍼)처럼월광(月光)이묻었다"라는 구절에서 '침'처럼 '월광이 묻'는 지붕의 '뾰족한 데'가 무엇인가를 묻지 않을 수 없다. 그것은 시의 이해에 긴요한 것이 아니어서 상세하게 살필 필요는 없는 문제이다. 다만, 1930년대의 우리 가옥들 중 양철 지붕의 두 끝 점에서는 그런 형태를 찾아볼 수 있었다는 점만을 지적해 두기로 한다.

넷째 토막의 둘째 문장인 "우리집이잃나보다그러고누가힘에겨운도장을찍나보다"에서는 가장인 시인이 무력하여 제대로 생계를 꾸려 나가지 못하는 참담한 모습을 그려냈다. 이 문장에서 시상이 돌연히 "우리집이잃나보다"처럼 비약할 수 있었던 것은 그 앞 문장에서 지붕의 '뾰족한데'를 '침(鍼)'으로 짝지었었던 점이 작용한 결과이다. "우리집이잃나보다"라는 진술이 가난으로 말미암은 한 가정의 고난을 의미한다면, 그 대목과 병치된 "그러고누가힘에겨운도장을찍나보다"라는 진술 역시 그와 유사한 정황을 말한 것으로 이해된다. "힘에겨운도장을찍"는 행위는 결국 '힘에겨운' 결단을 내리는 행위와 다르지 않다. 그것은 가난 속에서 심각한 고난을 겪는 이들에게서 흔히 목격되는 양상이다. 넷째 토막의 셋째 문장인 "수명(壽命)을헐어서전당(典當)잡히나보다"라는 진술 역시 "힘에겨운도장을찍"는 행위와 별로 다르지 않은 정황을 의미한다. 다만, 그 진술은 생명의 존엄성을 압도하는 돈의 힘을 부각시킨 점에서 주목된다.

다섯째 토막은 "나는그냥"에서 시의 끝맺음인 "문(門)을열려고"에 걸친다. 이 토막의 첫째 문장인 "나는그냥문(門)고리에쇠사슬늘어지듯매어달렸다"는 진술은 '쇠사슬'과 '나'의 매달린 모습을 짝지어놓음으로써 '나'의 처연한 모습이 극대화되도록 했다. '나'는 쇠사슬처럼 그렇게 집 문에 매달리기 어렵다. 생명체인 사람은 사물인 쇠사슬과는 엄연히 다른 존재이기 때문이다. 그러함에도 불구하고 시인 자신이 쇠사슬처럼 집의 문에 매달린 모습을 상상하는 것은 그에게 '바람직한

가정 실현'의 꿈이 얼마나 간절한 것이었던가를 일깨워 주는 모습이
아닐 수 없다.

이 시의 끝맺음이 되는 다음 문장은 "문(門)을열려고안열리는문(門)
을열려고"로 되어 있다. 우리는 이미 "안열리는문을열"려고 부심했던
시인 이상의 소망이 무엇을 의미하는가를 충분히 살펴왔다. 따라서
이상의 시 「가정」에 대한 검토를 이 정도로 끝맺으려고 한다.

16) "공허(空虛)한 군중(群衆)의 행렬에 섞이어"

와사등(瓦斯燈) | 김광균

차단—한 등불이 하나 비인 하늘에 걸려 있다
내 호올로 어델 가라는 슬픈 신호(信號)냐

긴—여름해 황망히 날애를 접고
늘어선 고층(高層) 창백한 묘석(墓石)같이 황혼에 젖어
찬란한 야경(夜景) 무성한 잡초(雜草)인양 헝클어진채
사념(思念) 벙어리 되어 입을 다물다

피부(皮膚)의 바깥에 스미는 어둠
낯설은 거리의 아우성소리
까닭도 없이 눈물겹고나

공허(空虛)한 군중(群衆)의 행렬에 섞이어
내 어디서 그리 무거운 비애(悲哀)를 지고 왔기에
길—게 느린 그림자 이다지 어두워

남대문통. 조명 간판의 일어가 눈길을 끈다.

내 어디로 어떻게 가라는 슬픈 신호(信號)기
차단―한 등불이 하나 비인 하늘에 걸리어 있다

현대적인 풍물과 회화성을 살린 시

김광균의 시 「와사등」은 1938년 6월 3일자 『조선일보』에 발표되었다. 그는 1939년에 그의 첫 시집을 내놓았을 때에 이 시의 제목으로 그의 시집 표제를 삼았다. 그런 사정으로 말미암아 이 시는 김광균의 대표작인 것처럼 널리 알려지게 되었다. 시 「와사등」을 포함한 시집 『와사등』에 실린 시들에 대하여 당대의 평론가 김기림은 다음과 같은 말들을 남겨 놓았다.

김광균씨의 『와사등(瓦斯燈)』에서 오는 경이란 어디서 오는 것일까.

그것은 우리가 공감할 수 있는 현대의 방언인 때문이 아닐까. (……)그
는 맨 처음부터 특이한 방언을 가지고 나타났다. 그것이 우리의 요망을
유다르게도 만족시키는 작용을 갖춘 것을 사람들은 그리 주의하지
않았다. (……)그가 전하는 의미의 비밀은 임화(林和)씨도 지적한 것처
럼 그 회화성에 있는데 사실 그는 소리조차를 모양으로 번역하는
기이한 재주를 가졌다. (김기림, 「30년대 도미(掉尾)의 시단 동태」,
『인문평론』1940. 12.)

앞에 인용한 글에서 김기림은 김광균 시를 그의 시답게 만드는
요인으로 두 가지를 들었다. 하나는 그의 시가 보여주는 '현대의 방언'
이다. 또 하나는 그의 시가 빚어내는 회화성이다.

김기림이 김광균 시의 특징적 성격으로 '현대의 방언'이란 말을 썼을
때에 '방언'이란 말이 듣는 이에게 상당히 거북스러운 느낌을 주는
점은 부인할 수 없다. 그러나 그 말이 상당히 거북스러운 만큼 어떤
새로운 의미를 함축하고 있는 것은 아니다. 그 말은 그저 장식적인
말로 이해하는 것이 온당할 듯하다. 하나의 방언이 한 지방 언어의
특징을 구현하듯이, '현대의 방언'이란 말 또한 현대라는 한 시대의
특징을 구현하는 언어라는 정도로 이해하면 별로 어긋나지 않을 것이다.

'현대의 방언'이란 장식적인 말의 의미를 그렇게 이해했을 때에
다음으로 제기되는 문제는 그러면 김광균 시의 어떤 것들이 거기에
해당하는가 하는 점이다. 그 점을 풀어 보기 위하여 우리는 김광균
시 언어의 특징을 검토하여야 할 터이다. 같은 글에서 김기림은 김광균
시의 새로움을 예증하기 위하여 그의 시의 몇 대목을 끌어들였다.
다음의 시행들이다.

ㅇ분수처럼 흩어지는 푸른 종소리(「외인촌」)

ㅇ파란 기폭(旗幅)이 바람에 부서진다(「가로수」)

ㅇ슬픈 도시엔 일몰이 오고/ 시계점(時計店) 지붕 위에 청동(靑銅) 비들기/ 바람이 부는 날은 구구 울었다(「광장(廣場)」)

위 예들에서는 한결같이 도시적인 것들을 만날 수 있으며 회화적인 색채 심상들을 만날 수 있다. 도시적인 것들은 위 시행들에서 시의 대상, 배경, 소재가 되거나 그렇지 않으면 비유의 보조관념으로 기능한다. 예를 들면 「외인촌」의 '분수'는 보조관념, 「가로수」, 「광장」의 '가로수', '광장'은 도시의 배경, 대상, 소재로 활용된 식이다.

김광균은 그의 모든 시들에서 예외없이 도시를 노래하지는 않았다. 그의 시들에는 도시의 풍물 자체를 노래한 시들보다 그렇지 않은 것들이 더 많은 편이다. 그런 시들에서도 그는 현대의 도시를 연상하게 하거나 현대 도시 문명을 배태하도록 한 서구적인 문물을 이끌어들이는 데에 서슴지 않았다. 가령, 시집 『와사등』의 첫머리로 실린 시 「오후의 구도(構圖)」 셋째 연, "긴— 뱃길에 한 배 가득이 장미(薔薇)를 싣고/ 황혼(黃昏)에 돌아온 작은 기선(汽船)이 부두에 닻을 내리고/ 창백(蒼白)한 감상(感傷)에 녹슬은 돛대 위에/ 떠도는 갈매기의 날개가 그리는/ 한 줄기 보표(譜表)는 적막하려니"에서 '기선', '부두', '보표', '장미', '감상' 등이 그런 것들이다. 도시의 풍물을 노래한 시들은 말할 것도 없고, 도시의 풍물과 무관한 것들을 노래하는 대목에서도 그는 서구적이고 현대적인 풍물들을 끌어들임으로써 그의 시들을 종래의 우리 시들과는 다르게 만들었다. 그는 서구적이고 현대적인 풍물들을 그의 시들에 끌어들였을 뿐 아니라, 가능한 한 그것들을 회화성을 살려내면서 끌어들였다. 황혼에 들어온 배를 "한 배 가득이 장미를 실"었다고 그려낸다든가, 뱃전을 오르내리는 갈매기의 날개짓을 "떠도는 갈매기의 날개가 그리는/ 한 줄기 보표"라고 그려내는 것이 그가 살려낸 회화성의 예이다.

실감이 적은 도시 풍경

김광균 시의 그런 방법으로 볼 때에 시 「와사등」은 현대적, 서구적인 도시의 풍경을 그려냈으면서도, 시의 회화성을 살려내는 데에는 한계를 드러낸 작품으로 보인다. 이 시에서 그려낸 도시의 풍경들로서는 고층 빌딩, 밤 거리가 보여주는 야경, 도시의 소음과 군중들로 인한 잡답 등을 들 수 있다. 그 풍경들은 이 시를 읽는 이들에게 서울 거리로 보이는 도시 풍경의 일단을 보여주지만, 실감을 주는 생동하는 힘을 갖지는 못한다. 이 시가 그려낸 도시 풍경들이 실감을 획득하는 데에 한계를 드러낸 것은 이 시가 의도한 회화적 방법이 개성적인 시각을 보여주는 데까지 이르지 못하였기 때문이다.

이 시에서 도시의 풍경이 개성적인 시각을 획득하지 못한 점은 둘째 연에서 확연하게 드러난다. 시인은 "긴─ 여름해 황망히 나래를 접고"처럼 하루의 낮 시간이 끝나는 모습을 새들이 '나래를 접'는 모습으로 그려냈다. 그런 짝짓기는 해-새가 잘 어울리는 사물들도 아니며, 참신한 느낌을 주는 것도 아니라는 점에서 안이하다는 느낌을 떨치기 어렵다. 회화적 이미지의 그 같은 부진(不振)은 그 다음 행에서도 이어진다. "늘어선 고층 창백한 묘석같이 황혼에 젖어"처럼 그려낸 다음 행에서는 고층 건물이 묘석에 짝지어졌다. 이 짝짓기는 두 사물에서 볼 수 있는 너무도 현저한 크기의 차이로 말미암아, 그의 원근법적 시각마저 의심스럽게 만들 정도이다. 이 대목에서 독자가 정작 감지하게 되는 것은 황혼이 빚긴 도시의 풍경이라기보다 시인 김광균을 감싸고 있던 의식의 어떤 편향성 같은 것이다. 같은 시에서 말하고 있는 "까닭도 없이 눈물겹구나", "무거운 비애(悲哀)" 같은 슬픈 정조와 어우러지면서 그 대목은 시인의 의식의 편향성을 뚜렷하게 보여준다. 김광균 시의 연구자들은 그의 그 같은 편향된 의식을 죽음에 대한 의식이라는 말로 정리하였다. 김광균의 시들 중 어쩌면 당시 서울의 풍경을 가장 큰 폭으로, 본격적으로 보여주려고 시도한 이 작품은 김광균 특유의 회화적 이미지가 부진하고, 그의 특이한 편향된 의식이 끼어들면서 당초의 의도를 제대로 살려내지 못했다.

원숙한 도시 풍경의 제시에 못 미쳐

시 「와사등」에서 시인은 그런 방법상의 부진을 달리 타개해 보려는 듯이 새로운 조어를 만들기도 하였다. 이 시의 제일 첫 행과 끝 행에 출현한 '차단한'이란 말이 그것이다. 이 말은 시의 앞, 뒤에서 '차단-한 등불'처럼 '등불'을 수식한 말로 쓰였다. 이 등불은 "내 호올로 어델 가라는 슬픈 신호냐", "내 어디로 어떻게 가라는 슬픈 신호기" 같은 앞, 뒤 문맥에 이어져서 한 개의 신호등 같은 의미로 이해하도록 유도되기 쉽다. 그러나 그 등불이 이 시의 표제로도 사용된 '와사등', 곧 '까스등'이기도 하다는 점에 생각이 미치면, 도시의 교통 정리를 위한 신호등의 의미로 쓰였다기보다 시인 자신이 오히려 거리의 등불에서 그 자신의 향방에 대한 신호등으로 읽었다는 의미가 살아난다.

이 시의 등불의 의미를 그처럼 읽는 데 중요하게 작용하는 것은 서울을 비롯한 우리 도시에서 가스등으로 신호등을 삼은 예는 실재하지 않았다는 점이다.

시 「와사등」의 앞, 뒤에서 사용되어 단연 세간의 주목을 받게 된 '차단—한'이란 조어(造語)는 김광균의 시들에서 여러 번에 걸쳐 사용된 말이다. '차단—한 등불'을 비롯하여 '차단—한 내 꿈'(「등(燈)」), '차단한 의상'(「설야(雪夜)」)이 그 용례이다. 이 말의 어원이 차거운 촉감을 나타내는 형용사 '차다'임은 새삼스레 말할 것도 없는데, 거기에 역시 형용사인 '단단하다'가 가세하여 만들어진 말이리라고 추정해 본다.

우리 시에서 모더니즘의 주장을 펼쳐 온 김기림은 우리 시들에서 도시의 출현을 강조하였다. 그는 자신의 시들에서도 도시에 기반한 정서를 다수 보여주었고 김광균 같은 시인에게도 그런 기대를 은연중에 표시하였다. 김기림의 기대처럼 김광균은 1930년대에 우리 도시의 정서를 그려낸 시인이었다. 그러나 그의 도시시들은 당대의 도시, 특히 당시의 대표적인 도시였던 서울에서의 삶의 중핵을 노래하는 것과는 거리를 두었다. 그의 회화시의 가장 성공적인 사례로 꼽히는 「추일서정(秋日抒情)」 같은 시가 오히려 도시 변두리의 풍경을 뎃상한 시라는 점은 그 좋은 사례가 된다. 도시를 생활 배경으로 하여 만들어진 새로운 정조의 시가 제대로 개화하는 데는 좀더 시간의 흐름이 필요하였던 것이다.

17) "수부(首府)는 비만하였다. 신사와 같이"

한강 철교. 조선의 남부지역에서 서울로 들어오는 중요한 길목이었다.

수부(首府) | 오장환(吳章煥)

1

수부(首府)의 화장터는 번성하였다.

산마루턱에 드높은 굴뚝을 세우고

자그르르 기름이 튀는 소리

시체가 타오르는 타오르는 끄름은 맑은 하늘을 어질러놓는다.

시민들은 기계와 무감각을 가장 즐기어한다.

금빛 금빛 금빛 금빛 교착(交錯)되는 영구차.

호화로운 울음소리에 영구차는 몰리어오고 쫓겨간다.

번잡을 존숭(尊崇)하는 수부의 생명

화장장이 앉은 황천고개와 같은 언덕 밑으로 시가도(市街圖)는 나래
를 펼쳤다.

2

덜크덩덜크덩 화물열차가 철교를 건널 제
그는 포식하였다.
사처(四處)에서 운집하는 사물들
수레 안에는 꿀꿀거리는 도야지 도야지도 있고
가축류—식료품.—원료. 원료품. 재목. 아름드리 소화되지 않은 재
목들—
석탄—중석—아연—동, 철류
보따리 멱대기 가마니 콩 쌀 팥 목화 누에고치 등
거대한 수부의 거대한 위장(胃腸)—
관공용(官公用)의
민사용(民私用)의
화물, 화물들
적행낭(赤行囊)—우편물—
묻어 들어오는 기밀비, 운동비, 주선비, 기업비, 세입비
수부에는 변장한 연공품(年貢品)들이 낙역(絡繹)하였다.

3

강변가로 위집(蝟集)한 공장촌—그리고 연돌(煙突)들
피혁—고무—제과—방적—
양주장(釀酒場)—전매국……
공장 속에선 무작정하고 연기를 품고 무작정하고 생산을 한다
끼익 끼익 기름 마른 피대가 외마디 소리로 떠들 제
직공들은 키가 줄었다.
어제도 오늘도 동무는 죽어나갔다.
켜로 날리는 먼지처럼 먼지처럼
산등거리 파고 오르는 토막(土幕)들
썩은 새에 굼벵이 떨어지는 추녀들

종로네거리, 현재의 종로타워 자리에 있었던 화신백화점.
당시에 조선인들이 즐겨 찾았던 대표적인 점포였다.

이런 집에선 먼 촌 일가로 부쳐온 공녀(工女)들이 폐를 앓고
세멘의 쓰레기통 룸펜의 우거(寓居)—다리 밑 거적때기
노동숙박소
행려병자 무주시(無主屍)—깡통
수부는 등줄기가 피가 나도록 긁는다.

4
신사들이 드난하는 곳
주삣주삣 하늘을 찔러 위협을 보이는 고층 건물
둥그름한 주탑(柱塔)—점잖은 높게 뵈려는 인격
꼭대기 꼭대기 발돋움을 하여 소속(所屬)의 깃발이 날린다.
무던히도 펄럭이는 깃발들이다.
씩, 씩, 뽑아 올라간 고층건물—
공식적으로 나열해 나가는 도시의 미관
수부는 가장 적은 면적 안에서 가장 많은 건물을 갖는다.

수부는 무엇을 먹으며 화미(華美)로이 춤추는 것인가!
뽕따라 뽕, 뽕, 연극단의 군악은 어린이들을 꼬리처럼 달고 사잇길로
돌아 나가고
유한(有閑)의 큰아기들은 연애를 애완견처럼 외진 곳으로 끌고 간다.
"호, 호, 사랑을 투우처럼 하는 것은 고풍이에요"

5

쉿 쉿 물러서거라
쉿 쉿 조용하거라
―외국 사신의 행렬
각하, 각하, 각하―
간판이 넓어서 거추장스럽다.
가차이 오면 걸려들면 부상!
눈을 가린 마차마(馬車馬)가 아스팔트 위로 멋진 발굽 소리를 홍겨워
내뻗는 것도 이럴 때다!

6

초대장―독주회 독창회
악성(樂聖)―가성(歌聖)―천재적 작곡가
남작의 아들―자작의 집
수부의 예술이 언제부터 이토록 화미(華美)한 비극이었느냐!
향연과 향연
예술가들이 건질 수 없는 수렁 속으로 빠져 들어가는 일은 슬픈
일이다.

7

여행들을 합니다
똑똑하다고 자처하는 사람은

서울을 옵니다
영미어(英米語), 화어(華語), 내지(內地)말, 조선말
똑똑하다는 사람들은 뒤리뒤섞어 이야기를 합니다.
돈을 모은 이는 수부로 이주합니다
평안한 성금법(成金法)이외다
조선(祖先)의 토호질한 유산
금광
일확천금 투기―
돈을 많이 모은 사람은 고향을 떠납니다
돈을 많이 모은 사람은 고향을 떠나옵니다.

8

박물관―사원―불각 교회당……
뾰족한 피뢰침들
시민들은 이러한 곳을 별장처럼 다닌다
시민들은 이러한 곳을 공원처럼 다닌다
이런 곳에는 많은 남자가 온다
이런 곳에는 많은 여자가 온다
수려한 자연을 피하여 온 사람들
모조된 자연이 있는 공원으로 몰리어온다

9

수부는 어느 때 시작되고 어느 때 그치는 것이냐!
카페와 빠는 나날이 늘어가고
제비처럼 날씬한 예복―
대체 이놈의 안조화폐(雁造貨幣)들은 어데서 만들어내이는 것이냐!
사기―음모―횡령―매수―중혼(重婚)……
돌이킬 수 없는 회한과 건질 수 없는 비애

퇴폐한 절망에 젖은 대학생들-
의사와 의학사
너들은 푸른 등불 밑에서 무슨 물고기와 같은 우수(憂愁)들이냐!
하수도공사비-
도로포장공사비-
제방공사비-
인건비 창창(窓窓)이 활짝 열어제치고 잇몸을 드러내고 웃는 중소상
업자
중소상인들의 비장한 애교
"어서요 옵쇼 오십쇼"
18간 대로-병립된 가로등-가로수
다람쥐처럼 골목으로 드나드는 택시들-
외길로만 달아나는 전차들 전차는 목적이 없기 때문에
저놈은 차고로 되들어간다
트랙-
모터 사이클 그냥 사이클
무진회사(無盡會社)의 외교원들은 자전거로 다니며 조사에 교통비
를 받는다

10
대체 저널리즘이란 어째서 과부처럼 살찌기를 좋아하는 것인가!
광고-광고-광고-화장품, 식료품
범람하는 광고들
메인 스트리트 한낮을 속이는 숙난한 메인 스트리트
이곳을 거니는 신상(紳商)들은
관능을 어금니처럼 아낀다
밤이면 더더욱 열란(熱亂)키를 바라고
당구장-마작구락부-베비, 골프

문이 마음대로 열리는 술막—

카푸에—빠—레스트란—차완(茶碗)—

젊은 남작도 아닌 사람들은 왜 그리 야위인 몸뚱이로 단장을 두르며

비만한 상가, 비만한 건물, 휘황한 등불 밑으로 기어들기를 좋아하느

냐!

너는 늬 애비의 슬픈 교훈을 가졌다

늬들은 돌아오는 앞길 동방의 태양—한낮이 솟을 제

가시뼉다귀 같은 네 모양이 무섭지는 않니!

어른거리는 등롱에 수부는 한층 부어오른다

11

수부는 지도 속에 한낱 화농된 오점이었다

숙란하여가는 수부—

수부의 대확장—인근 읍의 편입

격랑 같은 오장환의 삶과 두 가지 시련

1930년대와 1940년대 초 그리고 광복 이후의 몇 년 간을 격랑(激浪)
처럼 살며 노래했던 시인 오장환, 그는 이 땅 위에서 만 33년(1918~
1951)에 불과한 짧은 생애를 살았을 뿐이다. 그 짧은 생애에 걸쳐
그는 『성벽(城壁)』, 『헌사(獻詞)』, 『나 사는 곳』, 『병든 서울』, 『붉은
기』(월북 이후 북에서 낸 시집이다) 등 5권의 시집들을 내어놓으면서
시인으로서 그의 궤적을 뚜렷이 새겨 놓았다.

짧은 생애를 살아가면서 그는 마음과 몸의 심각한 고초를 겪어야
했던 것으로 보인다. 그가 활동했던 연대가 일제의 폭압이 날로 흉폭해
지던 시대, 이데올로기의 갈등이 격심했던 시대였음을 새삼스럽게

거론하지는 않기로 한다. 우리 민족 공동체의 그런 신산스러운 고난이
아니더라도 그는 힘겨운 세월을 살았다. 그에게 다가온 첫 시련은
그의 출생과 관련된 것이었다. 조선 왕조 시대의 적서 차별의 유풍이
엄존했던 시대에 그는 첩실의 소생인 서자로 태어났던 것이다.

그가 겪었던 또 하나의 시련은 그의 생명을 위협하는 질병이었다.
그는 신장병을 앓았던 것으로 알려져 있다. 그는 민족 해방의 환희도
병원의 병상에서 맞았으며, 월북 후에도 병고에서 헤어나지 못하여
1948년 말에 당시 북한에 진주(進駐)하였던 소련군 당국의 배려로
모스크바 병원으로 보내져 7개월간에 걸쳐 치료를 받았을 정도였다.
그는 모스크바 병원에서 돌아온 때로부터 불과 두 해 뒤인 1951년에
타계한 것으로 알려져 있다.

오장환이 부딪혔던 두 가지 고난은 함께 운명의 모습을 띠고 있었다.
병고와 다를 것 없이 출생에 따른 신분차별 또한 그 주체의 선택,
결정을 넘어서는 것이기 때문이다. 그러나 오장환은 그에게 가해졌던
적서 차별이란 관습에 대하여는 격렬하게 저항하는 태도를 보여주었
다. 낡은 관습을 대상으로 한 그의 저항은 상당히 성공을 거둔 것처럼
보인다. 낡은 관습의 존재 근거 자체가 미약한 것일뿐더러 변동하는
가치관이 그 관습의 지속에 부정적이었기 때문이다. 실제의 삶에서
그가 얼마나 적서 차별을 포함한 낡은 습속(習俗)에 저항했던가는 알려
져 있지 않다. 그러나 그가 그의 시작에서 보여준 낡은 습속에 대해
맞섰던 저항은 완강한 것이었다. 말하자면 그는 그의 시작의 첫 단계를
그 관습에 대한 저항으로부터 시작하였다고 볼 수 있을 정도이다. 그의
첫 단계의 시들 중 「성씨보(姓氏譜)」, 「정문(旌門)」, 「종가(宗家)」 등은
그의 그런 저항의 의지를 생생하게 그려낸 작품들이다.

나는 성씨보가 필요치 않다

다음에 인용하는 시 「성씨보(姓氏譜)」는 그 같은 그의 저항의 일단을
보여준다. 이 시의 끝 대목에서 오장환이 "나는 성씨보(姓氏譜)가 필요
치 않다. 성씨보(姓氏譜)와 같은 낡은 관습이 필요치 않다."고 선언하듯
이 말한 것은 '성씨보' 같은 족보 만들기라는 낡은 습속을 비판하는
한편, 그 바탕 위에서 행해졌던 적서 차별과 같은 비인간적 차별에
종말을 지어야 할 것임을 선언하는 것으로 읽힌다. 또한 "해변가으로
밀려온 소라속처럼 나도 껍데기가 무척은 무거웁고나, 수퉁하고나."
라는 대목은 '오씨' 가문의 서출(庶出)로 태어난 자신의 결코 가볍지
않았던, 부끄러운 심경을 토로한 것에 해당한다. 그 대목에서 특히
'수퉁하고나'라는 낱말을 선택한 것은 절묘하다는 느낌을 준다. '수퉁
하다'의 사전상 표제어는 '수통(羞痛)하다'로 올라 있는데, 그 의미는
"부끄럽고도 분한 마음이 든다"로 풀이되어 있다. 부끄러운 마음이
자기 자신에게로 향하는 것이라면, 분한 마음은 외부의 대상으로 향하
는 마음이다. 그렇게 한 낱말로써 양가적(兩價的) 심정을 표현한 점에
서 그 낱말의 기능은 돋보인다고 하겠다.

내 성(姓)은 오씨(吳氏), 어째서 오가(吳哥)인지는 나도 모른다. 가급
적으로 알리워 주는 것은 해주(海州)로 이사온 일청인(一淸人)이 조상
이라는 가계보(家系譜)의 검은 먹글씨. 옛날은 대국(大國) 숭배를 유―
심히는 하고 싶어서, 우리 할아버니는 진실 이가(李哥)였는지 상(常)놈
이었는지 알 수도 없다. 똑똑한 사람들은 항상 가계보(家系譜)를 창작
하였고 매매하였다. 나는 역사를, 내 성을 믿지 않어도 좋다. 해변가으
로 밀려온 소라속처럼 나도 껍데기가 무척은 무거웁고나. 수퉁하고나.
이기적인, 너무도 이기적인 애욕(愛慾)을 잊으려며는 나는 성씨보(姓

氏譜)가 필요치 않다. 성씨보(姓氏譜)와 같은 관습이 필요치 않다.
─「성씨보(姓氏譜)」 전편

그런 저항의 의지를 그려내는 작업과 함께 그의 첫 단계의 시들에서 찾아볼 수 있는 양상은 그의 향리(鄕里) 탈출의 의지이다. 그의 향리에는 그를 잡아 묶는 낡은 습속이 여전히 하나의 질서의 틀을 이루고 있었을 것이다. 그런 만큼 그가 탈향을 시도했던 것은 그의 처지로서는 당연한 귀결이었다. 초기 시들로 보아, 그는 두 방향으로 탈향을 시도했던 것 같다. 많은 농촌 주민이 그러했던 것처럼 도시, 특히 서울로의 탈출을 감행한 것이 그 하나이다. 또 하나는 그만의 특별한 선택으로 어항을 향하여 탈출한 것이 그것이다. 이 글에서 살펴보려고 하는 시 「수부(首府)」는 도시, 특히 서울로 향한 그의 탈출 지향과 관심이 낳은 산물이다.

시 「수부」는 1936년 11월호 『낭만(浪漫)』에 발표된 오장환의 장시이다. 이 시는 발표 연대로 보아서도, 그의 시작품 발표순으로 보아서도, 그의 시 첫 단계 중에서도 첫 무렵의 작품에 해당한다. 오장환의 출생 일자는 1918년 5월 15일로 밝혀져 있다. 그렇다면 이 시를 제작했던 때의 그는 만 18세를 막 지났던 무렵일 것이다. 그렇게 연소했던 때의 그가 서울과 같은 대도시의 다수 문제들을 포용하면서 시 「수부」의 제작을 감행한 것은 놀라운 일이 아닐 수 없다. 그가 얼마나 시작에 대담했고 어떻게 그 일에 온 힘을 기울였던가를 미루어 짐작할 만하다.

시 「수부」를 검토한 글(「식민지 자본주의와 근대 문명의 내파」, 『오장환 전집』 해설문)에서 김재용 교수는 그 작품 전체를 4단락으로 나누어 검토하였다. 이 글에서도 김재용의 그 구분 방법을 따라서

시 「수부」 전체를 4단락으로 나누어 살펴보기로 한다. 이 시의 서장에
해당하는 1단락은 <1>만으로 구성된다.

「수부」의 서장과 화장터

<1>
수부(首府)의 화장터는 번성하였다.
산마루턱에 드높은 굴뚝을 세우고
자그르르 기름이 튀는 소리
시체가 타오르는 타오르는 끄름은 맑은 하늘을 어질러놓는다.
시민들은 기계와 무감각을 가장 즐기어한다.
금빛 금빛 금빛 금빛 교착(交錯)되는 영구차.
호화로운 울음소리에 영구차는 몰리어오고 쫓겨간다.
번잡을 존숭(尊崇)하는 수부의 생명
화장장이 앉은 황천고개와 같은 언덕 밑으로 시가도(市街圖)는 나래
를 펼쳤다.

<1>은 시 「수부」의 서장에 해당한다. 시 「수부」의 서장에 해당하는
<1>에서 도시의 다른 많은 시설물들을 제쳐두고 하필 화장터의
풍경을 그려낸 점은 한 마디로 충격적이다. 게다가 사람의 시신(屍身)
을 화장하는 풍경을 상상하여 "자그르르 기름이 튀는 소리"라고 표현
한 대목에 이르면 오싹하게 느껴질 만큼 충격적이지 않을 수 없다.
오장환은 왜 이 같은 충격적인 풍경으로 이 시를 시작하였던가를
선뜻 대답하기는 용이하지 않아 보인다. 그는 이 시의 독자들을 충격시
킴으로써 이 시를 문제적인 작품으로 끌어올리려는 의도를 가졌던
것일까? 그런 의문은 시인에게 자칫 뜻밖의 결례를 저지를지도 모른

다. 그런 이해는 서장 단락을 시의 구조와는 무관하게 왜곡된 배치로 설정했다는 해석을 낳게 하기 때문이다. 따라서 이 시의 독자들에게 적지 않은 충격을 주리라고 보이는 서장 단락을 이해하는 데는 시의 구조를 염두에 두는 방법이 가장 온당하리라고 생각한다.

나는 그 점과 관련하여 이 시의 서장을 충격적인 풍경으로 시작하게 된 것은 서울을 바라보는 거시적인 시각이랄까, 서울의 외부로부터 서울을 바라보려던 의도의 산물로서 이해하는 것이 바람직하다고 생각한다. 이제부터 '수부(首府)', 곧 서울에서의 삶을 그려보려는 시인 은 당연히 서울 외부로부터 서울을 거시적으로 바라보고 싶었을 것이 다. 대상의 세부를 말하기 전에 대상 전체를 조망하는 것, 그것은 하나의 대상을 대하는 기본적 태도이다. 그 경우에 서울의 외부로부터 서울을 바라보는 유리한 시각을 어느 지점에서 획득할 수 있었을까? 그 경우에 주로 4대문 안과 오늘의 중구 일대로 뻗어 있었던 당시의 서울을 바라보는 가장 유리한 곳으로는 두 개의 지점이 떠오른다. 첫째는 한강을 건너오면서 서울을 바라보는 지점이다. 둘째는 무악재 라고 부르는 서울 영천 바깥의 높은 고개 위에서 서울 시내를 내려보는 지점이다.

두 개의 지점은 함께 길고 긴 역사와 깊은 관련을 가졌다. 옛 동작나 루가 가까운 노량진에서 철도편으로 시내로 들어오면서 서울을 바라 보는 지점은 영남, 호남, 호서 지방에서 서울로 들어오는 길목에 해당 한다. 그 길을 따라 경부선, 호남선의 철도가 깔렸으므로 그 지점의 중요성은 더 증대되었다고 말할 수 있다. 한반도의 서북 끝 지점인 의주까지 뚫린 무악재 너머로 뻗은 길은 관서, 해서 지방으로 뻗은 길이며, 관북 지방으로도 이어지는 길이다. 서울 가까운 지역이면서 그 길에는 철도가 부설되지 않았다. 신의주에서 출발한 경의선은 서울 가까이 접근하면서 수색―신촌을 이으면서 불광―녹번―홍제를 잇는 지역을 우회했기 때문이었다. 그렇게 철도가 부설되지 않았음에도 불구하고 그 길의 쓸모는 크게 줄었다고 말하기는 어렵다.

위에서 말한 두 개의 지점 중 시 「수부」는 후자를 선택했다. 한강 철교를 거치는 지점인 전자가 서울 시내로 들어서고 또 서울 시내를 바라보는 더 잘 알려진 지점이기는 하다. 오장환은 아마도 한국인에게 가장 널리 알려진 그 지점을 피하고 싶었던 듯하다. 그 지점을 피하면서 그는 무악재 너머 홍제동에 새로 자리잡은 화장터까지 그의 시에서 함께 그려내 보려는 의욕을 가졌던 것이 아닌가 한다. 그에게는 치열한 생존 경쟁의 공간인 서울 시내와 죽은 이를 장송(葬送)하는 새로운 장법(葬法)의 공간인 시계(市界) 밖의 홍제동 화장터를 대비해 보는 시도가 흥미롭게 여겨졌을 법하다. 바로 그런 의도에서 오장환은 옛 고양군 은평면(현재 서울시 은평구의 관할 지역에 해당한다)에서 무악 재 쪽으로 뚫려 서울로 들어서는 길을 서울을 바라보는 지점으로 선택한 것이다. 오장환의 그런 의도는 <1>의 끝 대목인 "화장장이 앉은 황천고개와 같은 언덕 밑으로 시가도(市街圖)는 나래를 펼쳤다" 라는 진술에서 뚜렷하게 드러난다. 시 「수부」는 서울을 바라보기 유리 한 또 하나의 지점으로서 한강 철교를 건너는 지점에 대한 배려도 잊지 않았다. 이 시에서 그 지점에 대한 서술은 <2>에서 찾아볼 수 있다.

<1>에서 "금빛 금빛 금빛 금빛 교착(交錯)되는 영구차"라는 대목 에는 약간의 설명이 필요할 듯하다. 이 시가 제작된 1930년대는 물론, 1960년대까지 사용되었던 영구차에는 차 외면에 금빛 도장(塗裝)을

했었다. 차의 바탕 도장은 검은빛이었고 창틀, 투각(透刻) 무늬 등에 주로 금빛을 사용하는 식이었다. 위 대목은 바로 그 점을 그려낸 것에 해당한다.

서울의 물적(物的) 토대와 인간 행태

시 「수부」의 <1>은 서장, <11>은 종장에 해당한다. <2>에서 <10>까지는 본장에 해당하는데, 그것은 다시 두 단락으로 구분된다. <2>~<4>는 주로 서울이라는 도시의 물적 토대를 구축하는 각종 재화의 반입과 각종 물품들을 생산하는 공장, 서울로 유입된 사람들의 주거, 다수의 회사, 사무실들로 북적거리는 빌딩들을 그려낸다. <5> ~<10>에서는 도시 공간 안에서 벌어지는 인간의 온갖 행태를 그려 내는 것으로, <2>~<4>에서의 물적 토대를 보여주었던 모습과 구별된다. <5>~<10>에서 보여주는 도시인의 행태에는 고관의 행차, 알맹이가 없는 예술 행위의 희극상(像), 부유층의 도시 집중 양상, 참된 신앙심이 결핍된 교회, 사원의 증가, 거짓과 퇴폐 그리고 상술(商術)이 판치는 도시의 실상, 저널리즘과 광고의 범람 등이 고발 된다. 이 시의 종장인 <11>에서는 도시의 이상(異常) 비대(肥大)를 말하면서 도시는 "지도 속의 한낱 화농(化膿)된 오점"이라는 정언(定 言)으로써 작품을 맺는다.

시 「수부」의 네 단락이 그려내는 서울에서의 삶의 모습을 위와 같이 간략히 돌아보았을 때에 이 시의 한 행 한 행을 낱낱이 검토하는 작업은 비생산적일 개연성이 높으리라는 생각을 갖게 된다. 이 시의 본장에서 그려낸 서울의 물적 토대, 도시에서의 인간 행태는 오늘의 거대도시 서울의 도시 현상을 짐작하는 이들에게는 어렵지 않게 이해할 만한 것이겠기 때문이다. 그런 것들을 길게 풀이하는 작업은 자칫하여 낭비로 전락할 가능성을 내포한다. 따라서 나는 시 「수부」에서 논의할 남은 문제로 종장인 <11>에서 "숙란(熟爛)하여가는 수부-/ 수부의 대확장-인근 읍의 편입"이라고 오장환이 그려낸 서울의 인구 증가와 구역(區域) 확장 그리고 당시 서울의 주거 문제를 살펴보는 선에서 이 시에 대한 논의를 마치려고 한다.

서울로의 인구 집중과 주거 문제

시 「수부」의 <7>에는 "똑똑하다고 자처하는 사람은/ 서울을 옵니다", "돈을 모은 이는 수부로 이주합니다/ 평안한 성금법이외다" 같은 진술들이 나타나 있다. 돈을 많이 모은 지방의 부유층은 서울로 모여들어 그들이 지방에서 모은 재산을 더욱 안전하게 불려 나가는 한편, 대도시로서 서울이 갖춘 각종 문화 편의시설들을 향유하는 삶을 살아간다는 진술이다. 1930년대의 서울의 인구 증가에는 그렇게 지방에서 이미 부를 축적한 부유층의 이동도 당연히 포함되어 있었을 것이다. 그러나 그 숫자는 극히 미미한 것이었다. 당시의 서울 인구 증가에 역시 큰 몫을 차지한 것은 생계 수단을 찾기 위해 서울로 몰려든 빈민들이었다. 그 대부분이 농촌에서 소작인으로 생계를 꾸리던 이들로 식민지 체제 아래 놓여 있었던 한반도의 공업화 물결을 따라 일자리를 찾아 서울로 몰려든 이들이 대부분이었다. 특히 오장환의 시 「수부」가 제작, 발표되었던 시기인 1936년은 서울의 인구가 한창 급증하던 연대였다. 식민지 당국이 시행하였던 인구 통계에 따르면 1930년에

39만 4천 명이었던 서울 인구는 1940년에는 93만 6천 명에 이를 정도로 폭발적인 증가세를 보였다. 그 통계는 1930년대의 10년 동안 서울의 인구수가 2.5배에 달할 만큼 엄청나게 팽창했음을 보여준다. 그렇게 인구수가 팽창하고 보니 한창 인구가 격증했던 1970년대 전후의 서울처럼 1930년대 당시의 서울도 다수의 도시 문제들을 발생시킬 수밖에 없었다. 다수의 도시 문제들이 발생한 중에서 여기서는 서울의 구역 확장과 주거 문제에만 국한하여 살펴보기로 하겠다.

당시에 서울로 몰려든 빈민들은 서울 시내에서 거처를 찾기도 했지만, 주택 부족으로 서울의 외곽 지역에 토막을 짓기도 하고, 서울 인근의 읍면에서 거처를 구하기도 했다. 그들이 구할 수 있었던 거처라야 남의 집 셋방, 행랑이 아니면, 자기네 손으로 얽어낸 토막일 수밖에 없었다. 토막은 당시에 불량 주택의 대명사처럼 알려져 있었던 주거이다. 1932년에 발표된 유치진의 희곡의 제목 「토막(土幕)」은 그런 배경에서 붙여진 이름이었다. 시 「수부」의 <3>에는 당시 서울로 유입된 빈민층의 주거인 토막의 실상이 단편적으로 그려져 나타나 있다. "켜로 날리는 먼지처럼 먼지처럼/ 산등거리 파고 오르는 토막들/ 썩은 새에 굼벵이 떨어지는 추녀들/ 이런 집에선 먼 촌 일가로 부쳐온 공녀(工女)들이 폐를 앓고"가 당시 서울 외곽 지역에 산재했던 토막에서의 삶을 그려낸 모습이다.

앞의 인용 대목에서 우리는 토막의 실상을 짐작할 수 있는 두 개의 단서를 포착한다. '산등거리 파고 오르는' 토막의 대지와 '썩은 새'로 대표되는 토막의 자재(資材)가 그것이다. 토막은 일반 주택이 지어지듯 평지 위의 대지에 지어진 건조물이 아니다. 그것은 집이 지어지기 어려운 산등성이를 기어올라 깎아 만든 비좁은 대지 위에 가설된

불법, 불량 주택이었다. '썩은 새'는 토막 건조에 사용된 불량한 재료를 알려 준다. '새'는 억새, 띠 같은 식물들의 총칭이기도 하고, 짚 따위로 만든 이엉을 가리키는 말이기도 하다. 여기서는 후자의 뜻으로 토막의 지붕으로 사용된 짚을 가리키는 말로 보인다. 무슨 여유가 있어 토막의 주인이 제법 그럴 듯한 이엉으로 지붕을 얹을 수 있었으랴. 그런 의미에서 '썩은 새'는 제법 격식을 갖춘 지붕의 이엉이 아니라, 이엉을 대신하여 덮은 가마니짝을 가리킬 것으로 짐작한다. 70년~90년대 서울 달동네의 불량 주택들보다 한층 더 조악한 주거였던 것이 당시의 토막이었던 것으로 추정된다.

비좁은 서울의 행정 구역으로 말미암아 여러 형태의 문제들이 발생하자 식민지 당국은 큰 폭으로 서울의 확장에 착수했다. 일제 강점기를 통하여 서울의 구역 확장이 가장 큰 폭으로 단행된 것은 시 「수부」가 제작되었을 무렵인 1936년 4월경이었다. 당시에 식민지 당국은 한강 남쪽의 큰 읍이었던 시흥군의 영등포읍과 서울을 둘러싼 고양, 시흥, 김포 3개 군 관내의 일부 넓은 지역을 서울의 구역으로 편입시켰다. 1936년의 그 같은 대확장으로 말미암아 서울의 면적은 종전의 네 배 가까이에 이를 만큼 넓혀졌으며, 확장 뒤의 인구는 72만 7천을 헤아리기에 이르렀다. 오장환이 시 「수부」를 끝맺으면서 "수부의 대확장─인근읍의 편입"이라고 말했던 것은 서울의 그 같은 대확장을 가리킨 것이다. 오장환이 노래하였듯이 서울은 그 인근의 읍면을 서울의 구역 안으로 편입하면서 더욱 숙란(熟爛), 번성하는 길을 걸어 2004년 오늘의 서울과 같은 거대 도시의 면모를 갖추기에 이르렀다.

18) "초라한 붓을 들어
　　흰 조희에 니힐의 꽃을 담뿍 그렸다"

자화상(自畵像) 37년 | 김광섭

장미(薔薇)를 얻었다가
장미를 잃은 해

저기서 포성(砲聲)이 나고
여기서 방울이 돈다.

힘도 아니요 절망(絕望)도 아닌 것이
나의 하늘을 흐리우던 날

나는 하품을 치는
추근한 산호(珊瑚)였다.

    ×   ×

아침에 나간 청춘(靑春)이
저녁에 청춘을 잃고 돌아올 줄은 믿지 못한 일이었다.

의사(醫師)는 칼슘을 권(勸)했고
동무는 술잔을 따랐다.
드디어 우수(憂愁)를 노래하여
익사(溺死) 이전(以前)의 감정(感情)을 얻었다.

초라한 붓을 들어 흰 조희에
니힐의 꽃을 담뿍 그렸다.

1937년에 그린 시인의 자화상

이산(怡山) 김광섭(1905~1977)의 첫 시집 『동경(憧憬)』(1938)에 수록되어 있는 이 시는 1935년~40년 무렵에 씌어진 그의 초기 시의 성격을 선명히 보여준다. 김광섭 초기 시의 성격은 시인 자신의 신변을 노래하면서도 시대의 거대한 그림자에 시인이 짓눌려 있는 모습을 보여주며, 시의 지적 표현을 의도하면서 관념의 과잉 노출을 드러낸 것으로 나타난다. 위에 인용한 「자화상 37년」은 바로 그런 성질의 한 예가 될만한 작품이다.

이 시의 제목인 「자화상 37년」은 시를 읽는 이를 잠깐 멈칫거리게 만든다. '자화상' 뒤에 붙은 '37년'이란 햇수가 시인 자신의 연령을 가리키는 것인지, 그렇지 않으면 제작 연도를 가리키는 것인지 분명하지 않기 때문이다. 그 의문은 이 시를 수록한 시집의 출판이 1938년에 이루어졌고 그 해에 시인의 연령은 우리 나이로 세어도 34세를 넘지 않았다는 점에서 어렵지 않게 해명된다. 「자화상 37년」은 1937년에 작성된 시인의 '자화상'이란 점이 분명해진 것이다.

만 32세를 맞고 넘겼던 1937년에 시인 김광섭은 한 여인을 사랑했었던 듯하다. 어떤 사정이었던지 그는 그 사랑을 키우다가 중단했다. 이 시의 첫머리에서 그는 그 사건을 "장미를 얻었다가/ 장미를 잃은 해"라고 적었다. 한 여인을 사랑했던 그 일은 시인 김광섭에게 아주 중대한 사건이었던 모양이다. 그렇기에 한 해의 자화상을 그려낸 이 시의 가장 앞자리에 그 사건을 서슴지 않고 적어 놓았을 것이다. 그가 이미 결혼한 기혼자였음에도 말이다. 그가 기혼자였기에 그의 사랑은 반쯤 토로되고 또 반쯤 감추어진 표현으로써 '장미' 같은 상징어만으로 표현되었다. 그 사건의 무게가 그에게 얼마나 무거운 것이었던가를 보여주는 증표는 그 짧은 행간에서 더 찾아볼 수도 있다. '……해'라고 적은 것이 그것이다. 시인 자신에게 그 해, 1937년을 대표하는 사건이 "장미를 얻었다가/ 장미를 잃은" 일이었음을 '……해'라는 말에서 충분히 엿볼 수 있을 것이다.

식민지 지식인의 무력감과 긍지

이 시의 둘째 연은 "저기서 포성(砲聲)이 나고/ 여기서 방울이 돈다"로 되어 있다. 1937년에 일어난 급박한 국제 정세 중 특히 일제의 중국 침략 행위로 말미암았던 중일전쟁의 발발을 그린 대목이다. 이 연에서는 저기, 곧 중국에서 전쟁이 터졌을 때에, 여기, 곧 한반도의 중심 도시 서울에서는 '방울이 돈다'는 표현이 눈길을 끈다. '방울이 돈다'란 시인의 진술은 1937년 무렵의 우리 독자들에게는 그 이해가 별로 어렵지 않았던 것으로 짐작된다. 당시에 신문 호외를 돌리던 이들은 사람들의 눈길을 끌기 위하여 허리에 작은 방울을 달아 방울 소리를 냈던 데서 유래한 것이 그 표현이라는 점에서이다.

「자화상 37년」의 셋째 연은 "힘도 아니요 절망(絶望)도 아닌 것이/ 나의 하늘을 흐리우던 날"처럼 대상도, 표현도 모호한 대목이다. 이 연에서 말하는 "힘도 아니요 절망도 아닌 것"이란 앞의 연에서 그려냈던 중일전쟁을 대하던 시인의 입장을 가리키는 말로 보인다. 중일전쟁을 대하는 시인의 입장은 모호할 수밖에 없었다. 전쟁의 주체는 일본과 중국이었고 우리 민족에게 미칠 그 전쟁의 여파는 미지수였던 까닭이다. 일반적 통념으로 말하면 우리와는 무관한 전쟁 소식조차도 답답하게 들리게 마련이다. 그런 전쟁이 한반도에서 머지 않은 중국에서 중일 사이에서 벌어졌으니 '나의 하늘'을 '흐리'운다고 말할 만했다.

"나는 하품을 치는/ 추근한 산호(珊瑚)였다"는 이 시의 넷째 연은 앞의 셋째 연과 연계해야만 그 의미가 살아난다. 개인의 생사를 결정짓고 국가의 승패를 가르는 중·일 사이의 전쟁을 대안의 불 구경하듯 바라볼 수밖에 없었던 것이 식민지 조선 인텔리의 무력감이었다. 김광섭은 자신이 짓씹던 그 무력감을 "하품을 치는/ 추근한 산호"라는 비유로써 그려냈다. 시집 『동경』에서 즐겨 바다를 소재로 하는 시를 썼던 김광섭에게 '산호'는 자기 긍지를 의미하는 사물이었을 것이다. 깊은 바다에 소재해 있어 다수 대중의 눈길을 받지는 못할지라도, 일단 지상에 끌려나오면 현란한 아름다움으로 빛을 발하는 존재가 산호라고 생각한 데서 형성된 의미일 것이다. 시인 김광섭은 자신을 '산호'와 동일시하는 자신감을 가지고 있었다. 그러면서도 자신을 '추근한 산호'라고 지칭한 데서 볼 수 있듯이 자신이 생동하는 발랄한 기운을 잃었음을 토로하고 있다.

시집 『동경』에서는 "나는 하품을 치는"에 해당하는 부분을 "나는 화폄을 치는"으로 인쇄했는데, 이는 "하폄을 치는"의 오식이라고 보았다. 함경 방언에서는 '하품'을 '하폄'이라고 부르기에, 위 인용에서는 표준말인 '하품'으로 바꾸어 썼다. '추근한 산호'란 독자들에게 두 가지 점에서 생소한 말일 것이다. 하나는 '추근한'이란 생소한 낱말, 또 하나는 시인 자신을 가리키는 '산호'라는 생소한 비유이다. '추근한'이란 낱말은 김광섭의 두 시집 『동경』과 『마음』에 빈번히 출현하는 낱말이다. 그 낱말은 '생기가 없다' '풀기가 없다' 또는 '축축하게 젖었다'는 뜻을 내포한 말일 것으로 보인다.

김광섭에게는 의외로 바다를 소재로 한 시들이 많다. 「우수(憂愁)」, 「밀려난 조개 껍데기」, 「산호(珊瑚) 캐러 가다」 등이 바다 경험을 주로 다룬 작품들이고, 「나상(裸想)」, 「개성(個性)」, 「고독」 등 또한 바다 경험이 주요 소재로 활용된 작품들이다. 전면적이든 부분적이든 바다를 소재로 한 그 작품들 중 그의 바다 동경의 밑뿌리를 보여주는 상상력은 시 「나상」에서 찾아볼 수 있을 것이다. 「나상」은 모두 4행으로 이루어진 짧은 시인데, 거기서 바다를 동경하는 심리적인 움직임은 "회전(回轉) 유전(流轉) 변전(變轉) 역전(逆轉)/ 나는 시간의 둥이에서 낙하(落下)한다./ 현대(現代)는 한 추태(醜態)였다./ 나는 바다로 가는 한 방울 물이 되리라."고 표백되었다. 시 「산호 캐러 가다」의 산호 역시 현실의 추태를 피해 가던 끝에 지향하는 정신적 대상물로 나타난

다. 그 두 경우와 다를 것 없이 「자화상 37년」에서 그려낸 비유로서의
'산호' 역시 추한 현실을 벗어난 정신적 지향의 대상물로 나타난다.

　이제까지 살펴온 부분이 「자화상 37년」의 전반부인데, 이 시에서는
전·후반의 경계를 (× ×)처럼 표시하였다. 이 표지는 50, 60년대의
시들에서까지 빈번히 쓰였는데, 현재는 거의 쓰이지 않는다. 아마도
시의 형태 실험이 왕성한 시기에 들어서서 이 애매한 표지의 사용은
기피될 수밖에 없을 것이다.

시인의 상실감과 니힐의 시

　「자화상 37년」의 후반부는 전반부와는 달리 시인 자신을 노래하는
데에 집중되어 있다. 후반부의 첫째 연에서는 청춘의 상실을 애석해하
는 탄식을 들려준다. "아침에 나간 청춘(靑春)이/ 저녁에 청춘을 잃고
돌아올 줄은 믿지 못한 일이었다."는 탄식이 이 연이 전해주는 청춘
상실의 전말로 되어 있다. 어떤 충격적인 사건에 부딪혀 청춘의 특권으
로서 '푸른 하늘을' 날던 꿈을 잃어버렸다(같은 무렵의 시 「청춘」)는
진술일 것이다. 시인은 자신이 어떤 사건에 부딪혀 청춘을 잃은 느낌을
갖게 되었던가를 밝혀 말하지는 않았다. 어쩌면 그 사건은 이 시의
앞머리에서 상징의 수법으로만 비춰보였던 사랑의 상실일 가능성이
높은 편이라고 추정해 볼 수 있을 것이다.

　후반부의 둘째 연은 다른 연들에 비해 여러 행들로 이루어졌다.
다른 연들이 한결같이 두 행만으로 이루어져 있는데, 이 연만 네 행으로
이루어져 있는 것이다. 그 네 행들은 청춘 상실을 화두로 했던 앞
연에 이어지면서 그 상실에 대처하고 또 그 상실에 영향을 받은 자신의

변화를 알려준다. 이 연의 첫째 행, 둘째 행에는 그 상실감에 대처하도록 일러주는 의사의 권고와 술잔을 건네는 동무의 우정이 병치되어 있어 흥미롭다. 상실감에 젖어 있는 '나'에게 의사는 칼슘의 복용을 권했는데, 이 경우에 칼슘은 청춘 재생의 방법으로 기골을 든든히 하라는 처방일 것이다. 동무, 그러니까 친구가 내민 술잔은 우리의 삶에서 흔히 겪게 되는 바로 그 처방이다. 청춘을 잃었다는 상실감에 잡혀 있는 나에게 친구는 한 잔의 술로 시름을 잊도록 달래준 것이다.

위와 같은 두 가지 상이한 권고를 받으며 시의 화자인 시인은 자기 나름의 상실감 해소 방안을 찾아낸다. 그 방안은 그 자신이 스스로 우수(憂愁)에 잠기는 일이다. 그 점을 시인은 "드디어 우수를 노래하여/ 익사(溺死) 이전의 감정을 얻었다."고 말하고 있다. 우수의 범람이 자신의 존재 자체를 위협하기에 이른 상태를 가리킨 말이다. 굳이 청춘 상실감의 해소 방안이 아니더라도 우수는 김광섭 초기 시의 가장 뚜렷한 정조였다. 시인도 그 점을 의식하여 시 「독백(獨白)」에서 자신의 우수는 반드시 목표를 둔 것이 아님을 토로하기도 했다. 김광섭 초기 시에서의 우수는 시인 자신의 말대로 "운명을 잘못 타고난 자의 일개 하소연"의 성질을 띠었다고 말해야 옳을 듯하다. 그 점을 명료하게 지적한 이가 김광섭의 평생 친구이며 『동경』의 「서사(序詞)」를 쓴 이헌구이다. 이헌구는 그 글에서 "그러므로 이 시집은 이땅의 30년대 인텔리의 지성의 비극을 추출(抽出)한 우수의 기록이다."라는 말로써 그 시집의 성격을 요약하였던 것이다.

"초라한 붓을 들어 흰 조희에/ 니힐의 꽃을 담뿍 그렸다."고 말하고 있는 「자화상 37년」의 후반부 셋째 연은 이 시의 끝 연에 해당한다. 이 연에서 시인은 자신의 상실감으로 말미암은 우수가 시작에서의 허무적인 태도로 자리잡았음을 밝혀 놓았다. 삶의 출구를 잃은 식민지 지식인의 무력감이 니힐에 귀착할 수밖에 없는 것은 당연한 이치이다. 정서, 이데올로기 등에서 시인의 삶과 시가 분리되는 것이 아닌 한, 시인의 허무적 태도는 '니힐의 꽃'을 생산하는 쪽으로 뻗어나갈 수밖에 없었던 것이다. 김광섭 초기 시에서의 허무적 태도는 「자화상 37년」에 이미 충분히 그려져 있다. 그러한 태도가 좀더 뚜렷한 색채로 나타난 예로는 시 「동경」의 다음과 같은 대목을 들어볼 수 있을 것이다.

> 온갖 사화(詞華)들이
> 무언(無言)한 고아(孤兒)가 되어
> 꿈이 되고 슬픔이 되다

위에 인용한 시 「동경」의 첫 연에서 시인은 인간 사회와 문화를 장식하는 온갖 글들로서 '사조'가 실상에 있어서는 말 없음과 다르지 않고, 또한 그 말들을 돌보는 이마저 없음을 신랄하게 비판했다. 다시 말하면 시인은 위 행간에서 인간이 내세우는 온갖 진리가 헛된 말잔치에 그침을 깊이 개탄한 것이다. 약육강식의 정글의 법칙이 판친 결과로서 식민지 백성이 된 조선의 지성인이 느꼈던 허무의 비애가 위 대목에는 생생히 새겨진 것이다.

위의 예에서 볼 수 있듯이 김광섭의 초기 시들은 식민지 조선이 처한 현실에 대응하는 성질을 띠고 있었다. 그의 초기 시들이 비록 우수, 허무의 정조 같은 감성에 접근하는 방식으로 현실에 대처하는 소극적 방식을 극복하지 못했다 할지라도, 그 의의는 결코 작았던 것만은 아니다. 김광섭의 초기 시들은 분명히 약점을 내포하고 있었다.

시의 지나친 관념적 전개와 과다한 관념어의 동원 및 시적 표현의
미숙성 등이 그렇다. 그러나 그런 한계점들에도 불구하고 그의 초기
시들은 문제적인 성질을 띠고 있었다. 병든 현실에 정면으로 대응하는
시적 방법을 찾아내지는 못했다 할지라도, 또한 병든 현실 속에서
고뇌하고 신음하는 자아를 숨기지 않고 드러낸 데에 식민지 시대
시인으로서 김광섭의 존재가 빛을 발하는 점이 그것이다. 그런 의미에
서 식민지 시대의 시인 김광섭에 대한 평가는 새롭게 시도되어야
할 문제의 하나이리라고 말하고 싶다.

19) "아내야, 너 있는 전라도로 향하는 것은
　　　언제나 나의 배면(背面)이리라"

풀밭에 누워서 | 서정주

오늘도 할 수 없이 못 가고 말았다. 내일은 어떻게 떠나야 할 텐데
……. 우선 입질(入質)헌 옷이나 찾아 입고, 이원 오십전 주고 고무
바닥 헌 백단화(白短靴)나 하나 사 신고, 이발이나 좀 하고 목욕이나
좀 하고…….
오늘도 내가 풀밭에 누워서 혼자 생각하는 것은
―(우리 둘의 행복을 위하여) 그런 것은 아니다 불쌍한 아내야
혹, 어쩌다가 담배나 있으면, 북향(北向)의 창(窓)에 턱을 고이고
으레히 내가 바라보고 있는 곳은 국경선(國境線) 바깥, 봉천(奉天)이거
나 외몽고(外蒙古)거나 상해(上海)로 가는 쪽이지 전라도는 아니다.
내게 인제 단 한 가지 기대가 남은 것은 아는 사람 있는 곳에서
하루 바삐 떠나서, 아내야 너와 나 사이의 거리를 멀리 하야, 낯선

일제 강점기의 중앙우체국 건물. 충무로 입구에 위치했었다.

거리에 서 보고 싶은 것이지 (성공(成功)하시기만)……아무리 바래어
도 인제 내 마음은 서울에도 시골에도 조선에는 없을란다.

  차라리 고등보통 같은 것 문과(文科)와 같은 것 도스터이엡스키이와
같은 것 왼갖 번역물(飜譯物)과 같은 것 안 읽고 말았으면 나도 그냥
정조식(正條植)이나 심으며 눈치나 살피면서 석유(石油) 호롱 키워
놓고 한 대(代)를 지켰을거나. 선량한 나는 기어 무슨 범죄(犯罪)라도
저질렀을 것이다.

  어머니의 애정을 모르는 게 아니다. 아마 고리키이 작(作)의 어머니
보단 더 하리라. 아버지의 마음을 모르는 게 아니다. 아마 그 아들이
잘 사는 걸 기대리리라. 허나, 아들의 지식(知識)이라는 것은 고등관도
면소사(面小使)도 돈벌이도 그런 것은 되지 않은 것이다.

  고향은 항상 상가(喪家)와 같더라. 부모와 형제들은 한결같이 얼굴빛
이 호박꽃처럼 누―렇더라. 그들의 이러한 체중(體重)을 가슴에 얹고
서 어찌 내가 금강주(金剛酒)도 아니 먹고 외상(外上) 술도 아니 먹고

주정뱅이도 아니 될 수 있겠느냐!

아내야 너 또한 그들과 비슷하다. 너의 소원은 언제나 너의 껌정 고무신과 껌정 치마와 껌정 손톱과 비슷하다. 거북표류(類)의 고무신을 신은 여자(女子)들은 대개 마음도 같은가부드라.

(네, 네, 하루 바삐 추직(就職)을 하세요) 달래와 간장 내음새가 피부(皮膚)에 젖은 아내. 한 달에도 몇 번씩 너는 찢어진 백로지(白露紙) 쪽에 이렇게 적어 보내는 것이나, 미안하다, 취직할 곳도 성공할 곳도 내게는 처음부터 없었던 걸 알아라.

미안하다 아내야, 미안하다, 미안하다.

아직까진 시골에 뻐꾹새도 울거니까, 대추나무 밑에 마포(麻布) 적삼이나 다듬든지, 친정에 가 있든지, 또 다른 데 가 있든지, 그렇게 하여라.

그럼 너와 나 사이에는 많은 산천(山川)과 세월(歲月)로 가리우고 서로의 기억(記憶) 속에서 그림자처럼 엷어져 가자. 그러한 공부를 하자. 비록 애정 같은 게 있다 해도 그건 시간 문제니까.

잘 있거라. 그럼 인제 나는 봉천(奉天)으로 갈라니까.……유면이씨(氏)가 이십원만 꾸어 주면—(씨(氏)는 이번에 나와 배군(裵君)에게 약주(藥酒)를 2원어치 멕여 주었으니까)—양복을 찾어 입고, 2원 50전짜리 백단화를 하나 사 신고 차(茶)ㅅ값을 30전만 아껴 가지고 조선관(館)으로 박병일(朴炳日) 군(君)을 찾어가서—(군(君)은 나의 중학의 동창이니까)—한 50원만 얻어 가지고 고햐꾸(合百)를 한번 해야 할 텐데……유면히씨(氏)도 병일군(炳日君)도 고햐꾸도 이것도 저것도 다 틀리는 날이면 걸어가야겠다. 걸어가야겠다. 걸어가야겠다.

아내야 너 있는 전라도로 항(向)하는 것은 언제나 나의 배면(背面)이리라. 나는 내 등뒤에다 너를 버리리라.

그러나

오늘도 북항(北向)하는 내 동공(瞳孔)을 달고 내 피곤한 육체가 풀밭

에 누웠을 때, 내 등짝에 내 척추신경(脊椎神經)에, 담배불처럼 뜨겁게
와 닿는 것은 그 늙은 어머니의 파뿌리 같은 머리털과 누-런 이빨과
아내야 네 껌정 손톱과 흰 옷을 입은 무리 조선말, 조선말,
　　-잊어 버리자!

민족 수난기의 서정주의 생생한 자화상

위에 인용한 시 「풀밭에 누워서」는 1939년 6월호 『비판』지에 실렸
던 미당(未堂) 서정주의 작품이다. 이 시는 민족 수난의 절정기에 방황
과 모색을 거듭하던 젊은 시인 서정주를 생생히 보여준다. 바로 그
점에서 이 시는 읽는 이의 관심을 사로잡기에 충분한 힘을 발동한다.
이 시는 우선 시의 형태에서부터 문제적인 성질을 드러내고 있다.
시의 장르적 성격을 리듬과 그에 따른 형태 그리고 응축미라고 한다면,
이 시가 리듬, 행·연 같은 시의 형태, 언어의 응축미 같은 시로서의
장르적 견고성을 스스로 허물면서 편지글과 별로 다르지 않은 모습으
로 시 자체를 세워 놓은 점이 그렇다. 시 장르의 성격으로 보면 이
시는 틀림없이 시의 장르적 성격에서 적지 않게 벗어나 있다. 한 편의
시로서 시 장르의 일반적 성격으로부터 벗어난 점은 분명히 경계의
대상이 될 만하다. 그러나 이 시를 충분히 곱씹어 맛본 뒤에 우리가
갖게 되는 것은 이 시에서 시 장르의 성격으로부터의 얼마쯤의 일탈(逸
脫)이 결코 무리하지 않다는 느낌이다. 이 시는 지금 한창 낙심, 절망하
여 현실로부터 탈출을 모색하는 시적 자아를 보여준다. 삶의 그런
가파른 국면을 그려내는 이 시로서는 시적 장르의 견고한 성질이
오히려 부담스러웠으리라는 점이 떠오른다.
이 시를 편지글 투로 보았을 때에 그 편지글의 수신인은 아내가

뗏목이 가득 쌓여 있었던 압록강 강변

된다. 편지글 투의 수신인인 아내는 시의 경우로 말하면 시의 청자로 떠오른다. 시인 자신의 모습을 숨김없이 보여주는 듯한 이 시의 화자는 청자인 아내의 모습을 그려 보여주기도 하고, 그녀가 남편에게 전한 말을 그대로 들려주기도 한다.

이 시의 화자가 그려낸 아내의 모습은 "항상 상가(喪家)와 같은" 고향을 지키는, "한결같이 얼굴빛이 누―런" 부모, 형제들의 모습과 다르지 않다. 아내의 소원은 언제나 그녀의 행색 자체인 "껌정 고무신 과 껌정 치마와 껌정 손톱과" 비슷하다. 그런 점에 착안하면서 시인은 "거북표류(類)의 고무신을 신은 여자들은 대개 마음도 같은가부드라" 라고 말한다. 농촌에서 허름하게 살아가는 여성의 모습을 '거북표류 (類)의 고무신'을 신은 모습으로 전형화시키면서 자신의 아내 또한 그런 부류에 편입시킨 진술이다. 시의 화자는 또 아내를 가리켜 "달래

206

와 간장 내음새가 피부에 젖"었다고도 말한다. "달래와 간장 내음새가 피부에 젖은" 것은 가난의 표상으로 나타난다. 그것은 끼니때마다 그녀가 남편의 밥상에 내놓을 수밖에 없었던 가난한 상차림의 목록일 것이다.

시의 화자는 이 시에서 아내의 목소리를 세 번에 걸쳐 들려준다. "우리 둘의 행복을 위하여"가 그 첫째, "성공하시기만"이 그 둘째, "네, 네, 하루 바삐 추직(就職)을 하세요"가 그 셋째의 목소리다. 세 번 모두 시집온 지 오래지 않은 아내가 제대로 생업을 갖지 못한 신랑을 격려하는 목소리다. 연보에 따르면 서정주가 결혼한 때는 1938 년이다. 아마도 이 시가 제작되기 1년 전쯤일 것이다.

닫힌 세계에서 쏟아낸 무력감

결혼한 부부는 한 가정에서 동거한다. 그것은 부부 살이의 기본 형태이다. 남편이 밖에 나가 벌이를 하고 아내는 집에서 살림을 살든, 부부가 맞벌이를 하든, 또 아내 쪽에서 벌이를 맡고 남편은 부득이 집안일을 맡든, 부부 살이의 제1조는 동거이다. 부부 살이의 동거는 두 사람 사이에 사랑과 정을 나누고 생활을 함께 하고 또 성(性)을 함께 나누는, 오랜 역사 속에서 사람들이 만들어 낸 습속이며 제도이 다. 그런 부부 살이의 제1조를 위반하면서 이 시에서의 서정주는 아내, 가족과 별거하여 지금 서울에서 머무는 중이다.

'추직'과 '성공'이 아내를 비롯한 아버지, 어머니 등 온 가족이 서정 주에게 거는 바람이었다. 아내를 비롯한 온 가족이 그의 서울 체류를 인정하지 않을 수 없었던 것은 그들에게 서울이 '추직'과 '성공'이 가능한 '기회의 땅'으로 보인 까닭이다. 그러나 가족들이 기대하는 그런 '취직'과 '성공'이 무망하다고 생각하는 것이 서정주의 판단이다. 그는 그 동안 자신이 힘을 기울여 온 학업과 공부, 곧 "고등보통 같은 것, 문과와 같은 것, 도스터이엡스키이와 같은 것, 왼갖 번역물과 같은 것"이 그네들이 기대하는 자신의 '취직', '성공'과는 무관한 것이라고 생각한다. 그러한 판단으로 말미암아 그는 자신의 지식이 "고등관도, 면소사(面小使)도, 돈벌이도" 가능하게 하는 것이 아님을 고백하듯이 분명하게 토로한다.

1939년 당시에 만 24세의 청년으로 이미 가정을 가졌던 서정주로서는 자신과 아내의 생계를 책임지는 일이 시급했다. 그러나 그가 토로한 그대로 제대로 농사를 지어보지도 못했던 서정주로서는 '정조식(正條植)' 모 심기 같은 농사에 매달릴 수도 없었다. 또 아내의 소망대로 '취직'을 할 길도 없었다. 거기에다 언젠가는 '성공'하리라는 확신을 가질 수도 없었다. 한창 생업에 힘을 기울이고 미래를 설계하여야 할 젊은 나이의 그에게는 낙심과 절망만이 밀려들 뿐이었다.

2004년 오늘의 현실이 보여주듯이 서정주가 "문과 같은 것", "도스터이엡스키이와 같은 것"으로 표현한 인문학 쪽의 학업과 공부는 대체로 생계 해결에 무력한 것이 사실이다. 그러나 1939년 당시의 조선이 일제의 강점 아래 놓여 있지 않았고, 일제의 폭압이 우리말과 글의 사용까지 억압하는 포악한 상황에 놓이지 않았더라면 젊은 서정주는 그의 생업을 용이하게 찾아낼 수 있었을지도 모를 일이다. 그러나 당시의 조선에서 인문학을 공부한 이들은 날로 설자리를 잃고 있었다. 초등, 중등 학교에서 조선어 과목, 영어 과목은 폐지, 축소되어 가고 있었고, 우리말로 발행되던 신문, 잡지들은 날로 그 형세가 위축되어

가고 있었다. 그런 의미에서 시 「풀밭에 누워서」에서 그려내고 있는 서정주의 낙담과 절망을 그 개인의 수난으로만 이해할 수는 없다. 그의 수난은, 대소의 차이야 없지 않았겠지만, 일제의 강점과 그들의 폭압으로 인한 민족 공동체의 수난으로 인식하여야 옳을 것이다.

현실 탈출로서의 북행(北行)

시 「풀밭에 누워서」를 보면, 서울의 어디에서도 자신의 생업을 찾지 못한 서정주는 그 한 몸의 표랑(漂浪)과 구직을 목표하면서 조선을 떠나기로 결정한 것으로 되어 있다. 조선을 떠나기로 결정한 당시의 그의 심경은 실로 비장했던 듯하다. 그로서 그 비장한 심경을 삭이기에는 당시 조선의 현실에 너무도 낙담하였었음에 틀림없다. 또한 그의 나이는 그 비장한 심경을 삭이기에는 너무도 젊었었다. 그 결과 그의 비장감은 아내 쪽으로 흐른 것으로 나타나 있다. 시 「풀밭에 누워서」의 시적 진술이 당시 시인의 처지를 실제 그대로 반영한 것이라면, 시인은 아내와의 생이별을 거침없이 발설하는 쪽으로 가닥을 잡았던 것으로 나타난다. 그가 자신의 북행(北行) 의지를 아내에게 전하면서 "친정에 가 있든지, 또 다른 데 가 있든지, 그렇게 하여라"라고 하고, "그럼 너와 나 사이에는 많은 산천(山川)과 세월(歲月)로 가리우고 서로의 기억(記憶) 속에서 그림자처럼 엷어져 가자. 그러한 공부를 하자. 비록 애정 같은 게 있다 해도 그건 시간 문제니까."라고 말한 것은 시인의 아내에게 긴 시간의 흐름 속에서도 잊기 어려운 못을 박은 것에 해당한다. 물론 아내에게 박았던 그 못 역시 낙담, 절망 속에서 튀어나온 시인의 절박한 처지를 반영하는 것이라는 점에서 깊은 이해를 전제하는 것이지만 말이다.

위에서 살펴본 서정주의 시 「풀밭에 누워서」는 일제의 조선 강점(强占)이 빚어 낸 사태의 비극성을 다시 한 번 실감하게 만든다. 이 시에서 시인은 생업을 얻지 못한 자신의 낙담, 절망을 말할 뿐, 어느 한 대목에서도 그의 불행의 원인을 시국에 전가하지 않았다. 그러나 시인의 그런 태도와는 상관없이 생각해 보아야 할 것이 1939년 당시의 조선의 정황이다. 조선의 지식인들이 맡아 일할 만한 자리는 그 대부분이 일본인들에게 돌아가고, 조선인들이 맡아 왔던 적은 수의 일자리들마저 날로 줄어들기만 했던 것이 당시의 정황이었다.

서정주의 시 「풀밭에 누워서」는 일제의 식민 통치에 별로 이의를 달지 않고 순응의 자세를 보였던 이들에게도 그 화란(禍亂)이 어떻게 밀려 닥쳐왔던가를 생생히 보여주는 작품이다. 이 시에서 일제의 조선 강점과 통치는 첫째, 지식 계층의 일자리를 박탈한 모습으로 나타난다. 둘째, 근대로 진입한 시점에서도 조선인의 대다수를 차지한 농민들의 궁핍을 전혀 해결하지 못했거나, 오히려 더욱 증가시킨 모습으로 나타난다. 이 시에서 우리는 조선 경제의 기반 현실이라고 할 농민들의 조악(粗惡)한 삶의 모습을 생생히 목격할 수 있다. 서정주는 그 모습을 "고향은 항상 상가(喪家)와 같더라. 부모와 형제들은 한결같이 얼굴빛이 호박꽃처럼 누―렇더라"고 그려내거나, "껌정 치마와 껌정 고무신과 껌정 손톱"처럼 가난하고 그런 중에도 노역에 매달리는 모습으로 전형화시켜 그려냈다.

위와 같은 조선의 열악한 경제 현실―구체적으로는 조악한 고향의 경제 현실이나 자기 집안의 경제 현실―에 처하여 생계를 해결할 길을 찾지 못한 서정주는 현실 탈출의 길을 모색한다. 그가 모색한 현실 탈출의 길은 봉천, 외몽고, 상해 같은 북방(北方)을 향하는 길, 곧 북행(北行)으로 드러난다. 뒤에 그가 실제로 북행을 감행하여 얻을 수 있었던 일자리는 벌목(伐木)과 같은 막일이었다. 그렇다면 그는 조선 안에서는 그런 막일 자리나마 얻을 길이 없었던 것일까? 아마도 그는 조선 안에서는 막일 자리나마 얻을 수 있을까 여부 같은 문제를 생각조차도 하지 않았을 것이다. 막일밖에 그에게 주어지는 일자리가 없었다면, 그는 그 일을 이역에서 감당하고 싶었던 것이다. 그의 그런 심경을 전해주고 있는 시 「풀밭에 누워서」의 대목이 "아는 사람 있는 곳에서 하루 바삐 떠나서", "낯선 거리에 서 보고 싶은 것"이라는 말들로 나타나 있다. 장래를 촉망받는 시인으로 널리 알려져 있던 서정주로서는 조선 안에서 남에게 자신의 누추한 모습을 보이기 싫었을 것이다. 그가 북행을 결심한 데에는 그렇게 남에게 발설하기 어려운 '마지막 자존심'이 작용한 것으로 볼 수 있다.

시 「풀밭에 누워서」의 가장 끝 대목이 "내 등짝에 내 척추신경(脊椎神經)에, 담배불처럼 뜨겁게 와 닿는 것은……흰 옷을 입은 무리 조선말. 조선말."로 매듭을 지은 점은 여러 겹의 의미를 가진 것으로 보인다. 그 여러 겹의 의미 중에 그 대목은 시인으로서 그가 힘써 그려 온 대상과 그가 닦아 온 우리말과 이별해야 하는 아픔을 말한 것으로도 읽힌다. 시대의 험한 굴곡은 시인으로서 서정주에게 '물을 떠난 물고기'가 되기를 강요했다. 민족 수난의 절정기에 만들어진 시 「풀밭에 누워서」는 시인 서정주가 맞았던 참담한 수난을 그려낸 작품이라는 점에서 각별한 의미를 띤다고 할 수 있다.

20) "산골의 당나귀 울음보다 더 처량했다"

차마 못 봐 돌아서 오며 듣는 기차 소리는
한나절 산골의 당나귀 울음보다 더 처량했다

포도(鋪道) 위에 소리 없이 밤 안개가 어린다
마음속엔 고삐 논 슬픔이 뒹군다

편-한 길에 걸음이 안 걸려
몸은 땅속으로 잦아들 것만 같구나

거리의 플라타너스도 눈물겨운 밤
일부러 육조(六曹) 앞 먼 길로 돌았다

길바닥엔 장미꽃이 피었다-사라졌다-다시 핀다
해저(海底)의 소리를 누가 들은 적이 있다더냐

사랑하는 이를 작별한 슬픔

위에서 소개한 노천명의 시 「돌아오는 길」은 시인의 첫 시집 『산호림(珊瑚林)』(1938)에 실려 있다. 따라서 이 시는 늦어도 1937년까지는 제작되었다고 보아야 한다. 이 시에서 시인은 사랑하는 이를 밤 기차로 보낸 뒤에 이별의 쓰라린 마음을 노래했다. 이 시가 사랑하는 이를 기차역까지 배웅한 뒤에 이별의 슬픔을 노래한 작품이라는 점은 이 시 전편에 걸쳐 나타난다. 그 점은 특히 시의 표제와 첫째 연 첫째

옛 서울역 건물. 현재도 건물 외형은 그대로 남아 있다.

행에서 분명하게 확인해 볼 수 있다. '돌아오는 길'이란 사랑하는 이를 배웅하고 '돌아오는 길'이란 의미이며, "차마 못 봐 돌아서서 오며 듣는 기차 소리"는 그 인물이 기차 편으로 떠났음을 알려주는 대목이다.

이 시는 조금 전에 작별한 이가 시인 자신으로서는 더할 나위 없을 만큼 깊이 사랑하는 인물임을 보여준다. 그 인물과의 이별의 슬픔은 이 시 전체에 걸쳐 빠짐없이 그려져 있는데, 첫째 연에서는 두 대목으로 나타나 있다. 그 인물이 떠나는 모습을 '차마 못 보'겠다는 마음의 움직임이 하나, 그 인물을 싣고 떠나는 기차 소리가 환기하는 연상이 또 하나이다. 기차 소리는 그 대목에서 "한나절 산골의 당나귀 울음보다 더 처량한" 소리로 연상된다. 기차가 토해내는 기적 소리를 산골 당나귀의 애잔한 울음소리로 짝지어본 것이다. 이 시의 둘째 연에서는 시인의 마음의 움직임을 아예 직서적으로 그려냈다. 밤안개가 내리는 길을 걸으며 "마음속엔 고삐 논 슬픔이 뒹구"는 체험을 토로한 것이 그것이다.

셋째 연에서는 시인의 격렬한 이별의 슬픔이 마음에 한정되지 않고, 몸에까지 미치고 있음을 그려냈다. '펀—한 길'이란 그 끝이 보이지 않을 만큼 시원하게 널리 터진 길을 말하는데, 그런 길에서 걸음을 제대로 걸을 수 없도록 몸이 '땅속으로 잦아드'는 듯한 체험을 했다는 것이다. 넷째 연에서 시인의 슬픔은 두 대목으로 나타난다. '거리의 플라타너스'도 눈물겹게 보이는 밤이란 표현과 '일부러 육조(六曹) 앞 먼 길'로 돌아오는 마음의 움직임을 말한 것이 그것이다. 왜 시인이 먼 길로 일부러 돌아왔던가는 이 시를 읽는 이들이 용이하게 짐작할 만한 점이다. 사랑하는 이를 보내놓고 아픈 마음을 추스르기 위해 그렇게 했으리라는 이해가 그것이다.

'장미'와 '해저'로 그려낸 사랑과 슬픔

시 「돌아오는 길」의 끝 연인 다섯 째 연에서 시인은 조금 전에 작별한 이에 대한 격렬한 그리움을 장미꽃과 '해저(海底)의 소리'라는 두 가지 사물로 그려냈다. 시인 노천명에게 '장미'란 사랑을 상징하는 사물이다. 그의 둘째 시집 『창변』(1945)에 수록된 시 「장미」의 "맘속 붉은 장미를 우지직끈 꺾어 보내놓고—/ 그날부터 내 안에서 번뇌가 자라다" 같은 대목에서 우리는 노천명 시의 '장미'가 사랑을 상징하는 사물임을 어렵지 않게 알아볼 수 있다. 「돌아오는 길」에서는 그 장미꽃이 "피었다—사라졌다—다시 핀다"라고 말한다. 그 대목은 조금 전에 헤어진 이와의 사랑이 불붙고—식고—다시 불붙는다는 점을 말한다고 이해하기는 어렵다. 그보다는 사랑의 기쁨이 피어났다―그 기쁨이 슬픔으로 변했다―다시 기쁨으로 피어난다는 의미로 읽어야 무리 없는 해석이 될 듯하다. 다시 말하면 이 시에서 '장미'는 사랑 자체라는 의미로 읽기보다는 '사랑의 기쁨'이라는 의미로 읽는 편이 한결 무난 하리라고 말할 수 있다.

다음으로 "해저의 소리를 누가 들은 적이 있다더냐"라는 진술은 하나의 은유를 전제한 표현으로 읽힌다. 여기서 전제가 된 은유란 "지금 나의 마음은 해저다"가 될 것이다. 이 대목에서 왜 시인은 자신의 마음을 갑자기 '해저'로 짝지은 것일까? 해저와 나의 마음을 짝짓는 거리는 결코 가까운 것이 아니다. 그러함에도 불구하고 그 원거리의 것들이 짝지어진 이유는 얼마쯤 짐작할 만한 것이다. 해저는 말 그대로 바다의 밑바닥을 의미한다. 짐작할 수 있듯이 바다 밑바닥은 어두운 공간이고, 누구도 쉽게 들여다볼 수 없는 거리를 전제하며, 바다 밑바 닥인지라 엄청난 양의 물로 이루어져 있다. 시인은 해저의 그런 성질들 을 원용하여 지금 자신의 마음이 어둡고, 누구도 헤아리기 어려울 만큼 눈물, 곧 슬픔으로 채워져 있음을 말하고 싶었던 것이다.

「돌아오는 길」에서 떠난 이는 누구일까

이제까지 이 시를 읽어 온 독자들은 시인이 방금 이별한 인물이 필경 남성이며, 아마도 그는 당시의 노천명의 연인이 아니었겠는가 하는 짐작을 가질 법하다. 그런 짐작이 조금도 무리하지 않은 것이 이성의 연인이 아니라면 이 시에서처럼 곡진한 슬픔을 표할 대상이 따로 있을 것 같지 않다는 점에서이다. 그러나 그렇게 생각하는 것은 일반적 경우일 뿐이다. 노천명의 경우에는 정의 느낌 또는 표현이 남다른 점에 유의할 필요가 있다. 노천명은 가령 손위의 언니인 노기선과의 사랑을 그려낸 시 「동기(同氣)」에서 언니에게 기울이는 그의 극진한 사랑을 다음과 같이 그려냈다.

언니와
밤을 밝히던 새벽은
'성사(聖赦)'를 받는 것 같아
내 야윈 뺨엔 눈물이 비 오듯 했다

지금도 생각하면 눈이 뜨거워—
언니가 보고 지워 떠나가는 날은
천릿길을 주름잡아 먼 줄을 몰라

노천명의 생애를 전하는 전기적인 글들을 보면 천명의 언니인 노기선은 늦도록 미혼이었던 천명을 보살피던 보호자와 같은 존재로 나타난다. 언니 기선이 동생에게 기울였던 정성은 참으로 살뜰했던 것으로 알려져 있다. 언니의 정성에 못지않게, 아니, 적어도 마음으로는 더 강렬하게 천명은 언니를 따르고 그에게 의지했었던 것으로 보인다. 천명이 언니를 따르던 마음이 얼마나 극진했으면, 그의 시 「동기」에서 "언니와/ 밤을 밝히던 새벽은/ '성사(聖赦)'를 받는 것 같"다고 하고, 자신의 "야윈 뺨엔 눈물이 비 오듯 했다"고까지 말했을까 짐작해 볼 일이다. 언니를 따르고 사랑했던 노천명의 마음은 시 「동기」에서 볼 수 있듯이 남다른 것이었다. 따라서 시 「돌아오는 길」에서 노래한 '사랑하는 이'는 당시의 노천명의 애인이었던 남성만으로 좁혀서 생각

216

하기는 어렵다. 시 「돌아오는 길」에서 노천명이 그토록 이별을 안타까
워했던 이로서 그의 언니, 기선을 포함시키는 것은 조금도 무리하지
않은 추정이라고 말할 수 있을 것이다.

21) "문은 열리지 않았다. 인경은 울리지 않았다."

인정각(人定閣) | 임학수

남해(南海) 쪽빛 섬을 헤치고 계절풍(季節風)은 왔다.
더운 빗(雨)낮 꿀벌노래 풍겨와 희롱하는 겹겹의 물결 사이로 좁은
길이 열리고, 굳이 닫힌 창살 안에는 당목(撞木)도 걸렸다.
이제 곧 인경이 울리리라.

4월도 파일, 네거리에는 청사(靑紗)초롱이 꿈처럼 아득히 찬란하고,
북악(北岳) 중(中)마루로부터 서기(瑞氣) 일어나 장안의 하늘은 저녁
노을처럼 곱다.
이제 곧 인경이 울리리라.

한 번 치매 먼지 흩어지고, 두 번 치매 녹과 이끼 사라지고, 세
번 치매 들을 넘어 산을 넘어 저 끝일듯 끝일듯 다시 반항(反響)하는
부드러운 억양(抑揚)이 전부(田婦)의 선인(船人)의 오랜 잠을 깨우치리
라.

보라, 늙은이는 멀리 기억(記憶)을 더듬고 아낙네는 혼연(婚筵)에
나아간 듯 함부로 가슴을 두근거리며 소년은 전설(傳說)의 나라에
온듯 감탄(感嘆)의 눈초리를 반짝이지 않느냐?

옛 보신각의 모습. 이 건물 내부에 인경이 걸려 있었다.

그러나 문은 열리지 않았다. 인경은 울리지 않았다! 물결은 서로 불러 손짓하며 갈래갈래 헤어지고, 이윽고 네거리는 식은 도가니처럼 적막(寂寞)하였다.

조선 풍물의 하나로 노래한 「인정각」

임학수의 시 「인정각」은 그의 둘째 시집인 『팔도풍물시집(八道風物詩集)』(1938)의 앞머리에 실려 있다. 이 시의 의미에 대한 바른 이해를 위해서는 무엇보다 『팔도풍물시집』 뒤에 붙여놓은 시인의 「후기(後記)」를 읽어보는 것이 도움이 된다.

나에게는 잊지 못할 반년(半年)이었다. 적은 틈을 타서 산수(山水)에 놀아 몸과 마음을 쉬이고 싶었다. 호올로 고개 수그릴 제나 멀리 산 너머 푸른 하늘을 바랄 제 내 눈의 뜨거웠음을 누가 알랴?

오직 이 작품들을 생각하고 쓸 때 나는 가장 행복이었다!

이러한 주제(主題)들을 골른 동기(動機)―거기 대하여는 구태여 말하지 않으련다.

장옷 차림으로 나들이 나선 여인의 모습

다만 개개(個個)의 작품에 있어 거기 관한 사실(史實)과 이미 많은 선배(先輩)들에게 의하여 시험(試驗)된 한시(漢詩)의 세계를 떠나 내 자신의 본 그대로, 내 눈에 비췬 인상(印象)을 내 즐겨 취하는 태도(態度)로 취급하려 한 것이 최초(最初)부터서의 나의 의도(意圖)였다.

그러므로 나는 사실도 한시도 참고(參考)하지 않았다.

위 「후기」에서 임학수는 『팔도풍물시집』 수록 시들에 대한 제작 방법의 일단을 밝혀 놓았다. 자신이 소재로 택한 풍물들에 얽혀 있는 역사적 사건이나 지난날 선비들이 남겨놓은 한시 등을 일체 참고하지 않은 채 자신의 생각과 느낌에 충실했다는 것이 그가 말하는 그 시들의 제작 방법이다. 제작 방법에 대한 설명 이외에도 임학수의 「후기」는 그가 팔도 풍물들을 노래한 동기 또는 태도를 전해주었는데, 그것을 현시적인 것이 아닌, 암시적인 말들로 보여주었다.

"호올로 고개를 수그릴 제나 멀리 산 너머 푸른 하늘을 바랄 제 내 눈의 뜨거웠음을 누가 알랴?"는 그가 우리 강산 여기저기에 흩어져 있는 풍물들을 대할 때에 망국의 현실에 눈물을 지었다는 점을 말한 것이다. "이러한 주제들을 골른 동기―거기 대하여 구태여 말하지 않으련다"고 그가 짐짓 그 시들의 제작 동기를 털어놓지 않은 것은 그 제작 동기가 민족혼을 되살리려는 데에 두어져 있었음을 암시한 것이다.

「후기」에 적어놓은 말 그대로 임학수는 "지금은 남의 땅, 빼앗긴" 팔도의 풍물들을 노래하겠다는 의욕을 강하게 가졌던 듯하다. 그러나 임학수의 그러한 의도 또는 창작 동기는 몇 편의 시들에서만 다소 살아났을 뿐이다. 그의 의욕이 강했다 할지라도 그는 이미 일제의 식민 정책에 깊이 길들여졌던 탓일 것이다. 민족 재생에 대한 그의 집념이 강한 것이 아니었음은 광복 직전의 몇 년 간 일제의 정책에 그가 협조적이었던 데서 드러난다. 그 시집에서 민족혼을 살려낸 몇 편의 시들로는 「인정각」, 「남한산성」, 「숭례문」, 「남해(南海)에서」 같은 작품들이 포함된다.

'인정', '잉경'과 종로의 보신각 종

시 「인정각」의 '각(閣)'이 '집' 또는 '건물'을 가리키는 한자말이라면, '인정(人定)'은 무엇을 뜻하는 말인가? 이미 오래 전에 그 제도가 없어졌으므로 그 의미를 아는 이는 주변에 많지 않을 것이다. 이 말은 조선조의 야간 통행 금지 제도에서 '통행 금지'를 가리키는 말이다.

조선조는 서울, 당시의 한양 같은 큰 도시에서 백성들에게 통행 금지를 알리는 방법으로 큰 종을 울렸다. 서울에서 울렸던 큰 종은 이 시에서 '인정각'이라고 부르고 달리 '보신각'이라고도 불린 종루(鐘樓)에 달린 종이었다. 그 종을 밤 2경에 28번을 울려 통행을 금지시켰고, 새벽에 다시 33번을 울려 통금 해제를 알렸다. '인정'은 원래 '통금' 자체를 가리키는 개념이었는데, 그것이 종소리로 알려졌기 때문에 종소리를 가리키는 의미로 바뀌었으며, 뒤에 '종' 자체를 가리키는 의미로도 사용되었다. 인정은 '종' 자체를 가리킬 때에 '인경', '잉경'으로도 말해진다.

늦은 밤과 새벽에 인정(인경)이 규칙적으로 울리던 때는 평화로운 시기였다. 임란, 호란 등 나라에 재난이 있을 때에 인정은 제대로 울리지 못하였다. 시 「인정각」이 알려주듯이 일제 강점기에도 인정은 제 소리를 제대로 낼 수가 없었다. 아마도 조선을 강점한 일제 식민지 당국은 그 소리가 불러일으킬 지난 시대에 대한 향수를 그 싹부터 잘라 버리려 의도했던 듯하다. 사정이 그와 같아서 일제 강점하의 조선인들에게 인정 소리는 잊지 못할 그리운 대상이었다. 당시의 조선인들에게 그 소리가 다시 울리는 일은 국권 회복의 의미 같은 것으로 상상되었을 것이다.

우리 시에서 인정(인경)에 대한 민족 공동체의 그런 상상력을 처음으로 발굴하여 그려낸 시인은 심훈일 것이다. 그는 1930년 3월 1일에 쓴 시 「그날이 오면」에서 인정의 종을 마음껏 울리는 상상력을 격정 속에서 노래했다. 뒤에 밝혀진 것이지만 인정의 종소리에 대한 그의 상상력은 아주 감동적인 것이었다. 그는 울지 못하는 종을 자신의 머리로 들이받아 울리고 자신의 머리통은 산산조각이 나는 치열한 자기 희생을 꿈꾸었던 것이다. 그러나 불행하게도 그가 감동적으로 종소리의 부활을 노래한 시 「그날이 오면」은 일제 강점하의 조선인들에게 제대로 읽히지 못하였다. 출판을 위하여 심훈이 제출하였던 시집 『그날이 오면』의 원고 거의 전부를 일제 검열 당국은 삭제하여 시집이 출판되지 못하도록 획책하였기 때문이다.

　서울 종로의 보신각 종을 노래한 임학수의 시 「인정각」은 심훈의 시 「그날이 오면」과는 현저하게 다른 작품이다. 두 시의 소재는 완전히 일치하지만, 그 소재를 끌어들인 주제의식에서 두 시는 현저한 차이를 보여준다. 심훈의 「그날이 오면」이 비록 상상적 공간에서나마 민족 재생을 위한 자기 희생을 전제하면서 역동적인 기백을 보여준 것이라면, 임학수의 「인정각」에서는 그런 투철한 자각이 미처 준비되지 못하였음을 알아볼 수 있는 것이다. 임학수는 이 시에서 미처 준비되지 못한 투철한 민족혼 대신, 서정성을 확대하였다고 말할 수 있을 것이다.

종이 울리는 백일몽 같은 상상

　모두 다섯 연으로 이루어진 시 「인정각」에서 앞의 네 연은 이제 곧 인경이 울리리라는 낙관적이며 낭만적인 상상을 전제한다. 그 상상은 상상 자체만으로도 즐겁다. 따라서 그 즐거운 상상력은 앞의 네 연을 밝고 명랑한 분위기로 물들인다. 이 시의 첫째, 둘째 연은 민족 재생의 상징이라고 할 인경 소리의 부활이 부활의 계절인 봄의 재생과 연결되어서 노래되었다. 그 두 연에서 특히 눈길을 끄는 것은 연의 끝 대목에서 보여주는 "이제 곧 인경이 울리리라"라는 진술이다. 후렴처럼 울리고 있는 그 낙관적인 진술은 이 시의 현실인식이 무엇인가를 확연히 들려주고 있다.

셋째, 넷째 연에서 이 시는 낙관적이고 낭만적인 상상의 극점을 보여준다. 첫째, 둘째 연에서 따라 붙었던 "이제 곧 인경이 울리리라"는 밝은 전망에 찬 대목은 이 두 연에서는 생략되었다. 그 이유는 명확하다. 첫째, 둘째 연에서 보여주었던 그 밝은 전망이 셋째, 넷째의 두 연에서는 현실 자체인 것처럼 상상되었기 때문에 그 대목은 생략될 수밖에 없었던 것이다. 따라서 셋째, 넷째 연은 낙관적인 전망 자체를 현실의 풍경으로 만들어 버린, 백일몽과 같은 상상을 펼쳐놓은 대목으로 읽도록 되어 있다.

꿈에도 그리는 상상이 현실로 바뀐다면 얼마나 기쁠까, 얼마나 벅찰까? 그러나 상상은 상상이고 현실은 현실인 것이 세상의 이법이다. 시 「인정각」의 끝 연인 다섯째 연은 바로 그 점을 보여준다. 숱하게 많은 이들이 똑같이 소망하는 일이라 할지라도 어떤 힘이 개재하지 않은 채 상상이 현실로 바뀌는 일이란 존재하지 않는다. 이 시의 끝 연은 그렇게 상상이 현실이 될 수 없음을 우리에게 생생하게 보여주는 것이다. 따라서 "그러나 문(門)은 열리지 않았다. 인경은 울리지 않았다!"는 이 시에서의 진술은 1938년 당시 우리 민족 공동체가 직면한 현실에 대한 확인, 재확인으로 읽힌다. 사람들이 갖는 상상적 기대란 그렇게 공으로 현실이 되는 법이 없다는 이치에 대한 재확인, 그것을 보여주는 것이 바로 「인정각」의 끝 연이다. 그리하여 그 쓰디쓴 재확인 앞에서 "물결은 서로 불러 손짓하며 갈래갈래 헤어지고, 이윽고 네거리는 식은 도가니처럼 적막"의 상태로 돌아갈 수밖에 없는 현실, 그것이 '인정각'을 눈앞에 둔 1938년 조선 서울 종로 네거리의 풍경으로 떠오르는 것, 그것이 조선 팔도 풍물들의 제일 앞자리에 놓인 풍경

바로 그것이었다고 말할 수 있을 것이다.

22) "빙점(氷點)의 정수배기 위에 얼어붙은 몸둥아리다"

빙점(氷點) | 윤곤강(尹崑崗)

코끼리처럼 느린 걸음으로
무거운 게으름에 엎눌리어
삶의 벌판을 엉금엉금 기어가다가
빙점(氷點)의 정수배기 위에
얼어붙은 몸둥아리다!

봄바람은 어데로 갔느냐?
꿈많은 내 넋두리를 불러일으킬,
새벽녘 건들바람이, 잠자는 배를
머—ㄴ 하늘 밑 바다 우흐로 몰아치듯—

오!
쓰면서도 달고,
달면서도 쓴,
삶의 술잔아!

얼어붙은 지역(地域)의
야윈 형해(形骸) 우에
마지막으로 부어줄 독주(毒酒)는 없느냐?

윤곤강의 시작 활동

윤곤강(1911~1950)은 일제의 폭압이 사나웠던 1930년대 후반과 해방의 감격과 혼란으로 들끓던 광복 직후에 걸쳐 활발한 활동을 펼쳤던 시인이다. 일본 센슈(專修) 대학 재학 중에 이미 시를 발표하기 시작하였던 윤곤강은 1933년에 대학을 졸업하고 귀국하면서 카프의 시인, 비평가로 활동하기 시작하였다. 카프 문인으로서 그의 활동은 비교적 짧은 기간으로 끝난다. 일제의 사회주의 사상 단속이 워낙 강경하여 1935년 4월에는 카프 조직 자체가 해산계를 제출하기에 이르렀기 때문이다. 카프 조직에서 벗어난 윤곤강은 문학성 자체를 중시하는 시작에 정진하는 한편, 민족의 참담한 운명을 노래하는 데에도 힘을 기울였다. 그 시대에 일제의 번뜩이는 감시의 눈을 피하면서 수렁에 빠진 민족의 운명을 노래하기란 수월한 일이 아니었다. 그런 상황에도 불구하고 그는 암시, 상징, 알레고리의 방법들을 적절히 어우르면서 민족의 참담한 실상을 끈덕지게 그려 나갔다.

일제가 우리 말과 글의 사용을 금지시켰던 1940년에 이르기까지 윤곤강은 모두 네 권의 시집들을 묶어 냈다. 『대지(大地)』(1937), 『만가(輓歌)』(1938), 『동물시집(動物詩集)』(1939), 『빙화(氷華)』(1940)가 그것들이다. 한 해에 시집 한 권씩을 발간해 낸 대단한 생산력이었다. 광복 이후에는 거기에 다시 두 권을 추가했다. 『피리』, 『살어리』 두 권을 1948년 한 해에 발간한 것이다. 그렇게 시작에 열중했던 윤곤강이 일제 말기에 발간하였던 네 권의 시집들 중 『대지』, 『만가』는 특히 주목할 만한 성과로 여겨진다. 광복 이후 문학사가들로부터 '암흑기'라는 명칭으로 불리게 되는 혹독한 고난의 시대가 시작되고 또 그 시대를 견뎌내는 모습을 그 두 시집의 여러 편의 시들에서 만날 수

강점기 말기의 공출 포스터.
상단에는 "일본정신으로 단결해야 전쟁에 이긴다"는 선동문구가 보인다.

있는 점에서 그렇다. 시집 『대지』에 수록된 23편, 『만가』에 수록된 62편의 시들 중 시대의 모습을 그려낸 시들은 꽤 여러 편이다. 그 중 『대지』에 실린 「갈망」, 「동면」, 「계절」, 『만가』에 실린 「만가 1」, 「빙점」, 「얼어붙은 밤」 등 여섯 편의 시들이 특히 주목된다. 「만가 1」 한 편을 제외한 위의 다섯 편 모두는 고난의 시절로서 겨울을 그려내면서 재생의 계절로서 봄에 대한 비원을 노래한 시들이다. 「만가 1」은 당시의 시대적 정황을 어둠으로 인식한 '밤'의 상징 계열에 속하는 작품이다.

윤곤강은 그의 시들에서 자연 현상 자체로서 겨울과 봄의 모습을 그려내는 작업도 여러 편에 걸쳐 보여 주었다. 시집 『대지』에 수록된 「향수 2」, 「봄의 환상」 등이 그런 작품들이다. 그런 작품들에서는

일제의 병사로
끌려가는 조선인

겨울 또는 봄 같은 자연 현상으로서의 계절이 시대 현실을 암시, 상징하는 자력을 발동하지 않도록 다듬어져 있다. 자연 현상은 자연 현상대로, 삶의 현실은 삶의 현실대로 움직이면서 자연과 인간의 삶의 모습을 통합하지 않은 까닭이다.

  (1) 마당가 대나뭇잎이 모조리 떨어지던 날
     나는 눈앞까지 치민 겨울을 보고 악이 받쳐
     심술쟁이 바람을 마음의 어금니로 질겅질겅 씹어보다
     나를 이곳에 꿇어앉힌 그 자식을 씹어보듯이—

—「향수·2」, 전편

  (2) 양털 같은 바람이 한켜 두켜 두터워지는 동안
     장대 같은 고드름은 녹아 떨어졌다

     일그러진 추녀 끝에 잠만 자던 늙은 먼지들도
     긴 하품, 늘어진 기지개에 묵은 꿈을 걷어찼다

—「봄의 환상」, 부분

(1)은 자연 현상으로서 겨울, (2)는 봄의 현상을 각각 노래했다. (2)에서는 온전히 자연 현상만으로서의 봄을 노래했기에 계절의 모습이 현실의 삶 자체의 모습을 암시, 상징할 가능성은 처음부터 닫혀 버린다. 그러나 (1)에서는 사정이 조금 다르다. (1)에서는 자연 현상으로서의 겨울이 삶 자체의 모습을 암시, 상징할 가능성을 얼마쯤 간직한다. 그러면서도, 그 시에서의 계절과 삶의 모습은 각각 본래부터 가진 독자성을 유지하도록 노래되어 있는 것이다. 위 (1), (2) 두 편과 함께 앞에서 인용한 시 「빙점」을 비교하여 보면, 「빙점」에서 겨울, 봄 같은 자연 현상이 어떻게 인간의 삶의 모습을 그려내도록 활용되었는가를 선명히 이해할 수 있을 것이다. 시 「빙점」에서는 겨울, 봄 같은 자연 현상으로서의 계절의 모습이 인간의 삶 자체의 모습으로 그 의미를 바꾸면서 암시, 상징의 자력을 발동하고 있는 것이다.

시 「빙점」을 비롯한 「갈망」, 「동면」, 「계절」, 「얼어붙은 밤」 같은 윤곤강의 시들에서는 겨울, 봄 같은 자연 현상으로서의 계절이 당대의 삶의 모습을 그려내도록 노래되어 있다. "빙점의 정수배기 위에/ 얼어붙은 몸둥아리", "얼어붙은 지역의/ 야윈 형해", "내 넋두리를 불러일으킬 (봄바람)" 등이 그 예이다. 그렇게 삶의 실상 자체를 의미하도록 노래되어 있는 윤곤강 시의 겨울, 봄 같은 자연 현상으로서의 계절은 상징의 보조관념들로 활용되었다. '겨울'은 만상의 생명 활동을 위축시키는 고난의 시기로, '봄'은 소생과 부활을 맞는 약동의 시기를 의미하도록 활용된 것이다. 윤곤강 시에서의 그런 상징적 기법은 일제의 폭압을 고발, 증언하는 하나의 전략이다. 그러면서 동시에 그 기법은 시의 제작까지 방해하던 시대의 폭압을 피해 나가려던 전술이기도 하다.

「빙점」, 시련의 계절에 바라본 죽음

시 「빙점」의 첫 연 앞의 세 행에서 윤곤강은 자신의 삶의 행보보다 우리 공동체의 삶의 모습을 그려낸 느낌을 준다. "코끼리처럼 느린 걸음으로/ 무거운 게으름에 엎눌리어/ 삶의 벌판을 엉금엉금 기어가다가"라고 표현된 삶의 행보가 한 개인의 것으로는 너무도 크고 무거운 데서 생겨나는 느낌이다. 그 뒤를 잇는 첫 연 제4, 5행은 "빙점의 정수배기 위에/ 얼어붙은 몸뚱아리다"처럼 민족 공동체가 당면한 극한적인 고난의 상황을 말하면서 아울러 견디기 힘든 개인의 고난을 그려낸 것으로 보인다.

인간의 삶을 억압하는 '겨울'의 폭압이 견뎌내기 어려울 만큼 혹독한 것이었고 보면, 사람들은 당연히 '봄바람'과 같은 구원의 손길을 갈망할 수밖에 없다. '봄바람'은 "빙점의 정수배기"로부터 "얼어붙은 몸뚱아리"를 녹여낼 생명의 기운으로 기대되는 까닭이다. 그러나 시 「빙점」의 둘째 연에서는 그런 '봄바람'의 어떤 기미도 출현하지 않는다. '봄바람'은커녕 시의 화자가 처한 상황은 "먼 하늘 밑 바다 위로 몰린" '배'에 탄 꼴로 비유된다. 눈에 띄는 곳은 어디라도 생명을 위협하는 험궂은 바다의 물결로만 둘러싸인 것이 시 「빙점」의 화자가 처한 정황이다. 따라서 그의 시야에는 어떤 낙관적 전망도 보이지 않으며 목숨을 부지하기 어려운 심각한 위험만이 목격될 뿐이다.

1930년대 중엽을 위와 같이 힘겹게 살아가면서 시인 윤곤강은 그 시의 셋째 연에서 그의 느낌을 압축하여 제시한다. "오!/ 쓰면서도 달고/ 달면서도 쓴/ 삶의 술잔아!"가 그가 몸저리도록 실감한 그런 느낌이다. 인생의 고락을 은유하는 '삶의 술잔'이 "쓰면서도 달고/ 달면서도 쓴" 것임은 시대를 넘어서는 인간의 보편적 깨달음이다.

그러나 평상적인 시대, 평범한 인물들에게서도 흔히 들어볼 수 있는 그 깨달음은 이 시에서 좀더 각별한 의미를 띤 것으로 보지 않을 수 없다. 이 시의 넷째 연에서 토로하고 있듯이 삶의 고난 속에서 시인은 자신의 죽음까지 상상하기에 이르도록 그 시대를 살았던 그의 고통은 혹독한 것이었기 때문이다.

흰 깃발보다는 차라리 죽음을

민족 정신을 간직하면서 일제의 혹독한 지배를 겪었던 이들에게 죽음은 제 정신을 지키는 마지막 보루, 혹독한 고난을 종결짓는 마지막 수단으로 부상하였을 가능성이 높다. 윤곤강의 시 「만가 1」은 그가 살아가던 시대의 고통스러운 모습과 함께 당대의 지성인들이 겪었던 죽음의 유혹을 보여주는 작품이라는 점에서 주목할 만하다.

쇠뭉치처럼 머리가 무거우냐?
사방을 에워싼 어둔 방안의 멀미냐?
그믐밤보다도 어둡고 슬픈 대낮이냐?
이 세상이 질퍽거리는 흙탕물을 먹었느냐?

바램(希望)은 목놓아 울고
괴롬은 오도도 떠느냐?

위는 모두 6연으로 이루어진 시 「만가 1」의 첫째, 둘째 연이다. 이 두 연에서 시인 윤곤강은 그가 목격하고 실제로 겪기도 했던 1937년 무렵의 시대상을 그려내고 있다. 그는 그 시대의 모습을 무거운 통증으로 견디면서 힘겹게 삶을 이어 간 것으로 그려냈다. '나'라는 개인과 민족 공동체의 자유로운 행동을 제약하는, 사방을 에워싼 어둠, 그믐밤보다 어둡고 또한 참담한 삶의 현장으로서의 대낮, 흙탕물을 들이켠 듯한 일그러진 세태가 시인이 바라보는 그 시대의 모습이기에 그는 나날의 삶에서 무거운 통증을 느끼지 않을 수 없다고 토로한 것이다. 시인은 자신이 살아가는 시대의 그런 참혹한 실상을 목격하면서 그 시대를 다시 두 개의 성격으로 그려낸다. 삶에서 생겨나는 숱한 '바램(希望)'이 철저하게 파괴되면서 실종된 시대, 고통과 공포만이 기승을 부리는 시대가 그가 인식한 그 시대의 성격이다.

> 그래도, 흰 깃발은 차마 못 들어
> 검정 보자기로 깃폭을 만들고 싶으냐?
>
> 검정 깃발이 까마귀 울음을 부르는 밤
> 죽음을 외우는 목청은 찢어질 것을…

위는 시 「만가 1」의 넷째, 다섯째 연이다. 위 두 연에서 윤곤강은 일제가 지배하는 험난한 시대를 대하는 그 자신의 태도를 노래하고 있다. 위 두 연에서 시인이 문제삼고 있는 자신의 태도는 '검정 깃발'로써 환기되는 죽음이다. 그는 '흰 깃발'로써 환유되는 일제에의 투항 또한 자신이 깊이 고려한 적이 있음을 위에 인용한 행간에서 숨기지 않고 토로한다. 그는 일제에의 투항, 곧 일제 지배에 대한 순응과 협력까지도 자신이 심각하게 고려한 사유를 이 시의 셋째 연에서 솔직히 표명했다. 정글의 법칙을 따른다고나 할 일제의 폭력이 자행되고 있음에도 불구하고 자신은 고작 "떨어진 이불 속에 흐느낄" 뿐이고, 자신은 한갓 "먼지 낀 선반 위에 잠자는" 현실을 견딜 수밖에 없는 무력감이 그가 일제에의 투항을 고려한 사유였던 것으로 시인은 밝히고 있는 것이다. 그러나 시인 윤곤강은 일제의 폭압에 대한 자신의 무력감과 일제에의 굴복 사이에는 건너뛸 수 없는 모순과 간극이 존재한다는 사실을 간과하지는 않았다. 그 점에 대한 깊은 인식을 보여주는 말이 위 셋째 연의 "그래도, 흰 깃발은 차마 못 들어"라는 대목에 형상화되어 있다.

일제의 폭압이 날로 기승을 부리는 때에 일제에의 투항을 거부하기로 작정했다면, 그 폭압에 대처하는 태도 또한 준비하지 않을 수 없었을 것이다. 「만가 1」에서 윤곤강은 일제의 폭압에 대처하는 태도로써 죽음을 택하리라는 결단을 보여준다. 위에 인용한 이 시의 넷째 연에서 "검정 보자기로 깃폭을 만들고 싶으냐?"라고 한 것은 윤곤강이 자신의 그러한 결단을 확인한 대목에 해당한다. 죽음까지도 피하지 않기로 한 그의 내심의 결단은 그의 의식 속에서 빈번히 죽음의 유혹으로까지 발전한 듯하다. 시 「만가 1」의 다섯째 연에서 "검정 깃발이 까마귀 울음을 부르는 밤/ 죽음을 외우는 목청은 찢어질 것을…"이라고 한 것은 시인이 적지 않게 죽음의 유혹을 느꼈음을 토로한 대목으로 해석된다.

『만가』에 붙인 이육사의 높은 평가

자신의 죽음까지도 배수진으로 활용하면서 일제에의 투항을 거부하는 모습을 보여준 윤곤강의 「만가 1」 같은 시들은 당연히 당시의 뜻있는 독자들의 주목을 받았음 직하다. 「『시학(詩學)』의 추억」(『현대문학』 통권 제28호, 1957. 4.)이라는 회상문에서 시인 신석초가 술회한 대로 1930년대 후반의 우리 시단 일각에 일종의 긍지를 가지고 말없는 가운데 민족 주체성을 지켜 나가려던 움직임이 존재했었다면, 윤곤강의 위와 같은 시작 태도는 더욱 주목받지 않을 수 없었을 것이다.

윤곤강의 『만가(輓歌)』, 『빙화(氷華)』 같은 시집들이 출간되었을 때에 그 시집들에 큰 관심을 기울였던 당대의 시인으로는 누구보다도 이육사를 들 수 있다. 이육사는 1940년까지 간행된 윤곤강의 네 권의 시집들 중 『만가』, 『빙화』 두 시집들을 대상으로 한 평문들을 남겨 놓았을 정도로 그의 시에 깊은 관심과 애정을 쏟았다. 특히 당대 시인들의 시를 평한 이육사의 글로는 오직 윤곤강의 시집들에 관한 글 두 편만이 남아 있어, 윤곤강 시에 대한 그의 뜨거운 관심을 짐작하게 한다. 윤곤강 시에 대한 이육사의 위 두 편의 글들 중 그의 시에 대하여 보다 긍정적 평가를 표명한 글은 「자기 심화의 길－곤강의 『만가』를 읽고」 쪽이다. 그 글에서 이육사는 시집 『만가』에 실린 시 「빙점」 전편을 인용하여 제시한 뒤에 다음과 같은 의견을 제시하였다.

　　이런 노래를 불러놓고 그는 지금 "올 사람도 없고/ 기다릴 사람도 없는/ 바다 속 같은 방안－// 테 없는 거울/ 그 속에 비친 얼굴을/ 뚫어져라 쏘아보고 있다"(시 「면경(面鏡)」의 부분, 위 시의 제목과 행·연 구분은 인용자가 덧붙인 것임) 그러므로 이 시는 사상 그것이 아니라도 죄될 것이 없고 기교가 모자란다면 차차로 배울 수가 있지 않은가. 곤강은 '대지'의 아들로서도 '대지'의 아버지가 되었을 때보다는 '만가'를 부르는 데서 밑천이 좀 늘었을 뿐 아니라 테 없는 거울에 비친 제 얼굴을 뚫어지라고 쏘아보며 자기 자신에 잔혹해

가는 거동이 내 눈에 비치면 눈물조차 날 듯하다. 더구나 밥도 되지
않는 이 시를 쓴다고 '하루' 동안 "얽매여 쪼들린 육괴(肉塊)가, 또
한 번/ 팽이처럼 빙빙! 돌다가 톡! 쓰러지"(시 「하루」 전편 : 인용자)는
이 사람을 누가 진정으로 달래줄 사람은 없나? 이 주제넘지 못한
사람을!

위 글에서 이육사는 윤곤강 시집 『만가』에 수록된 시들을 깊은
감동과 애정으로 대하고 있는 모습을 보여준다. 그 이유를 우리는
위 글에서 어렵지 않게 찾아볼 수 있을 듯하다. 오늘날의 시인들과
다를 것 없이 당시의 윤곤강이 '밥'도 되지 않는 시를 쓰노라 부심하던
모습을 같은 시기에 활동했던 시인 이육사가 연민과 사랑으로 대했던
점을 굳이 꼽지는 않기로 한다. 그 점을 논외로 하더라도 위 글에서는
이육사가 윤곤강 시를 높이 평가한 근거를 세 가지쯤 찾아볼 수 있다.
첫째, 윤곤강의 시 「빙점」이 그의 카프 시에서처럼 사상을 말하지
않았고 기교로서 부족한 점이 있더라도 주목할 만한 자질을 가진
시라는 점이다. 둘째, 「만가」를 노래한 데서 그의 시작의 밑천이 「대지」
를 노래할 때보다 늘었다는 점이다. 셋째, 시의 화자로 등장하는 시인
이 거울에 비친 제 얼굴을 뚫어지라고 쏘아보면서 자기 자신에 잔혹해
가는 거동이 눈물겹다는 점이다.
　위 글에서 이육사가 지적하고 있는 세 가지 점들은 결국 한 가지
사실로 수렴될 것으로 보인다. 그 한 가지 사실이란 윤곤강의 「빙점」을
비롯한 『만가』에 수록된 시들에서 시인이 민족 주체성에 대한 그의
인식을 더욱 심화시켜 그려내고 있다는 점이다. 『만가』에서 그려낸
윤곤강 시의 그런 성격 때문에 이육사는 그의 시들의 다른 면이 부족하

여도 탓할 것이 없다고도 하고,『대지』의 시들보다 밑천이 늘었다고도 하며, 죽음까지 의식하면서 민족 주체성을 고수하려는 시인의 모습이 눈물겹기조차 하다고 말한 것이다.

이육사는 시집『만가』에 대한 위와 같은 그의 느낌을 명시적이기보다 암시적으로 말했다. 바로 그 점이 위 인용문에 대한 이해가 용이하지 않도록 작용한 원인이다. 윤곤강의 시집『만가』에 관한 이육사의 그런 암시적 평가는 그 자신이 일경의 끊임없는 사찰 대상이었던 점을 의식한 데서도 연유할 수 있었을 것이다. 그러나 위 글에서 그가 명시적 이기보다 암시적 진술을 택한 더 중요한 원인은 따로 존재한다고 이해하여야 할 듯하다. 그것은 그 시집에서 일제에게 순응하기보다 암암리에 저항의 의지를 그려내고 있는 시인 윤곤강에게 위해(危害)가 돌아가지 않도록 하겠다는 그의 따듯한 배려였을 것으로 짐작한다.

시집『만가』가 출간된 1938년은 일제의 폭악이 더욱 날을 세우던 연대였다. 그런 시기에 일부 시인들이 식민지 백성으로서 당시 조선인 의 삶의 참상을 그려내고, 일제에 대한 저항의 뜻을 담아 낸 시들을 제작한 것은 각별히 주목할 만한 일이 아닐 수 없다. 또한 그 시기에 윤곤강-이육사의 경우에서 볼 수 있듯이 독자 또는 비평가가 일제에 대한 한 시인의 저항 의도를 확연히 인지하면서도 가능한 한 그런 시들과 그런 시를 제작한 시인을 비호하려고 배려했던 점은 각별히 유의하여야 할 대목이다. 일제는 온갖 폭압으로써 조선인의 혼이라고 부를 만한 민족 주체성의 형성, 파급을 방해했다. 그러나 그들의 극악 한 방해 공작에도 불구하고 당시 우리 시인들의 민족 의식과 그에 연결된 배일 의식은 눈에 보이지 않는 지하수의 흐름처럼 결코 고갈되 지 않으면서 서로 감싸는 가운데 흐르고 스며들었던 것으로 보인다.

곤강의 「빙점」과 육사 「절정」의 관련상

그뿐만이 아니다. 그런 경우는 결코 흔하지 않았으나 한 시인이 민족의 수난 또는 민족 정체성의 흐름을 노래한 뒤에 다른 시인이 그것을 더 잘 발전시켜 새로운 작품으로 다듬어 낸 경우도 없지 않다. 우리는 그런 경우의 하나로 윤곤강의 「빙점」과 이육사의 「절정」 사이의 관련성을 들어 볼 수 있을 것이다. 이미 앞에서 밝혀 두었듯이 시 「빙점」을 실은 윤곤강의 시집 『만가』는 1938년에 출간되었다. 이 시집이 출간되자 이육사는 이 시집의 신간 평을 써서 1938년 8월 23일자의 『조선일보』에 발표하였다. 그 글에서 이육사는 시 「빙점」 전편을 인용하고 그 시가 카프의 이데올로기 같은 이데올로기도, 세련된 기법도 보여준 작품이 아니지만, 중요한 면모를 간직한 작품이라는 점을 강조하여 주장하였다. 그 때로부터 1년여 뒤인 1940년 1월에 이육사는 『문장』 지면을 통해 그의 대표작으로 흔히 거론되는 「절정」을 발표하였다. 윤곤강의 「빙점」과 이육사의 「절정」이 그려낸 문제는 동질적인 것이었다. 그 두 시들은 민족 수난의 극점이던 당시의 민족 공동체가 당면한 문제를 시의 화두로 선택한 데에서 일치된 면모를 보였다. 또 시기상으로 뒤에 제작된 「절정」의 시인 이육사는 앞 시기에 제작된 윤곤강의 시 「빙점」을 깊이 헤아리고 있었다. 사정이 위와 같기에 윤곤강의 시 「빙점」은 이육사의 시 「절정」의 제작에 어떤 형태로든지 영향을 끼쳤으리라고 추정할 수 있을 것이다. 그러한 현상은 일반적인 시 쓰기에서는 드물지 않게 목격되는 현상이다. 그러나 그 같은 현상이 일제가 감시의 눈을 번뜩이는 가운데 배일, 저항의 작품들에서 이루어진 점에서 문제적인 성격을 띠는 것이다.

시집 『만가』에 실린 윤곤강의 시 「빙점」은 이육사의 시 「절정」과 함께 식민지 시대 말기의 민족 수난의 극점을 노래한 시이다. 두 시들은 함께 민족 수난의 극점을 노래하면서 그것을 각각 '빙점'과 '절정'으로 그려냈다. 민족 수난의 극점을 '빙점'으로 그려낸 윤곤강은 그의 시적 인식에 따라 "삶의 벌판을 엉금엉금 기어가다가/ 빙점(氷點)의 정수배기 위에/ 얼어붙은 몸둥아리다"처럼 '빙점'에 맞닥뜨린 민족의 고난상을 그려냈다. 그와는 달리 이육사는 민족 수난의 극점을 '절정'으로 인식하면서 "하늘도 그만 지쳐 끝난 고원(高原)/ 서릿발 칼날진 그 위에 서다// 어데다 무릎을 꿇어야 하나? 한 발 재겨딛을 곳조차 없다"처럼 더할 나위 없는 민족 수난의 고비를 '절정'으로 그려냈다. 두 시인의 시들은 적어도 시를 제작하는 출발점에서는 위와 같이 같은 화제를 선택한 것으로 보인다. 그러면서 민족 수난의 극점을 구체적으로 '빙점', '절정'으로 그려낸 데서 두 시는 각각 그 시 나름의 독자성을 구축한 것으로 판단된다.

윤곤강의 시 「빙점」과 이육사의 시 「절정」은 민족 수난의 극점을 각각 '빙점'과 '절정'으로 그려낸 차이로써만 독자성을 구축한 것이 아니다. 두 시인의 시들은 각각 민족 수난의 극점을 타개하는 비전으로도 중요한 차이를 보여준다. 앞에서 살펴보았듯이 윤곤강은 민족 수난의 극점을 타개하는 비전을 제대로 형성하지 못하였다. 그는 민족 수난의 극점에서 죽음을 의식하였다. 그에게 있어 죽음은 그가 불의에 굴복하지 않도록 만드는 배수진이었다. 그러면서 죽음은 모든 이에게 있어 그렇듯이 그에게 있어서도 현실의 삶을 끝맺는, 현실을 떠나는 삶의 종말일 수밖에 없었다.

윤곤강이 민족 수난의 극점에서 죽음을 의식하였던 것과는 다른 모습으로 나타난 것이 수난의 극점에서 형성한 이육사의 비전이었다.

이육사는 윤곤강과 같은 고난을 겪으면서도 역사에 대한 한 줄기 밝은 전망을 견지하였다. 그가 지녔던 역사에 대한 밝은 전망은 「절정」, 「광야」, 「꽃」 등의 그의 시들에 두루 나타나는데, 시 「절정」에서 그 전망은 "겨울은 강철로 된 무지갠가 보다"라는 끝 행에서의 초현실적 상상의 풍경으로 제시되었다.

이육사가 지녔던 역사에 대한 그런 밝은 전망은 아마도 그의 생애에 걸친 삶의 궤적과 상호작용한 결과였던 것으로 보인다. 그는 민족의 참담한 고난 속에서도 역사에 대한 밝은 전망을 지님으로써 국권과 민족 정체성 회복 운동에 의연하게 투신할 수 있었던 것이다. 그 점을 달리 말하면 그는 국권과 민족 정체성 회복 운동 같은 역사적 과업에 스스로 투신함으로써 역사에 대한 밝은 전망을 제대로 견지할 수 있었던 것으로도 볼 수 있다. 그에게 있어 역사에 대한 밝은 전망은 밝은 역사에 대한 안이한 동경만으로써 그려 볼 수 있는 것이 아니었다. 그는 미래의 역사에 대한 밝은 전망을 가져도 합당할 만큼 공동체의 구성원들이 분발할 것을 촉구했다. 그 한 예로서 윤곤강의 제4 시집을 평하는 글 「『빙화(氷華)』 기타」에서도 각별한 노력을 기울이지 않은 채 "용이 솟아나"기를 기대하는 태도를 비판, 경계하면서 그런 태도를 극복하여야 할 것을 당부하였음을 들어 볼 수 있다.

앞에서 살펴보았듯이 시인 윤곤강은 식민지 시대 말기에 해당하는 1936~1940년 무렵과 광복 직후의 몇 해에 걸쳐 주목할 만한 활동을 펼쳤던 시인이다. 그는 시인 이육사처럼 민족 정체성의 회복에 대한 미래의 전망까지 갖추지는 못했던 인물이다. 그러나 그는 그 나름으로 민족 수난의 시대를 증언하고 그려내기에 열정을 기울였다. 식민지 시대 말기에 그렇게 자신의 안위를 돌보지 않은 채 민족 공동체의 참담한 운명을 노래한 시인은 드물다. 또한 시인 윤곤강에게는 민족 공동체의 참담한 모습을 노래한 시들 이외에도 독자들의 사랑과 아낌을 받을 만한 영롱한 서정시들이 적지 않다.

윤곤강 시는 새로 평가되어야

시인으로서 윤곤강이 이루어 낸 그러한 성과에도 불구하고 그의 작품들은 우리 독자, 비평가들에게 별로 주목을 받아 오지 못했다. 그럴 만한 이유로 생각해 볼 수 있는 것들로는 패망 직전(1943)의 일제 관변 단체인 '조선문인보국회(朝鮮文人報國會)'에 그가 간사 직책으로 잠시 관여한 점(임종국, 『친일문학론』, 평화출판사, 1966, p.151.), 광복 직후인 1945년에 사회주의 문학 노선을 지지하던 단체인 '문학가 동맹'에 또한 잠시 가입하였다가 탈퇴한 점, 그가 6·25 전란이 발발하기 직전이었던 1950년 음력 1월 7일에 타계하여 제대로 평가받을 만한 계기를 얻지 못한 점 등을 꼽아 볼 수 있다.

「만가」, 「빙점」 같은 저항의 의지를 노래한 시의 작가 윤곤강이 어떻게 '조선문인보국회' 같은 친일 어용 단체에 이름을 올리게 되었던가 하는 사정은 알려져 있지 않다. 그 사정이야 어떠했든 그가 그 단체의 1943년 6월의 진용 개편에 시부 간사로 이름을 올린 것은 지울 수 없는 사실이다. 그 단체에 윤곤강이 자신의 이름을 올려놓은 것은 오직 그 한 번뿐이다. 그 앞에도, 그 뒤로도 그는 그 단체의 활동에 이름을 올리지 않았다. 또한 친일적인 시들도 따로 남겨 놓지 않았다.

광복 직후인 1945년에 그가 잠시 '문맹'의 맹원으로 가담했던 점은 그가 시작을 했던 초기인 1933년경에 카프의 맹원으로 활동했던 사실과 관련을 갖는 것으로 보인다. 그는 지난날 자신이 카프 맹원이었던 인연을 되살려 '문맹'에 가입하였었으나, 이미 자신은 그 단체의 방향과는 지향을 달리할 수밖에 없음을 깨닫고 그 단체를 떠난 것으로 보인다. 위와 같은 윤곤강의 광복 전후의 발자취를 더듬어 볼 때에 그의 시들이 제대로 조명을 받지 못했던 사정을 짐작할 수 있을 듯하다. 그는 좌우 두 진영의 문인들 어느 쪽으로부터도 각별한 아낌을 받기 어려운 행적을 보였던데다가, 6·25 전란 직전에 타계함으로써 전란의 소용돌이 속에서 잊혀지게 된 것이다.

오늘 우리의 문학 연구, 문학사 연구는 분단으로 인한 긴 단절조차 복원하려는 의욕을 보이는 중이다. 남북 분단으로 단절된 것이 아니면서도 여러 사정들이 복합되어 매몰되었던 윤곤강 시에 대한 연구 또한 이 시점에서 새롭게 시도되어야 마땅하다. 그가 남긴 시들은 식민지 시대 말기의 문학, 광복 직후의 문학의 일부로서 새롭게 조명받을 만한 문제성을 충분히 함축하고 있다. 바로 그 점을 의식할 때에 그의 문학에 관한 연구는 폭넓게 새로 시도되어야 할 대상으로 떠오른다.

23) "좀착한 키에 얼굴이 까무잡잡하여
　　유달리 희게 드러나는 네 이빨"

흑석(黑石) 고개로 보내는 시(詩) | 신석정
　　　　　　　　　　　　　　－정주(廷柱)에게

한 조선 여인이 훤하게 뚫린 신작로 길을 걷고 있다.

흑석고개는 어늬 두메 산골인가
서울에서도 한강
한강 건너 산을 넘어가야 한다드고

좀착한 키에
얼굴아 까무잡잡하여
유달리 희게 드러나는 네 이빨이
오늘은 선연히 뵈이는구나

눈오는 겨울밤
피비린내 나는 네 시를 읽으며
꽃처럼 붉은 울음을 밤새 울었다는 청년
그 청년이 바로 우리 고을에 있다

정주여

나 또한 흰 복사꽃 지듯 곱게 죽어갈 수도 없거늘
이 어둔 하늘을 무릅쓴 채
너와 같이 살으리라
나 또한 징글징글하게 살어보리라

(1943)

여러 겹의 명칭을 간직한 시

시인 신석정의 「흑석(黑石)고개로 보내는 시(詩)」는 신석정의 제2
시집 『슬픈 목가(牧歌)』(1947)에 실려 있다. 시의 끝에 '1943'처럼
그 제작 연도가 밝혀져 있는 이 시는 여러 명칭으로 불릴 만한 몇
겹의 사연을 간직하고 있다.

「흑석고개로 보내는 시」는 우선 이 글의 입장에서 보면 '서울의
시'에 해당한다. 이 시를 쓴 신석정은 시의 제작 당시 '청구원(靑丘園)'
이라고 흔히 불리는 전북 부안의 자택에 머무르고 있었음이 확실하다.
그가 이 시를 제작했던 때에 부안에 머물러 있었던 점은 이 시의
행간에서도 밝혀진다. "그 청년이 바로 우리 고을에 있다"고 말한
'우리 고을'이 그 점을 알려주는 증표이다. '청구원'은 신석정 자신이
1933년에 지은 집으로, 그는 신축 이후 1954년까지 그 집에 줄곧
거주하고 있었다. 전북 부안에 살고 있었던 신석정이 쓴 이 시를 '서울
의 시'로 분류하는 것은 다름이 아니다. 이 시를 받는 사람으로 설정된
시인 서정주가 당시 서울의 외곽이던 노량진 근처 흑석동에 살았었기
때문이다. 서정주의 흑석동 거주는 이 시의 표제에서도 드러나고,
시의 첫머리에서도 나타난다. "흑석고개는 어느 두메 산골인가/ 서울
서도 한강/ 한강 건너 산을 넘어가야 한다드고"가 그 대목이다. 신석정

교통수단이 발달하지 못하였던 일제 강점기의 풍속도. 나귀 타고 길마 잡히고 선글라스를 쓴 모습이 특이하다.

은 이 시의 첫 머리에서 흑석동을 "어느 두메 산골인가"라고 말했지만, 서울 출입을 전제하지 않았다면 서정주가 그 곳에 몸을 붙일 이유가 없었다는 점에서 이 시를 '서울의 시'로 볼 수 있는 근거가 마련된다.

다음으로 이 시는 일종의 헌정시(獻呈詩)로 볼 수 있다. 헌정시란 흔히 제자가 스승에게, 후배가 선배에게, 동년배가 동년배에게 보내는 시를 가리킨다. 헌정시의 그러한 관례와는 현저하게 다른 것이 신석정의 「흑석고개로 보내는 시」의 경우이다. 왜냐하면 신석정은 1915년생인 서정주에 비해 8년이나 연상인 1907년생이며, 시단의 진출로 보아도 몇 해가 이른 선배이기 때문이다. 두 시인 사이의 그처럼 뚜렷한 차이에도 불구하고 신석정이 서정주에게 보내는 시를 지었던 것은 두 시인 사이의 각별한 인연이 작용한 결과일 것이다. 두 시인 사이의 각별한 인연이란 다름이 아니다. 신석정은 전북 부안 출생이고 서정주는 전북 고창 출생이다. 두 고을은 바로 이웃해 있는 고장이기에 두 시인은 동향의 선후배라고 불러도 좋을 만한 처지였다. 게다가 서정주에게 있어 부안은 어린 시절의 생장지이기도 했다. 그의 집안이 부안의 줄포로 옮겨 살게 되면서 서정주는 줄포공립보통학교를 5년간 다녀 졸업했던 것이다.

부안을 동향으로 한 점 말고도 두 시인은 또 하나의 인연을 공유한다. 서로 시기는 달랐으나 당대 불교계의 거목이던 박한영 선사를 스승으로 한 점과 박한영 선사가 이끌던 중앙불교전문강원(동국대의 전신)에서 수학한 점이다. 이 두 가지 인연이 함께 작용하면서 두 시인은 선후배로서 자별한 인연을 맺었으리라고 추정해볼 수 있다. 바로 그 인연이 선후배의 차이에도 불구하고 신석정이 서정주에게 이 시를 쓰도록 만든 사유일 것이다.

암흑기에 씌어진 시

신석정의 「흑석고개로 보내는 시」는 그 제작 시기로 보아서도 특별히 주목할 만하다. 앞에서도 이미 살펴 두었듯이 이 시는 1943년에 제작되었다. 신석정은 그가 펴낸 둘째 시집 『슬픈 목가(牧歌)』에 실은 32편의 시들 중 두 편을 제외한 30편에 그 제작 연대를 밝혀 두었다. 제작 연대를 밝혀 놓은 30편의 시들 중 그 대부분이 36~39년 사이에 제작한 시들이며 40년에 제작한 작품이 두 편, 그리고 43년에 제작한 것이 한 편으로, 「흑석고개로 보내는 시」가 바로 그것이다.

1943년은 우리 문학사에서 흔히 '암흑기'로 불리는 시기이다. 1931년부터 만주사변, 만주 건국을 거쳐 1937년 중일전쟁에 뛰어든 일제는 식민지 조선을 저들이 일으킨 전쟁에 내몰기 위하여 조선인의 마지막 거점으로서 조선혼을 빼앗는 작업에 착수하였다. 저들이 조선혼을 빼앗기 위하여 착수했던 일들은 조선인을 저들의 신사(神社)에 참배시키는

244

일, 조선인의 성과 이름을 빼앗는 창씨개명, 조선 고유의 말과 글을 빼앗는 조선 어문 말살 정책 같은 것들이다. 저들의 악랄한 조선 어문 말살 정책으로 말미암아 조선 어문으로 제작되었던 신문들이 폐간되고, 역시 조선 어문으로 간행되었던 문학 잡지들이 강제로 폐간되었던 1941~1945년의 기간을 우리 문학사에서는 암흑기라고 부른다.

작품을 발표할 국문 신문, 잡지 등 매체들이 자취를 감추어버린 안타까운 불임(不姙)의 시대, 조선혼이 시들어 가던 비극적인 압살의 시대였던 암흑기에 우리 작가들은 대체로 세 갈래 중 한 길을 걸을 수밖에 없었다. 그 첫 길은 그 때까지 그들의 진로이던 작가의 길을 단념, 포기하고 그들의 붓을 꺾는 방법이다. 그 둘째 길은 저들의 악랄한 억압에 순응하면서 일어문으로라도 문필 활동을 지속하는 방법이다. 그 셋째 길은 자신의 작업이 언제 햇빛을 볼지 기대하기도 어려운 상황에서 여전히 조선 어문으로 문필 작업을 계속하는 방법이다. 이 세 갈래의 길 중에서 신석정의 「흑석고개로 보내는 시」는 셋째의 길을 택했던 결과 만들어진 작품이다. 자칫, 대수롭지 않게도 생각할 수 있는 신석정의 「흑석고개로 보내는 시」에는 이처럼 단순하지 않은 여러 사연이 내포되어 있었던 것이다.

서정주 초기 시에선 피비린내가 난다

모두 네 연으로 이루어진 이 시의 첫째 연에서 신석정은 서정주가 몸을 붙이고 산다는 '흑석고개'에 대하여 궁금해하는 뜻을 노래하고 있다. 1930년 초에 서울로 올라와 1년 여를 머물렀던 신석정으로서도 한강 인도교를 넘어, 노량진에서도 고갯길을 한참 올라가야 도착한다는 흑석동에 대해서는 경험이 없었던 모양이다. 그리하여 그는 "한강 건너 산을 넘어가야 한다"고 들었던 흑석동이 "어늬 두메 산골인가"고 묻고 있는 것이다. 당시의 불편했던 교통 사정을 감안하면 흑석고개는 분명히 서울 중심가로의 진출이 용이하지 않았던 서울 외곽 지역이었다. 그렇다 하더라도 1943년 무렵의 흑석동을 비롯한 한강 남쪽, 노량진, 영등포 일대는 1930년대 초의 그 지역들과는 판이하게 바뀌어 있었다. 무엇보다도 1936년 무렵에 단행된 서울의 대확장에서 그 일대는 서울로 편입되었기 때문이다.

이 시의 둘째 연에서 신석정은 그의 동향 후배인 시인 서정주를 그리워하고 있다. 그가 이 연에서 후배 서정주를 그리워하는 방법은 그의 모습을 눈앞에 환하게 그려보는 방법이다. 독자들은 이 연에서 시인 신석정이 시로써 그려낸 서정주의 초상을 접할 수 있을 것이다. 신석정에 따르면 서정주는 허우대가 크기보다는 작은 편이며 얼굴은 검은 편이고 그렇기에 이가 희게 드러나는 편이다.

이 시의 셋째 연은 서정주의 초기 시들이 당대의 독자들에게 수용되었던 일면을 생생히 전해 준다. 신석정은 그 점을 자신의 말로도 전해 주고, 그와 같은 고장에 산다는 청년의 말로도 전해 주었다. 신석정의 말로 전해진 서정주 초기 시의 특징적인 면모는 "피비린내 나는 네 시"라는 짧은 진술 속에 집약되어 있다. 서정주 초기 시에 대한 신석정의 그 집약된 진술은 1950년대 이후 다채롭게 전개되어 온 서정주 초기 시 평가의 핵심에 닿아 있다는 점에서 새삼스럽게 눈길을 끈다. 같은 고장에 산다는 청년의 말을 전한 대목은 "꽃처럼 붉은 울음을 밤새 울었다"로 되어 있다. 청년의 말을 전한 대목이 서정주 초기 시 중 많은 이들의 입에 유난히 많이 오르내리는 「문둥이」의 한 대목이

246

라는 점은 그의 시에 대한 독자 측의 깊은 공감을 엿보게 하는 점이다.

고난의 시대를 끈덕지게 살아보자

「흑석고개로 보내는 시」의 넷째 연은 이 시를 쓴 동기가 단순히 하나가 아님을 보여준다. 이 시를 쓴 동기는 더 말할 것도 없이 후배 시인 서정주에 대한 그리움의 토로이다. 그 점 이외에도 이 시에는 이 시를 쓰게 된 또 하나의 동기가 내장되어 있는데, 그 점을 신석정은 넷째 연에서 토로하고 있는 것이다. 이 시의 넷째 연에서 화자인 신석정은 시의 청자로 지정한 서정주를 상대로 하여 그가 생각한 두 가지 점을 말하고 있다. 하나는 이 연의 둘째 행에서 "이 어둔 하늘"이라고 토로한 시대에 대한 인식이다. 신석정이 "이 어둔 하늘"이라고 표현한 시대의 모습이 그의 시 「밤을 지니고」에서 '새해'라는 "때가 이루는 이 작은 분수령을/ 넘어도 밤이어니/ 흘러도 밤이어니"라고 했던 '밤'과 다르지 않음은 물론이다. 신석정은 그의 다른 시 「고운 심장(心臟)」에서 아예 "밤이 이대로 억만년이야 갈리라구……"처럼 말함으로써 그가 말하는 '밤'이 단순히 '낮'의 상대 개념이 아닌, 시대의 어둠을 지시하는 의미임을 밝혔던 것이다.

신석정은 그가 살아가는 시대가 '밤'처럼 어두운 시대라고 생각했다. 그렇다고 그 '밤'에 압도되어 허무하게 삶을 포기할 수 없다는 강인한 자세를 그는 거듭 다지고 있었다. 신석정의 그 같은 거듭된 다짐은 이 연에서 그가 말하는 또 하나의 생각으로 제시되어 있다. '너와 같이' "나 또한 징글징글하게 살아보리라"는 다짐이 그것이다. 신석정의 그러한 다짐은 시 「고운 심장」의 끝 행인 "밤이 이대로

억만년이야 갈리라구……"에서도 나타나지만, 「밤을 지니고」에서는
역설의 형태로까지 나타난다. "밤에서 살으련다 새벽이 올때까지/
심장처럼 지니고/ 검은 밤을 지니고"가 그것이다.

신석정의 시 전개과정 중 초기 시는 흔히 전원적이고 목가적인
시로 평가된다. 시인 신석정이 그의 고향인 부안에 은거하면서 자연
속에 살고, 인간과 자연의 어울림을 노래한 데서 연유한 평가이다.
시집 『촛불』, 『슬픈 목가』에 수록된 그의 시들이 전원에서의 삶을
노래한 목가적인 시들임에는 틀림이 없다. 그러나 그의 초기 시들,
그 중에서도 『슬픈 목가』에 수록된 시들 일부는 시집 표제가 이미
드러내듯이 상심한 시인의 목가를 들려준다. 시집 『슬픈 목가』 시기에
시인이 상심에 젖어 있었던 것은 다름이 아니다. 앞에서 이미 살펴보았
듯이 깊을 대로 깊어진 '밤'에 방불한 시대의 모습 때문이다.

이 시기의 시인은 시대의 모습으로 하여 깊이 슬픔에 젖어 있었다.
그러나 시인 신석정은 그 슬픔으로 해서 처절하게 꺾여버리지는 않았
다. 그의 내면에는 어지간한 수난으로는 만만히 꺾이지 않았던 대결의
식이 자리잡고 있었기 때문일 것이다. 그 대결의식이 그의 시 「밤을
지니고」에서 "밤에서 살으련다 새벽이 올 때까지"라고 자신의 자세를
다듬도록 한 바로 그 의식이다. 그 의식은 뒤에 시집 『빙하(氷河)』
시기에 들어가서는 그의 시들을 현실참여적 경향으로 뻗어나가도록
만들기도 했다.

24) "벌레 먹은 두리기둥 빛 낡은 단청(丹靑)
　　풍경소리 날아간 추녀 끝에는……"

봉황수(鳳凰愁) | 조지훈

벌레 먹은 두리기둥 빛 낡은 단청(丹靑) 풍경소리 날아간 추녀 끝에는 산새도 비둘기도 둥주리를 마구 쳤다. 큰 나라 섬기던 거미줄 친 옥좌(玉座) 위엔 여의주(如意珠) 희롱하는 쌍룡(雙龍) 대신에 두 마리 봉황새를 틀어올렸다. 어느 땐들 봉황이 울었으랴만 푸르른 하늘 밑 추석(甃石)을 밟고 가는 나의 그림자. 패옥(佩玉) 소리도 없었다. 품석(品石) 옆에서 정일품(正一品) 종구품(從九品) 어느 줄에도 나의 몸 둘 곳은 바이 없었다. 눈물이 속된 줄을 모를 양이면 봉황새야 구천(九天)에 호곡(號哭)하리라.

조지훈 시 「승무」, 「고풍의상」의 평가 변화

조지훈의 시 「봉황수」는 시인 조지훈이 『문장』의 추천을 받고 있던 시기의 작품이다. 당시 『문장』의 시 추천위원은 당대의 고수로 알려졌던 정지용이었다. 지용은 1939년 4월에 조지훈의 시 「고풍의상」을, 그 해 12월에는 「승무」를, 다음 해 2월에는 「봉황수」, 「향문(香紋)」 두 편을 추천함으로써 조지훈을 시인으로 세상에 내세웠던 것이다. 지훈이 정지용에게 추천을 받았던 시기의 작품들은 전, 후 1년간의 것들로서 전통에 대한 향수와 회고적 정조라는 공통된 성질을 보여주고 있었다.

추천기 조지훈의 세 작품들, 「고풍의상」, 「승무」, 「봉황수」 중에서 사람들의 입에 가장 빈번히 오르내린 것은 아마도 「승무」일 것이다. 정효구는 그 원인들로 네 가지를 꼽았다. ① 「승무」의 소재가 독특하고 작품으로 미학적 완결성이 뛰어난 점, ② 광복 뒤에 전통과 고전에 대한 관심이 커졌는데, 그 시가 그런 욕구를 채워준 점, ③ 그 시가

조선왕조의 임금들이 정사를 보던 근정전. 전각 앞뜰에는 품계석이 열을 지어 서 있다.

긴 기간에 걸쳐 고교 국어 및 문학 교과서에 수록되어 더욱 이름을 떨치게 된 점, ④ 조지훈, 박목월, 박두진의 공동 시집인『청록집』이 세상의 주목을 받으면서 조지훈의 등단작으로「승무」가 더욱 관심을 모으게 된 점 등이 정효구가 제시한 원인들이다(정효구,「조지훈의 '승무'」,『한국 현대시 대표작품 연구』, 국학자료원, 1998.). 정효구가 제시한 그런 원인들이 작용하면서 조지훈의「승무」는 우리 시의 명편 으로 꼽혀 왔었다.

「승무」가 차지했던 그런 명성은 그의 시들이 심층적으로 읽히기 시작한 1980년대에 들어서면서 흔들리기 시작하였다. 오탁번은 시 「승무」의 리듬과 시속의 구도자의 모습이 조화롭게 어울리지 못함을 지적하였다(오탁번,「지훈시의 의미와 이해」, 1980.). 그는 리듬의 불협화로 말미암아 시속의 구도자는 "잘 연습된 인형극 한 장면"을

250

보여주는 듯하다고 말했다. 유종호는 「승무」에 보이는 일종의 억지스러움을 지적하였다(유종호, 『문학이란 무엇인가』, 민음사, p. 89.). 『한국 현대시의 이해』(p. 234.)에서 신경림, 정희성은 시 「승무」에서는 "이상하게도 사람의 냄새"가 나지 않는다고 말했다. 사람의 숨결이라도 느낄 수 있어야 하는데 그런 느낌을 주지 않는다는 것이다. 그 글 뒤로 만들어진 「승무」에 관한 글들은 대체로 실감의 결여를 말하면서 아쉬움을 토로하는 것으로 보인다. 그 시의 언어의 세공을 높이 평가하면서도, 실감의 부재를 가져온 것이 또한 언어의 세공임을 잊지 않고 지적하는 것이다.

시 「승무」에 관한 평가에서 실감의 결핍이 문제점이었다면, 시 「고풍의상」에서는 대상 설정의 적절성이 문제가 될 수밖에 없다. 여기서 대상 설정의 적절성이라고 말하는 것은 그 시가 그려내는 인물의 신분과 관련된다. 그 시는 표제 그대로 옛 생활의 멋을 느끼게 하는 전통 의상을 차려 입은 여성의 춤을 그려냈다. 그렇다면 시 「고풍의상」에서 그 여성의 신분은 무엇으로 그려져 있는가를 살펴보지 않을 수 없다. 시 「고풍의상」이 그려낸 그 여성은 어떤 일을 하는 누구인가? 아울러 "이 밤에 옛날에 살아 눈감고 거문고 줄 골라 보"겠다고 말하는 화자 '나'는 그 여성에게 무슨 자격으로 그렇게 하겠다는 것인가를 생각해보지 않을 수 없을 것이다.

시 「고풍의상」의 대상 인물을 위에서처럼 살펴보아야 하는 이유는 무엇인가? 그 이유는 다른 많은 시의 경우와는 구별되어야 하리라고 본다. 시의 표제가 보여주듯이 「고풍의상」은 우리 전통 의상문화를 중심 자리에 놓고 주생활까지를 그려낸 시이다. 따라서 이 시에서 그려낸 우리 전통 의상문화를 제대로 이해하기 위하여는 불가피하게 대상 인물의 계층, 직업, 연령, 특기할 재능, 그가 처한 공간과의 관계, 화자인 '나'와의 관계 등을 종합하여 살펴보지 않으면 안 된다.

시 「고풍의상」의 여인상이 어떤 부류의 여인을 그려낸 모습인가를 속단하고 싶지는 않다. 또 이 글에서 그 문제의 해결을 지나치게 서두를 필요도 없다. 이 글은 조지훈의 시 「봉황수」에 대한 바른 이해를 목표로 한 글로서 그 이외의 시들에까지 논의의 폭을 확대할 의도를 갖지는 않았기 때문이다. 그러나 그 시의 여인상이 여염의 부녀와 일단 거리를 두고 있음이 확실하다면, 시 「고풍의상」에 대한 평가는 더욱 신중한 태도를 취하는 것이 옳으리라고 생각한다.

시 「봉황수」 평가의 상대적 상승

조지훈이 3회에 걸쳐 추천을 받은 시들 중 「고풍의상」, 「승무」에 대한 평가가 다소 동요를 보인 것과는 달리, 「봉황수」에 대한 평가는 비교적 안정된 편이다. 조지훈을 문단에 배출시킨 정지용의 「추천의 말」에서부터 「봉황수」 쪽에는 후한 평가가 붙어 있었다.

조군의 복고적(復古的) 에스프리는 애초에 명소고적(名所古蹟)에서 날조(捏造)한 것이 아닙니다. 차라리 고유한 푸른 하늘 바탕이나 고매(高邁)한 자기(磁器) 살결에 무시(無時)로 거래하는 일말운하(一抹雲瑕)와 같이 자연과 인공의 극치일가 합니다. 가다가 명경지수에 세우(細雨)와 같이 뿌리며 나려앉는 비애에 Artist 조지훈은 한 마리 백로(白鷺)처럼 도사립니다.

정지용은 위 글에서 지훈의 '복고적 에스프리'는 아주 자연스러우며 그 에스프리는 시인의 맑은 기품과 함께 대상에 대한 엷은 비애를 동반한 것이라고 말했다. 정지용의 그러한 평가는 시 「봉황수」에 적절한 평가였던 것은 물론, 「봉황수」와 함께 추천을 받았던 시 「향문(香紋)」에도 적절하였던 것이다. 「향문」은 「봉황수」와는 격조가 다른 감상(感傷)을 띠고 있는 작품이다. 그러나 복고적 에스프리와 대상에 대한 엷은 비애를 띤 점에서는 「봉황수」와 닮은 작품이라고 말할 수 있다.

시 「봉황수」의 시문장은 산문투의 줄글로 이루어져 율격과는 동떨어진 듯한 외형을 보여준다. 그러나 그런 인상과는 달리 이 시의 시문장은 매우 율격적인 성질로 짜여 있음을 볼 수 있다. 행·연의 구분이 뚜렷한 시들에 비해서도 손색이 없을 만큼 이 시에서는 짙은 율격적인 흐름을 감지할 수 있는 것이다. 산문투의 글임에도 불구하고 시인의 내면에 자리잡고 있었던 율격 의식이 뚜렷이 발현된 결과이다.

이용훈은 시 「봉황수」의 줄글 형식이 그 시의 내용과 절묘하게 호응하는 효과를 거둔다고 지적하였다(이용훈, 「조지훈 시의 본령」, 『한국 근대문학의 맥락』, 전망, 2001.). “그 시의 줄글이 ‘사대(事大)로 시종하다 결딴난 조국의 파국을 통분해 하는’ 시인의 심정을 도도한 흐름으로 격앙시킨다. 잃어버린 옛 왕조에 대한 시인의 슬픔이 그만큼 길게 잇대어 흐르는 것이다. 따라서 ‘마구쳤다’, ‘틀어올렸다’, ‘바이 없었다’ 등 줄글 형식에 어울리는 과거형 종결어미는 이 작품을 보다 단단하고 절박한 것으로 만드는 데에 큰 몫을 하고 있다”고 그는 판단한 것이다.

관광객의 시선 흐르듯 자연스럽게

시 「봉황수」에서 화자가 찾아 노래한 구획은 옛 왕궁의 중핵을 이루는 정전(正殿)으로 나타난다. 정전이란 경복궁의 근정전, 덕수궁의 중화전처럼 임금이 신하들과 더불어 정사를 보는, 왕궁을 왕궁이도록 만드는, 왕궁 안의 가장 상징적인 건물을 가리킨다. 그 건물들의 정면 뜰에는 시 「봉황수」에서처럼 품계석이 배치되어 있게 마련이다. 신하들이 품계에 맞는 반열(班列)에서 임금께 배알(拜謁)하고 품의하도록 하기 위한 시설이다.

시 「봉황수」에서 시가 전개되는 순서는 옛 왕궁을 찾은 평범한 관광객의 시선의 흐름과 별로 다르지 않다. 정전 건물의 외부에 머물던 시선이 정전의 내부 쪽으로 옮겨가고 다음에 정전 앞뜰의 품계석 쪽으로 옮겨간다. 이 시를 구성하는 시문장에는 모두 여섯 개의 마침표가 사용되었다. 마침표의 그 숫자에도 불구하고 이 시에 사용된 시문장은 실제로는 다섯 개이다. 그 중 첫째 문장이 정전 외부에서 정전의 후락(朽落)한 모습을 노래한 대목에 해당한다.

옛 왕궁의 정전 앞에 선 이라면 누구든지 자연스럽게 '두리기둥' 또는 '단청' 쪽으로 눈이 가지 않을 수 없을 것이다. 시 「봉황수」는 그만큼 자연스럽게 그 곳을 찾은 이의 시선이 먼저 향하는 것부터 노래하면서 시를 시작한다. "벌레 먹은 두리기둥 빛 낡은 단청(丹靑) 풍경소리 날아간 추녀 끝에는 산새도 비둘기도 둥주리를 마구 쳤다."는 시 「봉황수」의 첫머리는 그렇게 해서 태어난 것이다. 이 대목은 시 「봉황수」 전체의 바탕 정서를 결정하는 데에 아주 긴요하게 작용하였다. 두리기둥은 벌레 먹고, 단청은 낡았으며, 풍경소리마저 날아간 추녀 같은 사물들은 어떤 황폐감과 함께 상실감을 전해 줄 수밖에 없다. 이 대목에서 시작된 그런 황폐감, 상실감은 이 시 전체의 정조(情

調)를 짙게 물들이면서, 시의 끝에 이르면 "구천(九天)에 호곡(號哭)하"
고 싶어하는 화자의 심정 고백에까지 이르게 된다.

이 시가 발표된 1940년은 일제의 한민족 탄압이 더욱 정도를 더해
가던 때이다. 세계의 열강들을 상대로 하여 일제가 벌여 놓은 군사적
사단(事端)도 더욱 파고를 높여 가던 때이다. 그런 시기에 망국이라는
민족 공동체의 예민한 문제를 건드리면서 "눈물이 속된 줄을 모를
양이면 봉황새야 구천에 호곡하리라"고 조지훈이 노래하고 있는 것은
충분히 주목할 만한 모습이 아닐 수 없다. 그 시가 기성 시인의 작품이
아니라 신진 시인의 추천작으로 발표된 점 또한 깊은 음미를 요청하는
대목이 아닐 수 없는 점이다.

25) "이 많은 별빛이 나린 언덕우에"

별 헤는 밤 | 윤동주

계절(季節)이 지나가는 하늘에는
가을로 가득 차 있습니다.

나는 아무 걱정도 없이
가을 속의 별들을 다 헤일듯합니다.

가슴 속에 하나 둘 새겨지는 별을
이제 다 못헤는 것은
쉬이 아침이 오는 까닭이오,
내일(來日) 밤이 남은 까닭이오

아직 나의 청춘(靑春)이 다하지 않은 까닭입니다.

별하나에 추억(追憶)과
별하나에 사랑과
별하나에 쓸쓸함과
별하나에 동경(憧憬)과
별하나에 시(詩)와
별하나에 어머니, 어머니,

어머님, 나는 별하나에 아름다운 말 한마디씩 불러봅니다. 소학교(小
學校)때 책상(冊床)을 같이 했던 아이들의 이름과, 패(佩), 경(鏡), 옥(玉)
이런 이국(異國) 소녀(少女)들의 이름과, 벌써 애기 어머니 된 계집애들
의 이름과, 가난한 이웃 사람들의 이름과, 비둘기, 강아지, 토끼, 노새,
노루,「프랑시쓰·짬」「라이넬·마리아·릴케」이런 시인(詩人)의 이
름을 불러봅니다.

이네들은 너무나 멀리 있습니다.
별이 아슬히 멀 듯이,

어머님,
그리고 당신은 멀리 북간도(北間島)에 계십니다.

나는 무엇인지 그리워
이 많은 별빛이 나린 언덕우에
내 이름자를 써 보고,
흙으로 덮어버리었습니다.

따는 밤을 새워 우는 버레는

청량리역 앞. 서울 외곽지대의 모습이다. 서대문 밖 신촌지역 또한 이와 방불한 모습이었을 것이다.

부끄러운 이름을 슬퍼하는 까닭입니다.

그러나 겨울이 지나고 나의 별에도 봄이 오면
무덤우에 파란 잔디가 피어나듯이
내 이름자 묻힌 언덕우에도
자랑처럼 풀이 무성할게외다.

시의 제작 일자로 본 「별 헤는 밤」의 위치

시인 윤동주의 시들을 읽을 때에 그의 시들에 박혀 있는, 시인이 직접 적어 넣은 제작 날짜에 대한 기록은 여간 유용한 게 아니다. 그 날짜들은 그의 시들이 어떤 시들과 짝을 이루며, 세계와 시에 대한 그의 생각이 어떻게 여물어 가고, 어떻게 발전했던가를 보여주는 길표와 같은 역할을 맡는다. 대다수의 윤동주 시들에 박혀 있는 날짜들은

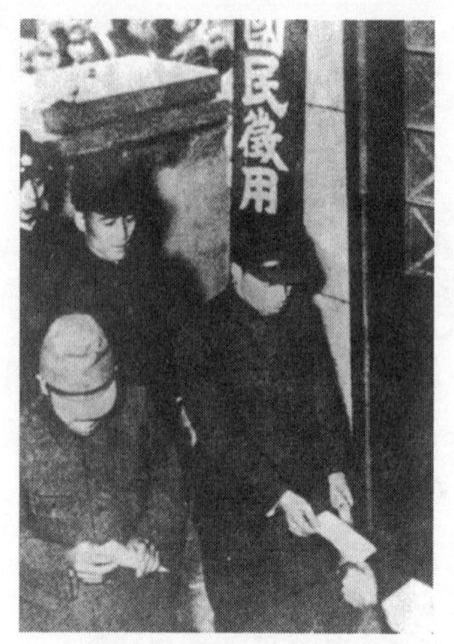

강제 징용영장 교부. 날로 힘겨워지는
전쟁 속에서 일제는 조선인 장정을
'징용'이란 이름의 강제노역에 내몰았다.

그렇게 중요한 역할을 맡고 있는데, 그 중에도 그 날짜의 역할이 더욱 중요한 시들도 없지 않다. 「별 헤는 밤」과 「서시」의 제작 일자 같은 것이 바로 그런 예에 해당한다.

정음사 판 윤동주 시집 『하늘과 바람과 별과 시(詩)』 제1판(1948)을 보면 시 「별 헤는 밤」의 말미에 그 제작 일자가 '1941 · 11 · 5'로 밝혀져 있다. 이 시는 그 시집 제1부의 제일 끝에 실려 있는데, 시 끝에 밝혀져 있는 제작 일자로 볼 때에 제1부에 수록된 시들 중에서 제작된 날짜가 가장 늦은 것으로 나타난다. 제1부에 수록된 시들 중 「별 헤는 밤」 바로 전에 제작된 시는 「길」(1941 · 9 · 31)로 밝혀져 있으며, 또 그 전에 제작된 시는, 윤동주의 대표작의 하나로 꼽히는 「또 다른 고향(故鄕)」(1941 · 9)으로 되어 있다.

방금, 시집 『하늘과 바람과 별과 시』 제1부에 수록된 시들 중 그 제작 일자가 가장 늦은 시가 「별 헤는 밤」이라고 했다. 이 말은 제1부 수록 시들의 제작 날짜의 기록으로만 볼 때에 틀림없이 맞는 말이다. 그러나 18편의 제1부 수록 시들 바로 앞에 붙은 「서시」 또한 제1부 수록 시들과 같은 때에 만들어진, 실상은 제1부 시의 한 편이라는 점을 고려하면, 달리 생각할 수도 있는 말이 된다. 시집의 가장 앞머리에 실을 예정이었던 「서시」에조차도 윤동주는 제작 날짜를 적어 놓았는데, 그 날짜는 '1941 · 11 · 20'로 되어 있다. 그렇게 보면 제1부에

258

수록한 시들을 제작한 시기에 가장 늦게 제작한 작품은 「서시」라는 이해가 성립된다. 「별 헤는 밤」과 「서시」 사이의 관련과 아울러 시집 제목인 '하늘과 바람과 별과 시'가 만들어진 사연에 대해서는 시인의 가까운 후배였던 정병욱 교수의 다음과 같은 설명이 있어 크게 도움이 된다.

정병욱의 생생한 증언이 던지는 빛

이 자선 시집에 실린 19편의 작품 중에서 제일 마지막에 쓴 시가 「별 헤는 밤」으로 11월 5일자로 되어 있다. 그리고 「서시」를 11월 20일에 쓴 것으로 되어 있다. 이로 보아 알 수 있듯이 「별 헤는 밤」을 완성한 다음 동주는 자선 시집을 만들어 졸업 기념으로 출판하기를 계획했었다. 「서시」까지 붙여서 친필로 쓴 원고를 손수 제본을 한 다음 그 한 부를 내게다 주면서 시집의 제목이 길어진 이유를 「서시」를 보이면서 설명해 주었다. 그리고 처음에는(「서시」가 되기 전) 시집 이름을 「병원」으로 붙일까 했다면서 표지에 연필로 '병원(病院)'이라고 써넣어 주었다. 그 이유는 지금 세상은 온통 환자투성이이기 때문이라 하였다.
  —정병욱, 「잊지 못할 윤 동주의 일들」 (『나라사랑』, 1976. 여름호)

위의 정병욱 교수의 증언이 확인해 보여주듯이, 시 「별 헤는 밤」과 「서시」 사이에는 깊은 관련이 맺어져 있다. 그것은 단지 두 시의 제작 일자가 이웃해 있는 점만을 가리키는 것이 아니다. 시집 『하늘과 바람과 별과 시』를 대표하는 소재들로서 이른바 윤동주 시의 '천체 미학'이라고 불리는 하늘과 별을 공유하는 점이 두 시의 공통점이다. 또한 두 시들은 순수 지향이라고 말할 수 있는 공통된 지향성을 보여주고 있는 데서도 닮아 있다. 두 시들이 공유하는 순수 지향으로 보아 그 순수 지향을 좀더 부드럽게 그려낸 쪽이 「별 헤는 밤」이다. 「서시」 또한 순수 지향의 태도를 보여준다. 그러면서도 「서시」에서의 순수 지향의 태도는 자못 단호한 울림을 띠고 있는 데서 「별 헤는 밤」의 순수 지향보다는 강렬한 느낌으로 다가온다.

티없이 맑게 흐르는 순수

시 「별 헤는 밤」의 서정적 흐름은 모두 네 단락으로 구분하는 것이 적절하다. 모두 10연으로 이루어진 이 시에서 1~3연이 그 첫째 단락에 해당한다. 첫째 단락에서는 이 시의 시간 배경을 말하고, 밤하늘의 별을 헤는 서정적 주체의 행동 또는 그 행동과 관련된 시적 대상으로서 별들을 말하며, 별 헤기는 '청춘이 다하'는 날까지 지속되어야 할 의미있는 행위임을 말하고 있다.

이 시의 둘째 단락은 4, 5 두 연에 걸친다. 둘째 단락에서는 소리의 층으로서 반복, 열거, 단아하고 공손한 종결어미 등이 특징적 양상으로 부각된다. 단아하고 공손한 종결어미는 실제로 이 단락만의 고유한 양상이 아니라, 이 시 전편에 두루 나타나는 양상이다. 그것이 이 단락에서는 소리의 반복, 열거와 어우러지면서 상승하는 효과를 조성한다. 우리는 앞에서 이 시의 순수 지향이 「서시」의 그것에 비해 한결 부드러운 모습으로 그려졌음을 살펴보았다. 순수 지향으로 본 이 시의 그러한 성격을 형성하는 데에는 반복, 열거의 살뜰한 질감과 함께 정중하고 공손한 공대법의 활용이 적지 않은 몫을 담당하는 것이라고 말할 수 있을 것이다.

이 단락에서 수사적 반복 또는 열거를 통하여 나열, 거론된 정서(추억, 사랑 등)와 사물(비둘기, 강아지 등) 그리고 인물(어머니, 패·경·옥 등 이국 소녀, 「프랑시쓰·쨤 등 시인의 이름)들은 한결같이 여성적 편향성을 보여준다. 그 점은 이 시의 또 하나의 중요한 성격으로서, 역시 순수 지향의 부드러운 성격을 형성하는 데에 긴요한 몫을 담당한다.

이 시의 셋째 단락은 6, 7연으로 이루어진다. 이 단락의 의미 구조는 아주 단순해 보인다. 둘째 단락에서 반복, 열거된 그리운 대상들은 별과의 거리가 아득하듯이 '너무나 멀리 있으며', 그리운 어머니 또한 가깝다고 할 수 없는 거리인 북간도에 계심을 말한 것이다. 그렇게 단순해 보이는 이 단락의 의미 구조는 그리운 대상들은 거의 예외없이 아득한 거리에 있다는 의미를 구축하면서 다음 단락에서 말하는 그리움의 기반을 형성한다. 다음 단락에서 말하는 그리움의 기반을 형성하면서 이 단락은 의미 전환의 기능을 원활하게 수행하며, 아울러 의미의 폭도 확장한다.

끝 단락인 넷째 단락은 8~10연으로 이루어진다. 이 단락에 앞서서 이 시의 첫째, 둘째 단락에서는 가을 밤하늘의 별들을 헤는 데 깊이 빠져 있는 화자를 보여주었다. 화자의 그러한 모습은 "나는 아무 걱정도 없이/ 가을 속의 별들을 다 헤일듯합니다"라는 첫째 단락 중 한 연의 진술만으로도 넉넉히 엿볼 수 있는 것이다. '아무 걱정도 없이' 밤하늘의 별들을 헤는 일이란 동심을 간직한 순수한 놀이의 성질을 간직한다. 별을 헤는 일이 갖는 그런 순수한 성질로 말미암아 "별 하나에 아름다운 말 한 마디씩 불러보"는 이 시 둘째 단락에서의 행위는 이 시 전체에 깊은 침투력을 행사하며, 그 결과 이 시를 접하는 독자들에게도 강력한 감화력을 발동한다. 그 감화력은 한 마디로 이 시에서의 화자의 행위, 가령 넷째 단락에서의 화자의 행위 같은 것도 현실적 삶의 무거움으로 읽기보다는 한 인물의 순수 행위로 읽으려는 충동으로 이끄는 것으로 보인다. 시 읽기에서의 어떤 감화력의 영향은 그만큼 작용력이 강한 것이다.

순수 서정 속에서 돌아본 공동체의 현실

그러나 시 「별 헤는 밤」의 넷째 단락을 거친 현실적 삶과는 무관한 한 인물의 순수 행위만으로 읽어내기는 너무 무리하다는 판단이다. 화자의 티없이 순수한 자질이야 넷째 단락에서도 물론 일관되어 있다. 그러나 그에게 주어졌던 현실의 무게가 순수 행위만으로 읽기에 턱없이 무거운 것이라면, 시 읽기의 방법은 새로운 조정이 불가피할 수밖에 없을 것이다. 바로 그 점을 시인은 깊이 의식하고 있었던 듯하다. 그 점을 의식한 시인의 배려가 순수하고 그리운 것들은 아득한 거리에 있다는 점을 말한 셋째 단락에서의 진술이었던 것이다.

셋째 단락을 중간에 개입시키면서 이 시의 넷째 단락에서는 가급적 인간의 행위가 노출되는 점을 억제하였다. 삶의 현실이란 그 대부분이 인간 행위로 점철되는 것이 일반적이다. 그러함에도 불구하고 이 시의 넷째 단락에서는 그 인간 행위의 노출을 극력 경계한 것이다. 이 단락에서 인간 행위로 그려진 것은 이 단락의 앞 부분인 "내 이름자를 써보고/ 흙으로 덮어버리었습니다"라는 예사롭지 않은 행동뿐이다. 그렇게 인간 행위의 노출을 가급적 억제하면서 그에 대신하여 이 단락에서는

"부끄러운 이름을 슬퍼하는" 버레, 겨울, 봄, 나의 별, 자랑처럼 풀이 무성할 "내 이름자 묻힌 언덕우" 같은 자연 현상 또는 자연물들을 다수 출현시켰다. 그렇다면 이 단락에서는 무엇 때문에 인간 행위의 노출은 억제하고, 그에 대신하여 자연 현상 또는 자연물들이 다수 출현하도록 한 것일까? 그 점을 말하기 전에 먼저 이 시가 "내 이름자를 써보고/ 흙으로 덮어버리었습니다"라고 그려낸 인간 행동의 의미를 새겨 보는 것이 유익할 듯하다. 이 단락에 노출된 유일한 인간 행위의 의미를 새겨 보는 일은 어쩌면 자연 현상 또는 자연물들로 대신 말해진 것들의 의미를 이해하는 데에도 빛을 던져줄 것이기 때문이다.

시 「별 헤는 밤」의 '내 이름자'의 해석과 관련하여서는 시인 자신이 망국민(亡國民)인 점을 의식한, 멸망한 공동체에 대한 시인의 인식이라는 점을 흔히 거론해 왔다. 그 점과 깊은 관련을 가진 것이지만, 이 시에서의 '내 이름자'는 공동체와 운명을 같이 하는 시인 자신의 이름으로 보아도 무방하다. 일제가 획책한 '창씨개명령'은 1939년 11월에 발포되어, 1940년 한 해는 조선인에 대한 창씨개명 위협으로 소용돌이 쳤다. 아마도 윤동주를 포함한 그 일가도 그 소용돌이 속에서 '윤(尹)'이라는 그 집안의 고유한 성씨를 잃고, '평소(平沼)'라는 일본식 성을 붙일 수밖에 없었을 것이다. 조상 대대로 이어 오던 성과 이름까지 박탈당한 당시의 사정을 염두에 둘 때에 그 다음 해에 제작된 「별 헤는 밤」에서 시인이 말하고 있는 '내 이름자'는 한국인의 얼을 폭넓게 환기하는 윤동주 그 자신의 '이름자'로 읽히게 된다.

8연에서의 '내 이름자'의 의미를 그처럼 읽었을 때에 9연에서 시인이 왜 "따는 밤을 새워 우는 버레는/ 부끄러운 이름을 슬퍼하는 까닭입니다"라고 노래했던가는 그 이해가 조금도 어렵지 않다. 시인 윤동주

는 딱하게도 가을날 지천으로 울어대는 그 벌레들의 울음소리에서조
차 조선인의 얼마저도 깨져 버린 현실에 대한 애도(哀悼)의 울음소리를
들었던 것이다.

위에서처럼 시 「별 헤는 밤」의 넷째 단락이 민족 공동체의 현실에
눈을 돌린 것으로 판명되었을 때에 제10연의 '겨울', '봄', '나의 별'이
각각 무엇을 상징하고 의미하는가는 군이 더 설명하지 않아도 좋을
듯하다. 마음대로 말하고, 쓰고, 글을 발표할 기회를 박탈당한 폭압의
시대에 겨울-봄, 밤-새벽, 아침의 짝말들은 가장 기초적인 상징으로
끈덕지게 활용되었다. 불행하게도 우리는 그런 상징짝들을 구한말,
일제 시대를 거쳐 4공, 5공 같은 권위주의 시대에 이르도록 사용해
온 고난의 역사를 가지고 있는 것이다. '나의 별'은 앞의 짝말들과는
달리 널리 사용되어 오지는 않았던 경우이다. 그러나 그 말이 '지구'를
가리키는 것과 같은 넓은 의미에서 쓰인 말이기보다는 '조선'과 같이
우리 공동체를 의미하는 말임은 문맥을 통해서도 확연하게 나타난다.
그 경우와 다르지 않게 "내 이름자 묻힌 언덕우"가 당대 조선의 고난을
의미한다면, "자랑처럼 풀이 무성하"리라고 말한 대목은 민족의 재생
과 번영의 미래상을 의미한 것으로 읽히게 된다.

끝으로 한 가지 돌아보아야 할 문제가 있다. 그것은 시인 윤동주가
보여준 놀랄 만큼 차분하면서도 자기 신념을 끈덕지게 놓치지 않은
시작 태도이다. 시 「별 헤는 밤」이 생생하게 보여주듯이 공동체의
현실 문제와는 전혀 동떨어진 문제로 시를 만들어 나가다가, 아주
자연스럽게 당대의 문제로 시작의 방향을 바꾸는 기법이다. 윤동주의
그러한 시작 방법은 연전 시기의 시작들 여기 저기에서 찾아볼 수
있다. 바로 그 점 때문에 그의 시들을 대하는 독자들은 그의 시들의

흐름을 면밀히 짚어 나가야 하고 끝까지 방심할 수 없는 것이다.

그의 시들을 통해서 볼 때에 윤동주는 '순수' 자체라고 말해도 좋을 만한 품성의 인물이었던 듯하다. 순수한 그의 사람됨은 그를 회상한 글들 여기저기에서 용이하게 확인해 볼 수 있다. 그렇게 순수한 사람이면서 그는 동시에 처음과 끝이 일관된 순정의 사람이며 굳은 의지를 실천하는 사람이었던 듯하다. 앞에서 살펴본 시 「별 헤는 밤」을 비롯한 그의 시들에서 우리는 윤동주의 그런 모습을 자주 만날 수 있다. 윤동주 시의 독자들이 그의 시들에 깊이 끌리는 데는 그럴 만한 이유가 없지 않다. 그의 시들에서는 어느 시인의 작품들에서도 만나기 어려운 순수함, 단정함, 일관됨, 겸손함과 같은 드문 미덕들을 풍성히 만날 수 있는 것이다.

조금 길게,
좀더 깊이 읽은
세 편의 시

1. 종로의 인경(人磬)을 머리로 들이받아

그날이 오면 | 심 훈

그날이 오면 그날이 오며는
삼각산이 일어나 더덩실 춤이라도 추고
한강물이 뒤집혀 용솟음 칠 그날이,
이 목숨이 끊지기 전에 와주기만 할 양이면,
나는 밤하늘에 날으는 까마귀와 같이
종로의 인경(人磬)을 머리로 들이받아 울리오리다,
두개골은 깨어져 산산조각이 나도
기뻐서 죽사오매 오히려 무슨 한이 남으오리까

그날이 와서 오오 그날이 와서
육조(六曹) 앞 넓은 길을 울며 뛰며 뒹굴어도
그래도 넘치는 기쁨에 가슴이 미어질 듯하거든
드는 칼로 이몸의 가죽이라도 벗겨서
커다란 북을 만들어 들쳐메고는
여러분의 행렬에 앞장을 서오리다,
우렁찬 그 소리를 한번이라도 듣기만 하면
그 자리에 꺼꾸러져도 눈을 감겠소이다.

3월 1일에 그려본 민족 재기의 꿈

위는 심훈의 시로서는 가장 두드러지게 각광을 받아 온 「그날이

오면」 전편이다. 심훈은 이 시를 제작한 날이 1930년 3월 1일임을 그 원고의 말미에 밝혀놓았다. 이 시의 작가 심훈에게 해마다 찾아오는 3월 1일은 남다른 감회를 불러일으키던 날이었을 것이다. 1919년 3월 1일에 일어났던 일제 치하 최대의 독립운동에 그가 경성 제1고보 학생 신분으로 참여하여 일경에 체포되고, 서대문 형무소에서 옥살이를 한 뒤에 집행유예로 풀려났기 때문이다. 고보 학생 시절이던 약관(弱冠)에 독립운동에 참여하였던 그의 경력은 그의 길지 않았던 생애에 큰 자취를 남겼던 것 같다. 그 사건으로 말미암아 그는 중국으로 건너가 다수의 독립지사들을 만나게 되고, 나라를 되찾으려던 그들의 헌신에 깊은 감명을 받게 된다. 그 경험은 그의 생애에 깊이 스며들어 그의 삶을 좌우하도록 큰 영향을 끼쳤던 것으로 보인다.

3·1독립운동 11주년을 맞으면서 쓴 이 시에서 심훈은 우리 민족공동체는 반드시 국권을 회복하리라는 뜨거운 신념을 노래하였다. 그 신념과 함께 그는 우리 민족이 다시 국권을 회복하는 그 날, 자신은 그 기쁨으로 어떤 대가라도 즐겨 치르리라는 단호한 의지를 그려낸 것이다. 식민지의 비참한 현실 속에서 독립을 맞는 날의 황홀한 기쁨을 노래한 이 시의 강렬한 인상은 이방(異邦)의 학자 C. M. 바우라(Bowra)의 큰 공감까지 끌어냈다. 바우라는 영국 옥스퍼드 대학의 시학 교수로서 『시와 정치』라는 책을 저술한 이이다. 그는 그 책에서 심훈의 시 「그날이 오면」을 예로써 한 시인이 어떻게 침략국의 압제의 사슬로부터 풀려나기를 강렬하게 소망했던가를 살펴본 것이다.

그에게 있어 중요한 것은 설사 그 때가 멀었다 해도 감격적인 미래가 환기하는 자극적이며 숭고한 기분이다. 한국의 산·강·서울의 중심지인 종로의 종(鐘)과 같은 눈익은 환경 속에서 그의 비전은 설정된다. 자연이 그와 기쁨을 같이 하여 일어나 함께 춤을 추리라고 주장하는 그는, 다비드의 시편(詩篇)에 그 유형을 보는 고대적 공상을 사용, '감성적 오류'의 기분좋은 변형으로서, 고양된 경우에는 인간의 물리적 환경은 그 기쁨을 꼭 같이 나누어 갖는다는 사상을 구체화하고 있다. (……) 그가 예견하는 것은 한국의 해방이며 국토와 주민 모두가 쇠사슬에서 풀려나는 일이다. 그는 이것을 계급과 배경의 여하에 불구하고 모든 동포가 이해할 수 있는 이미지로 형성한다. 미래를 예상하는 일은 그를 격렬한 기쁨에 젖게 하고 그는 이것을 육체의 구속을 깨뜨리고 나올 만큼 강렬한 환희로써 표현한다. 그가 말하려는 것은 우리들에게 주지의 사실─견딜 수 없을 만큼 숨이 넘어갈 듯한 환희와 황홀의 순간이 있을 것이라는 그 사실이다.

심훈의 시 「그날이 오면」을 바우라는 Peter H. Lee의 영역본 『한국 사화집(詞華集)』에서 접했다고 한다. 번역시를 텍스트로 택할 수밖에 없었으면서도 「그날이 오면」에 대한 그의 논평은 그 시의 몇몇 중요한 논점들을 놓치지 않고 잡아냈음을 볼 수 있다. 위에 인용한 그의 글에서 그 점을 간추려 보면, ① 시의 적절한 배경 선택 ② 인간이 겪는 희로애락의 큰 사건에 산천(山川)을 포함한 자연조차도 공감한다는 물활론적(物活論的) 표현 ③ 공동체의 큰 기쁨 또는 큰 슬픔을 자신과 일체화시키는 방법으로서 자기 희생 같은 것들을 들 수 있을 것이다.

서울의 핵심 지역을 배경 공간으로 삼다

시 「그날이 오면」의 배경은 아주 뚜렷하게 그려져 있다. 그 시 제1연의 '종로 인경', 제2연의 '육조(六曹) 앞 넓은 길'로 미루어 서울 종로 지역 중에서도 중심 지역을 시의 배경으로 한 점이 분명하게 드러난다. 서울, 나아가 한국을 상징하는 상징물로서 '삼각산'과 '한강물'이 등장한 점 역시 이 시의 배경 공간을 선명하게 보여주는 테두리로서 기여한다.

이 시를 썼던 무렵인 1930년대에 '종로 인경'이 달려 있었던 곳, 곧 종각인 보신각(普信閣)이 위치했던 곳은 오늘의 그 위치와 크게 다르지 않았다. 오늘의 보신각은 당시보다 좀더 큰 규모로 개축되었다. 그러나 그 건물이 종로 네거리의 동남쪽 모퉁이에 자리잡은 점은 당시와 별로 다르지 않은 것이다. 그 지점은 옛 한양의 대형 점포이던 '육주비전'이 들어섰던 초입에 가까운 곳으로, 서울 종로 거리 중에서도 요지에 해당한다.

'육조 앞 넓은 길'이 오늘의 서울 어디쯤을 가리키는가를 짐작하는 이는 드물다. 한 도시 계획학자의 설명대로 그 지역은 조선 왕조가 다듬어 낸 도시 계획을 일제의 식민지 당국이 새로 덧칠했고, 광복 이후의 우리 정부가 또한 새로 덧칠해 놓았기 때문이다. 그 덧칠들로 해서 조선 왕조 시대의 '육조', 오늘의 정부 각 부처에 해당하는 이·호·예·병·형·공조(吏戶禮兵刑工曹)의 옛 관청 건물들은 지금 가뭇없이 사라졌다.

그러나 옛 관청 건물들은 사라졌어도 그 시에서 '육조 앞 넓은 길'이라고 했던 '넓은 길'은 그 때보다 오히려 더 넓게 확장되어서 남아 있다. 그 길은 오늘날 우리가 세종로라고 부르는 광화문 앞에서부터 교보빌딩에 이르는 넓은 길에 해당한다. '육조'가 위치했던 정확한 위치를 궁금하게 여긴다면 지금의 교보 빌딩 앞에서 광화문 쪽으로 발길을 옮기면서 인도 좌우에 세워놓은 표석을 꼼꼼히 살펴보는 것이 좋겠다. 그럴 경우에 "여기는 병조의 옛 터", "여기는 이조의 옛 터" 같은 표석들을 틀림없이 만나게 될 것이다. 지금 문화체육관광부의 청사로 사용되는 건물 앞에서 그런 표석들을 쉽게 찾아볼 수 있을 것이다.

시가 그려내는 선명한 배경 공간과 국가의 안위(安危)를 걱정하는 시의 비전으로 말미암아 이 시는 수도시의 전형으로 떠오른다. 수도시란 서울을 여느 대도시와는 달리 국가, 민족의 명운(命運)을 결정하는 수도라는 시각으로 바라본 시를 가리킨다. 시 「그날이 오면」은 국권을 상실한 현실에서 국권이 회복된 날의 서울의 감격을 상상하여 그려낸 데서 수도시로서의 면모를 확보했다. 이 시에 출현하는 삼각산과 한강수 또한 서울 상징, 나아가 국토 상징의 역할을 수행하면서 이 시의 수도시다운 성격을 강화한다.

일인들이 치적을 자랑하려 했던 조선박람회 풍경

삼각산이 춤추는 물활론적 비유

앞에 인용한 글에서 바우라는 자연이 인간의 희로애락에 공감하는 물활론적 비유를 다비드의 시편에 출현하는 고대적 공상이라고 했다. 한국 시의 전통적 맥락에서 보면 그 수사적 인식을 '고대적 공상'이라고만 말해버리기는 부적절한 것으로 판단된다. 한국 시의 맥락에서 그것은 근세시, 현대시의 세계 인식 방법으로도 빈번히 활용되었다는 점 때문이다. 한국의 현대 시인들 중 박두진을 그 물활론적 비유를 가장 즐겨서 사용한 시인으로 지목할 만하다.

일제에게 나라를 빼앗겼던 당시의 식자층 독자들에게 강렬한 충격을 준 것은 매천 황현의 「절명시(絕命詩)」였다. 그 시는 국문시가 아닌 한시로 다듬어진 한계를 보여준다. 그러나 그런 한계에도 불구하고 그 시는 국권 상실의 뼈아픈 슬픔을 절실하게 그려낸 데서 큰 공감을

274

불러일으켰다. 더구나 그 시의 작가인 매천이 그 시를 제작한 직후에
음독 자결한 사실은 그 시를 대하는 이들을 더욱 숙연하도록 만들었다.
한시와 국문시 사이의 거리가 없지 않으나, 심훈의 「그날이 오면」은
매천의 「절명시」 셋째 수 및 「을사 변란의 소식을 듣고(聞變 三首)」
셋째 수와 친연성(親緣性)을 가졌음을 지적해 두고 싶다. 두 시에서
볼 수 있는 물활론적 비유가 「그날이 오면」에서도 중요한 역할을
수행한다는 점에서이다.

　　새 짐승도 슬피 울고
　　강산도 찡그리네.
　　무궁화 이 나라가
　　이젠 망해 버렸구나.
　　가을 등불 아래서
　　책 덮고 지난 역사 생각해 보니,
　　세상에 글 아는 사람 노릇
　　어렵기만 하구나.

　　鳥獸哀鳴海嶽嚬　槿花世界已沈淪
　　秋燈掩卷懷千古　難作人間識字人

　위에 인용한 「절명시」 셋째 수에서 물활론적 비유가 나타난 대목은
그 첫 구이다. 이성의 눈으로 보면 새 · 짐승 같은 미물, 바다 · 산악
같은 자연이 인간 세계의 일들을 짐작조차 할 수 없음은 당연하다.
사실이 그러함에도 불구하고 「절명시」의 작가 매천은 국가의 상실이
라는 처절한 비극적 사태에 미물, 자연조차도 감응(感應)한다고 말한

것이다. 새 짐승은 슬피 울고, 바다와 산악은 찡그린다고 한 것이 그것이다. 인간 세계의 일을 짐작조차도 할 수 없을 자연물들이 인간과 다름없는 정서적 반응을 보이는 물활론적 비유는 매천의 「을사 변란의 소식을 듣고(聞變 三首)」(1905)의 셋째 수에서도 이미 사용되었었다. 거기에서 물활론적 반응을 보이는 주체는 한강물, 북악산 같은 서울, 한국을 상징하는 상징물들이어서 심훈의 「그날이 오면」과의 친연성을 더욱 뚜렷하게 보여준다.

　한강물은 울먹이고
　북악산마저 찡그리는데,
　洌水吞聲北岳嚬

　매천의 「절명시」 및 「을사 변란의 소식을 듣고」와 심훈의 「그날이 오면」은 한국의 산천조차도 국가가 처한 운명에 감응한다는 물활론적 비유를 사용한 공통점을 보여준다. 그 공통점과 함께 두 시인의 작품들은 또한 중요한 차이점들도 그려냈다. 매천의 시들이 국가 상실이라는 비극적 사태를 엄연한 현실의 맥락에서 그려냈다면, 심훈의 「그날이 오면」이 꿈속에서도 잊지 못하는 국권 회복의 소망을 상상의 맥락에서 그려낸 점이 그 대조적인 차이이다.

「그날…」은 긴 시간 속에서 예비되었다

　국가, 민족과 같은 공동체의 비운(悲運)을 정상으로 돌려놓기 위하여 그 구성원들이 어떻게 자기 개인을 희생했던가는 각 공동체의 역사가 증거한다. 우리 공동체의 경우도 다르지 않다. 일제에게 나라를 빼앗기

기 전의 의병의 봉기로부터 시작하여 1945년 광복의 그 날에 이르는
임시 정부 요원들과 광복군 및 유명, 무명의 끈덕진 국권 회복 운동에
이르기까지 일제 침략의 역사는 또한 우리 선인들의 항일의 역사이기
도 했다.

비록 국권 회복의 실천적 싸움에 뛰어들지는 못했어도 「절명시」를
남기고 음독 자결했던 매천의 경우 또한 그런 역사의 일부로 기록된다.
심훈은 매천의 경우와는 또 다른 차이를 보여준다. 그는 3·1운동에
관련했다는 죄목(罪目)의 옥살이에서 풀려난 후 2년간 중국에 체류하
고 6개월간 일본에 체류했을 뿐, 일제의 폭압을 국내에서 견뎌냈다.
일제의 폭압을 국내에서 견뎌내면서 그는 그 시대를 살아가던 지성인
으로서 괴로운 모습을 보여주었다. 일제와의 투쟁 의지를 생생하게
간직하고 있었으면서도 문필 이외의 실천적 항일 운동으로까지 뻗어
나가지는 못했던 점이 시대상과 관련된 그의 괴로운 모습이다.

시 「그날이 오면」이 그려낸 광복, 바로 그 날의 도래(到來)와 그
날을 맞는 감격으로 자기를 희생, 헌신하겠다는 심훈의 상상은 결코
우발적으로 솟아난 것이 아니다. 그 날을 맞는 감격스러운 기대와
그 날을 맞기 위한 자기 희생의 상상은 심훈에게서 긴 시간에 걸쳐
예비되었고 다듬어졌다. 다음에 인용하는 시들에서 우리는 심훈의
시 「그날이 오면」의 그 상상이 어떻게 출현할 수 있었던가를 살펴볼
수 있는 것이다.

(가)
눈물도 한숨도 소용이 없다
「죽음」이란 엄숙한 사실 앞에는

경(經) 읽기나 무꾸리하는 것과 다름이 없다
그러나 당장에 숨이 끊어지는 너를
손끝맺고 들여다보고만 있을 수는 없는 노릇이다
너에게 딸린 생명이 하나요 둘도 아닌 것을……

오직 한가지 길이 남았을 뿐이다.
손가락을 깨물어 따끈한 피를
그 입속에 방울방울 떨어뜨리자!
우리는 반드시 소생(蘇生)할 것을 굳게 믿는다.
마지막으로 붉은 정성(精誠) 을 다하여
산 제물(祭物)로 우리의 몸을 너에게 바칠 뿐이다!
―「너에게 무엇을 주랴」(1927. 3.)

(나)
팔이 곱지 않았으니 더덩실 춤을 못 추며
다리 못 펴 병신 아니니 가로 세로 뛰진들 못하랴
벼이삭은 고개 숙여 벌판에 금(金)물결이 일고
달빛은 초가집 용마루를 어루만지는 이 밤에―

뒷동산에 솔잎 따서 송편을 찌고
아랫목엔 신청주(新淸酒) 익어선 밥풀이 동동
내 고향의 추석도 그 옛날엔 풍성했다네
비렁뱅이도 한가위엔 배를 두드렸다네.

기쁨에 넘쳐 동네방네 모여드는 그날이 오면
기저귀로 고깔 쓰고 무둥 서지 않으리
쓰레받기로 꽹과리치며 미쳐나지 않으리,
오오 명절(名節)이 그립구나! 단 하루의 경절(慶節)이 가지고싶구나!

—「가배절(嘉俳節)」(1929. 9.)

민족 공동체에 바치는 사랑과 희생

위에서 인용한 (가)시 「너에게 무엇을 주랴」의 2인칭 대명사 '너'가 무엇을 지칭하는가는 시의 문맥으로 보아 확연하게 나타난다. 이 시에서 2인칭 대명사로 지칭된 '너'는 "당장에 숨이 끊어지는" '죽음' 직전의 상황에 놓여 있다. '죽음' 직전의 상황에 놓여 있는 '너'에게는 "딸린 생명이 하나요 둘도 아닌" 다수이다. '너'라는 2인칭 대명사로 지칭된 그 존재는 개인, 가정과 같은 작은 단위가 아닌, '우리'라는 공동체가 그 소생에 대처할 수밖에 없는 큰 존재이다. 이 시에서 '너'라고 지칭된 존재에 대하여 여기까지 생각해 보았을 때에 독자들에게는 이미 그 존재의 정체가 떠올랐다고 말해도 좋을 듯하다. 시 「너에게 무엇을 주랴」의 '너'로 지칭된 존재는 한 개인이라기보다 국가, 민족 같은 공동체를 가리킨 것으로 드러난다.

이 시에서 심훈이 국가, 민족 같은 공동체가 "당장에 숨이 끊어지는" 절박한 처지에 놓였다고 한 것이 무엇을 의미하는가를 길게 설명하지는 않기로 한다. 일제의 침략으로 말미암은 국권의 상실 또는 국권 상실로 말미암은 민족의 수난을 시인은 그렇게 말했을 것이기 때문이다. 이 시의 끝 연에서 시인은 "당장에 숨이 끊어지는 너를" 소생시킬 "오직 한 가지 길이 남았을 뿐"이라고 밝히고 있다. 그가 말하는 "오직 한 가지 길"이란 "손가락을 깨물어 따끈한 피를/ 그 입속에 방울방울 떨어뜨리"는 행위이다. 사경(死境)을 헤매는 환자까지도 잠깐 숨결을 돌려놓는다는 단지(斷指)를 말한 것이다. 그것은 우리 민간에서 오래 전부터 전해 내려온 구급(救急) 의료 행위이다. 죽음 직전의 부모 또는 남편의 회복을 위하여 효자 또는 열부(烈婦)가 자기 손가락을 잘라 환자에게 피를 먹이는 행위인 단지는 간병(看病)하는 이의 정성의 극치처럼 알려져 있다.

이 시에서 심훈은 그런 정성을 죽음 직전의 우리 공동체에게 기울여야 한다고 말한 것이다. 그래야만 사경(死境)을 헤매는 우리 공동체는 소생할 수 있다고 본 것이다. 이 시에서의 단지는 하나의 상징적 행위이다. 그 행위는 단지 자체를 가리킨다기보다 이 시의 끝 대목에서 말한 것처럼 "마지막으로 붉은 정성을 다하여/ 산 제물(祭物)로 우리의 몸을" '너'라고 불린 공동체에게 바치는 행위를 의미한다.

시 「너에게 무엇을 주랴」가 그려내고 있듯이 심훈은 죽음 직전의 공동체를 살려내는 유일한 방법은 우리 몸을 '산 제물(祭物)'로 바치는 것이라고 했다. 국가·민족 같은 공동체의 소생을 위하여 그 구성원의 희생을 당연한 것으로 생각할 만큼 심훈의 희생, 헌신의 의지는 강렬한 것이었다. 사경을 헤매는 국가·민족 공동체를 소생시키는 행위가 바로 광복의 그 날에 대한 시인의 뜨거운 열망을 표현한 것임은 더 말할 나위가 없다. 그러함에도 불구하고 심훈은 시의 국면을 달리하면서 광복의 그 날에 대한 강렬한 소망을 따로 그려냈다. 위에서 인용한 (나)시 「가배절(嘉俳節)」이 그런 작품이다.

'그날'을 맞는 환희와 감격

시 「가배절」에서 표제가 된 '가배절'은 추석, 곧 우리 고유어로 한가위를 가리킨다. 이 시에서 심훈은 지난날 우리 겨레가 즐겼던 풍요롭던 추석, 곧 한가위 명절을 회상한다. 「가배절」의 둘째 연 "뒷동

산에 솔잎 따서 송편을 찌고/ 아랫목에 신청주(新淸酒) 익어선 밥풀이
동동/ 내 고향의 추석도 그 옛날엔 풍성했다네/ 비렁뱅이도 한가위엔
배를 두드렸다네"라는 대목이 지난날의 풍성했던 추석을 회상한 대목
이다.

위와 같이 지난날 우리 겨레의 풍성했던 추석을 회상한 시인은
그와 대조되는 당시의 추석 명절 풍경을 구체적으로 그려내지는 않았
다. 그 해의 추석 명절과 관련하여 그가 그려낸 것은 '벌판에 금물결이'
이는 풍성한 작황(作況)과 '초가집 용마루를 어루만지는' 달빛의 풍경
뿐이다. 들판의 풍성한 작황과 때맞추어 찾아온 달빛만으로 보면 그
해의 추석 역시 시인이 노래한 '그 옛날'의 추석과 다르지 않을 듯하다.
그러나 시인은 그 해의 추석이 옛날의 추석과 어떻게 다른가 그 세부를
말하지 않는다. 그러면서 그는 「가배절」의 첫째 연, 셋째 연에 걸쳐서
'단 하루의 경절(慶節)'을 애타게 기다리는 마음을 그려낸다.

시 「가배절」에서 달리 '그날' 또는 '명절'이라고도 불린 '단 하루의
경절'에 대한 기대는 예외적이라고 할 만큼 강렬하다. 첫째 연에서
그 경절에 대한 기대는 "팔이 곱지 않았으니 더덩실 춤을 못 추며/
다리 못 펴 병신 아니니 가로 세로 뛰진들 못하랴"라고 표현된다.
'그날'이 오면 그 기쁨으로 희열의 춤도 환희의 약동도 마다하지 않겠
다는 뜻이다. 셋째 연에서 그 명절을 맞는 기쁨은 "기저귀로 고깔
쓰고 무등서지 않으리/ 쓰레받기로 꽹과리치며 미쳐나지 않으리"라고
노래된다. 기저귀를 접어 두레패의 고깔을 만들어 쓰고 꽹과리가 없다
면 쓰레받기로라도 장단을 맞추며 미친 듯한 기쁨에 자신을 던지겠다
는 것이다.

심훈의 시 「가배절」을 여기까지 읽었을 때에 독자들은 두 가지

점에 의문을 걸지 않을 수 없게 된다. 그 하나는 이 시가 만들어진 그 해의 추석과 관련된 의문이다. 시 「가배절」에서 보면 이 시가 제작된 그 해에도 "벼 이삭은 고개 숙여 벌판에 금(金)물결이 일고"로 표현될 정도로 작황이 좋았던 듯하다. 작황이 그렇듯 순조로웠음에도 불구하고 왜 시인은 옛날의 추석과 언젠가 찾아올 '그날'의 추석을 말하면서, 시가 씌어진 그 해의 추석은 말하지 않았던가 하는 의문이 제기된다는 뜻이다.

또 하나의 의문은 언젠가 찾아올 것으로 예견하는 '그날', 곧 미래 어느 시점의 추석에 시인은 왜 그토록 강렬한 기대를 갖는가 하는 점이다. 시 「가배절」의 첫째, 셋째 연이 보여주듯이 시인은 언젠가 찾아올 '그날'에 대하여 뜨거운 기대를 품고 있다. "더덩실 춤을 못 추며", "가로 세로 뛰진들 못하랴", "기저귀로 고깔 쓰고 무둥서지 않으리", "쓰레받기로 꽹과리 치며 미쳐나지 않으리" 같은 대목들이 '그날'을 맞아 기뻐 날뛸 시인 자신을 그려낸 모습이다.

위에서 제기한 두 가지 의문은 시 「가배절」의 해석을 시대상과 관련시켰을 때에만 제대로 풀린다. 시 「가배절」을 제작한 그 해의 작황 또한 풍성한 것이었다. 그 해의 작황이 그러했음에도 불구하고 시인이 과거인 '그 옛날'의 추석이나 미래인 언젠가 찾아올 '그날'만을 말한 것은 현재인 그 해의 추석에 추석이 추석답기 어려운 어떤 문제가 발생한 것을 의미한다. 현재인 그 해의 추석에 발생한 문제는 우리 강토 전체가 일제의 지배 아래 놓이게 된 사실이다. 이 시가 제작되기 3년 전쯤 이상화는 일제의 지배 아래 놓인 조선에도 봄은 오는가라는 뜻으로 「빼앗긴 들에도 봄은 오는가」를 노래했다. 이상화의 그런 인식과 다를 바 없이 심훈 또한 작황이 풍성한 해에 맞는 추석이더라도

282

일제의 강점 아래 맞는 추석을 추석답지 않은 추석으로 인식한 것이다.

첫째 의문을 위와 같이 풀어보았을 때에, 둘째 의문으로 제기된, 미래의 어느 시점의 추석을 왜 시인이 그토록 강렬하게 그리워했던가를 어렵지 않게 이해할 수 있을 것이다. 시인은 미래 어느 시점의 추석을 일제의 강점으로부터 풀려난 때로 인식했다. 그에게 있어서 추석다운 추석은 민족 공동체가 자기동일성을 회복하면서 주체적 역량으로 축제를 축제답게 이끌 때에만 성립된다. 시 「가배절」의 시인 심훈이 가졌던 그와 같은 인식은 그로 하여금 추석다운 추석에 대한 강렬한 그리움을 갖게 했다. 그 까닭에 그는 미래의 추석다운 추석을 국권 회복의 그 날과 동일시하면서 그 축제의 자리에서 기뻐 날뛰는 자신을 상상하도록 만들었던 것이다.

꽤 길게 살펴보아 왔듯이 널리 알려진 심훈의 시 「그날이 오면」은 갑자기 불쑥 솟아오른 작품이 아니다. 그 시가 식민지 시대를 괴롭게 살아갔던 시인의 민족의식의 절정을 보여주었던 것과 비례하여, 그 시의 형성에도 그의 정신의 긴 전개과정이 참여했었다고 말할 수 있다. 1927년에 제작된 시 「너에게 무엇을 주랴」와 1929년에 제작된 시 「가배절」은 그의 대표시 「그날이 오면」의 형성과정을 보여주는 작품들로서 주목에 값할 만하다.

육성 그대로 옮겨 쓴 시

심훈은 그의 문필 생활의 전 기간에 걸쳐 시를 제작했으면서도, 스스로 시인이기를 지향하지 않았던 시인이다. 바로 그 점이 그의 시의 성격을 결정하는 데 두 면에 걸쳐 중요하게 작용했다. 시의 현장에서 독자, 비평가의 평가를 의식하지 않은 채 시를 써 왔기에 형성된 성격으로, 때로 그의 시의 언어가 투박하다고 할 만큼 다듬어지지 않은 점이 드러난다는 것이다. 또 하나는 그의 시들이 그 때 그 때 발표와 관련된 검열을 염두에 두지 않았기에 그의 시들은 식민지 시대의 어느 시인의 작품보다도 시대의 정황을 직서적으로 보여준다는 점이다. 그의 시들이 '서울의 시', 그 중에서도 수도시로서의 성격을 표나게 띠고 있는 점도 시대 정황을 직서적으로 그려낸 점에 크게 의존했다고 말할 수 있을 것이다. 그런 점에서 심훈의 다수 시들은 한 마디로 그의 육성 그대로를 옮겨 썼다는 인상이 짙다. 식민지 시대에 마음의 소리를 육성 그대로 터뜨린 듯한 시, 그것이 심훈 시의 무게이며 또 성격이기도 하다.

2. 하반기(下半旗)의 새벽같이 서럽고

화제(畫題) | 이육사

도회(都會)의 검은 능각(稜角)을 담은
수면(水面)은 이랑이랑 떨려
하반기(下半旗)의 새벽같이 서럽고
화강석(花崗石)에 어리는 기아(棄兒)의 찬 꿈
물풀을 나근나근 빠는
담수어(淡水魚)의 입맛보다 애닯어라

정축(丁丑)○○야(夜)

새로 발굴된 육사 시 세 편

『중앙일보』가 그 11785호(2002. 11. 22.) 지상에 주목할 만한 기사를 실었던 지도 벌써 2년 가까운 시간이 흘러갔다. 그 기사는 이제까지 어떤 판본의 육사 시집에도 실리지 못한 육사 시 세 편이 지금부터 55년 전인 1949년에 발굴, 보고되었었는데, 그것이 사람들에게 잊혀져 재발굴의 형태로 그 세 편의 시들을 세상에 알린다는 내용이었다. 『중앙일보』가 재발굴의 형태로 소개한 그 시들은 「산(山)」, 「잃어진 고향」, 「화제(畫題)」 등 세 편이다. 그 재발굴 기사는 세 편의 시들을 1949년 발굴 당시의 형태, 표기대로 전해 주고 있어 그 시들을 살펴보는 데 편리하도록 했다.

'관폐대사 조선신궁(官弊大社朝鮮神宮)'이란 표석과 함께
신사 본전(本殿)에 이르는 길로 닦아놓은 계단

2002년에 재발굴된 그 세 편의 시들 모두가 틀림없이 육사의 작품들
인가를 알아보는 데는 몇 가지 작업들을 전제하여야 한다. 그런 작업이
가능하다면, 첫째로, 1949년 발굴 당시의 저본(底本)을 검토하는 작업
이 선행되어야 한다. 이 경우에 저본이 되는 것은 제보자가 그 때까지
소장하고 있었던 육사 자신의 육필 원고이거나 그렇지 않으면 다른
형태의 원고이다. 둘째, 재발굴된 이육사의 시들이 어떤 경로를 거쳐
지금부터 55년 전인 1949년 4월 4일에 발행한 『주간 서울』 제33호에
게재되기에 이르렀었던가가 밝혀져야 한다. 셋째, 앞의 두 작업이
제대로 이루어졌더라도 끝으로 이루어져야 할 작업이, 그 시들이 이왕
의 육사의 작품들에 비해 손색이 없을 만큼 육사 시다운 면모를 보이는
가를 알아보는 일이다.

이 세 작업들 중 첫째 항목과 관련하여서는 1949년『주간 서울』제33호의「작고 시인들의 미발표 유고집(遺稿集)」이라는 칼럼에 그 시들이 실렸을 때만 해도 육사의 육필 원고들이 제대로 남아 있었던 것으로 추정해 볼 수 있다.『주간 서울』제33호의「작고…」칼럼에는 한 개의 작은 동판 사진을 실었었는데, 그 동판 사진에는 아마도 육사의 친필인 듯한 원고의 작은 조각이 보이기 때문이다.『주간 서울』제33호의 게재 이후 그 원고는 어디로, 어떻게 흘러갔던가를 현재에는 전혀 알 길이 없다.『주간 서울』에 실었던 원고의 행방은커녕『주간 서울』지면 자체를 50여 년간의 망실(亡失) 뒤에 최근에야 가까스로 찾아낸 처지이고 보면, 그 원고를 찾는 작업은 그야말로 강변 백사장에서 잃어버린 반지알을 찾는 일만큼이나 어려운 작업이라고 해야겠다.

그 시들이 어떤 경로를 거쳐 그 지면에 게재되기에 이르렀던가를 밝히는 작업 역시 작은 실마리 한 올도 잡아볼 길이 없다. 무엇보다 먼저 55년이라는 속절없는 시간의 흐름이 그런 작업을 무망한 것으로 만드는 까닭이다. 아마도 이육사의 아우인 평론가 이원조는 당시에 형의 원고에 대한 소식을 어떤 형태로든 접했을지도 모를 일이다. 그러나 그 역시 이데올로기의 갈등으로 월북하여 북한 당국으로부터 '미제 스파이' 혐의로 처단된 처지이고 보면,『주간 서울』이 발굴, 게재하였던 세 편의 시에 대한 경위는 어디서도 알아볼 길이 없는 것이다.

사정이 그와 같기에「산」,「잃어진 고향」,「화제」등 세 편의 시들이 틀림없이 이육사의 작품들인가를 검증하는 작업은 이제 작품들 자체의 분석, 검토에 맡겨질 수밖에 없게 되었다. 물론, 그 세 편의 시들을 이미 이육사의 시들로 간주하였던『주간 서울』게재 당시의 검증 자체가 결코 경시할 수 없는 발판을 마련한 점을 인정하면서 말이다. 세 편의 시들을 분석, 검증하면서 얻을 수 있는 결론은 그 시들이 거의 의심할 바 없는 이육사의 작품들이라는 믿음이다. 그렇게 믿을 수 있는 중요한 근거는 그 시들을 분석, 검증할 수 있는 안목과 기술에 달렸다기보다 그 세 편의 시들이 드러내는 특별한 현실인식에 놓인다.

세 편의 시들은 이육사의 여러 시들 중에서도 육사 시다운 면모를 강하게 간직한 편이다. 그의 면모는 특히 그가 살아가던 시대를 깊이 인식하고, 그에 대처하는 태도를 강렬하게 피력한 데서 선명히 부각된다. 앞에서 인용한 시 「화제」의 뒤에 시인은 그 시를 제작한 때가 '정축년' 곧 1937년임을 밝혔다. 시인이 밝혀놓은 그 제작 연대로 미루어, 제작 연대를 밝혀놓고 있지 않은 「산」, 「잃어진 고향」 또한 그 무렵의 작품이리라는 추정이 가능하다. 1937년이라면 이육사가 『풍림』, 『자오선』, 『조선일보』 등의 지면들을 통해서 다수의 작품들을 활발하게 발표하던 때이다. 그러했음에도 불구하고 그가 위 세 편의 시들을 발표하지 않고 누구에겐가 따로 보관하도록 한 것은 어째서일까? 아마도 그 이유는 세 편의 시작품들 자체가 선명히 보여주는 것이리라고 나는 말하고 싶다. 작품들을 정독했을 때에 그 작품들은 일제 경찰들에게 각각 탄압의 빌미를 잡힐만한 현실인식과 그 현실에 대결하려는 의욕을 간직하고 있다. 아마도 그 점이 이육사로 하여금 그 작품들을 무리하게 발표하지 않고 누구에겐가 따로 보관하도록 하였던 이유일 것이다.

물에 비췬 도시의 모습

청계천의 명물 다리였던 수표교.
청계천 복원공사가 끝나면 수표교는 다시 우아한 자태를 보여줄 것이다.

앞에 인용한 시는 그 세 편의 시들 중 한 편인 시 「화제(畫題)」 전편이다. 「화제」는 이육사의 시로는 「남한산성(南漢山城)」, 「광인(狂人)의 태양(太陽)」과 함께 작품 전편이 6행으로 이루어진 짧은 시의 하나이다.

이 시의 표제는 아주 이채롭다. 동양화 중 산수화에서 그림의 운치나 의미를 깊게 하기 위하여 화폭에 곁들여 쓰는 시문(詩文)을 가리키는 낱말인 '화제'를 시의 표제로 선택한 것이다. 그처럼 특별한 표제가 붙은 것으로 미루어 이 시를 제작하게 된 계기는 두 경우 중의 하나로 추정해 볼 수 있다. 첫째 경우는 도시의 풍경을 그린 어떤 그림 또는 사진을 보면서 이 시가 제작되었으리라고 보는 것이다. 둘째 경우는 시인 자신이 물 위에 비췬 도시의 풍경을 보면서 그 풍경을 한 폭의 그림에 방불하다고 생각하고 산수화의 '화제'를 쓰는 마음으로 이 시를 썼으리라고 추정하는 것이다. 나로서는 두 가지 경우 중 뒤쪽에 더 무게를 두고 싶다. 소년 시절의 육사가 한동안 그림 그리기에 열중했었다는 전기적인 정보 또한 시인이 수면에 비췬 도시의 풍경을 한 폭의 그림으로 대했으리라는 추정을 보강해 주는 것이라고 생각한다.

이 시에 등장하는 소재들 중 현실의 구체적인 것들로는 '도회의 검은 능각'과 '수면'을 들 수 있다. 이 짧은 시에는 그 밖에 '하반기(下半旗)의 새벽', '화강석(花崗石)', '기아(棄兒)의 찬 꿈', '물풀', '담수어(淡水魚)의 입맛' 등의 여러 소재들이 출현한다. 그 소재들 중 '화강석'을 제외한 다른 것들은 구체적이고 가시적인 눈앞의 소재들이 아니라, 상상 또는 관념 속에 출현한 성질을 가진 것으로 판단된다.

시 「화제」에서의 물의 정체

이 시는 물에 비췬 도시의 풍경을 발견한 데에서 발단했다고 볼 수 있다. 그렇다면 이 시에서는 도시의 풍경과 함께 물의 존재가 중요해지지 않을 수 없다. 이 시에 출현하는 물의 '수면'이 도시의 '능각(稜角)', 곧 도시 조형의 어떤 '모서리의 입체각'을 비추어 낸 것이라면, 그 경우에 물에 비친 도시는 어떤 도시이며, 또 그 물은 어떤 물일까를 궁금해하지 않을 수 없다. 시 「화제」가 그려내고 있는 물은 그 도시가 어떤 도시인가에 따라 어렵지 않게 밝혀지게 되어 있다. 그 도시에 즐비한 건물들의 '능각'을 비춰주고 있는 물이란 당연히 그 도시에 인접해 있을 것이라는 점에서이다.

사정이 위와 같다면 시 「화제」를 이해하기 위한 급선무는 그 시가 그려내고 있는 도시를 밝혀내는 일이 된다. 시 「화제」가 그려내고 있는 도시는 어디일까? 그 점을 밝혀내기 위하여는 그 시가 그려내고 있는 도시의 성격을 면밀히 검토하는 작업이 우선 요청될 수밖에 없다. 그 작업을 통하여 알아볼 수 있는 점은, 첫째, 그 도시의 풍경은 "하반기(下半旗)의 새벽같이 서럽"다는 점이다. 둘째, 그 도시에서 연상할 수 있는 모습은 "기아(棄兒)의 찬 꿈"이 애달픈 것처럼 슬픈 색조를 띠고 있는 점이다. 한 마디로 '반기', '기아' 같은 낱말들에서 볼 수 있듯이 시 「화제」의 시인인 이육사에게 인각(印刻)된 그 도시의 풍경은 어떤 상실감에 차 있어 슬픈 모습을 띠고 있는 것으로 나타난다.

청계천에 비친 서울 도심의 풍경

위에서 살폈듯이 우리는 시 「화제」에 그려진 도시가 어떤 상실감이나 비애의 분위기에 젖어 있음을 확인할 수 있다. 그렇다면 이 시가 제작된 무렵에 어떤 상실감으로 말미암아 슬픈 색조를 띠고 있었을 듯한 도시로 어디를 지목할 수 있을까? 그 도시를 지목하기 전에 한 가지 유의할 점을 덧붙이고 싶다. 그것은 시 「화제」가 그려낸 도시는 아마도 시인 이육사가 직접 목격하고 체험한 한·중·일 3국의 어떤 도시이리라는 점이다. 직접 구체적으로 목격하고 체험한 도시가 아니고서야 시 「화제」가 그려내고 있는 것과 같은 느낌과 분위기를 말하기는 어려우리라는 사정 때문이다. 시 「화제」가 그려낸 도시의 성격을 위와 같이 좁혀서 생각할 때에 우리에게는 자연스럽게 서울이 떠오른다.

육사의 시 「화제」가 그린 도시가 서울일 가능성은 작품 분석의 결과만으로 얻어지는 것은 아니다. 그 시를 제작했을 무렵에 시인이 어디에 머물렀던가 같은 전기적 사실 또한 중요한 참고항이 될 수 있다. 시 「화제」는 이번에 발굴된 작품들 중 유일하게 제작 연대가 밝혀져 있는 작품이다. 이 시의 말미에는 "정축(丁丑)○○야(夜)"처럼 제작 연대가 밝혀져 있는데, 그의 연보(年譜)를 작성한 몇몇 연구자들에 따르면, 육사는 정축년이었던 1937년 무렵에 종로구 명륜동을 생활의 거점으로 하여 서울에 머물러 있었다는 것이다(김학동 편, 『이육사 전집』, 새문사, 1986. p.275.).

위와 같은 검토의 결과, 시 「화제」에서 그려내고 있는 도시를 일단 서울이라고 가정하기로 한다. 그 가정 위에서 시 「화제」의 의미적 맥락 또는 여러 이미지들을 1937년 무렵의 서울로서 어떻게 무리없이 읽어낼 수 있는가가 중요한 문제로 부상한다. 그것들은 위의 가정을 가정이 아닌 사실로 받아들이는 데 중요하게 작용하는 조건들이기 때문이다. 그런 관점에서 도시 서울의 "검은 능각을 담"은 채 '이랑이랑' 떨리고 있는 수면은 무엇인가 하는 점이 매우 중요한 문제로 부상한다.

1937년 당시에 도시 서울의 한 모퉁이를 비칠 수 있는 수면으로는 무엇을 들 수 있을까? 아마도 서울의 옛 모습을 짐작하지 못하는 이들이라면 서슴지 않고 한강을 들먹일지도 모를 일이다. 그러나 1960년대부터 시작된 '산업 근대화' 이전의 서울을 짐작하는 이들이라면, 그 이전의 한강이 도시 서울의 모습을 비추기는 어려웠던 점을 기억할 것이다. 지금처럼 강남, 강북의 두 지역을 가르며 서울의 한복판을 흐르기 이전에 한강은 서울의 외곽을 흐르는, 그 주위가 사뭇 한적한 강물이었을 뿐이다. 따라서 시 「화제」에서 '도시의 능각'을 비춰주면서 이랑이랑 떠는 수면이 한강일 가능성은 극히 희박하다고 보아도 좋을 듯하다.

1937년 무렵의 서울에서 '도시의 능각'을 비춰줄 수 있는 수면으로
는 한강보다도 청계천 쪽일 가능성이 높다. 물론 청계천은 한강에
비교할 수조차 없는, 길이가 짧고 폭이 좁은 물의 흐름이다. 한강이
우리 국토를 흐르는 대표적인 장강(長江)의 하나라면, 청계천은 강이라
고는 부를 수 없는 개천일 뿐이다. 길이에 있어서뿐만 아니라 수량에
있어서도 그것은 한강과는 비교할 수조차 없을 만큼 빈약하다. 그러나
수량이 그렇게 부족하더라도 청계천은 1937년 무렵의 도시 서울의
그림자를 담으며 흐른 점에서는 어느 하천보다도 유리한 위치를 점하
고 있었다. 거대도시로 확장되기 이전이던 당시의 경성(京城)은 청계천
을 사이에 두고 북촌(北村)과 남촌(南村)으로 나뉘어져 근대 도시로
성장하고 있었기 때문이다.

청계천 가에서 그려낸 슬픈 풍경화

우리는 앞에서 시 「화제」의 '이랑이랑 떨'며 흐르는 물이 청계천의
수면 그것이며 그 물에 비춰진 도시가 1937년 무렵의 서울이리라고
추정하였다. 그렇다면, 다음으로 문제가 되는 것은 그 물에 비친 도시
의 풍경을 시인은 어째서 "하반기(下半旗)의 새벽같이 서럽"다고 했으
며, 또 도시 서울의 어떤 풍경을 대상으로 하여 "화강석에 어리는
기아(棄兒)의 찬 꿈"이 애닯다고 했을까 하는 점이다. 그 점을 살펴보기
위하여 우리는 시 「화제」 전편을 새롭게 음미해 보아야 할 필요에
마주친다. 어떤 풍경에 대한 시인의 느낌 또는 상상은 하나의 정황
또는 문맥과 긴밀히 수응하는 까닭이다.

시 「화제」에서 노래한 중심 대상이 청계천 수면 위에 비춰진 도시의

모습이라면 그 때에 시인이 발을 딛고 선 자리는 청계천 양안(兩岸) 곁의 길이거나 청계천 복개 이전에 그 개천을 건너도록 설치되었던 수표교, 장교 같은 어느 다리 위가 될 것이다. 청계천이 복개된 뒤로 그 양안 지역은 새로 다듬어져, 가령 '3·1 빌딩' 같은 높고 큰 빌딩이 들어선 지역으로 변모했다. 그러나 복개 이전의 그 좁고 기다란 지역은 제대로 개발의 손길이 미치지 못했던 지역이었다. 그도 그럴 수밖에 없었던 것이 제대로 다듬어지지 못한 청계천에서는 더러운 것들의 모습이 줄곧 드러났고 악취가 자주 심하게 풍겨났으니 누구도 그 지역에 투자하려는 의욕을 갖기 어려웠던 것이다. 그 결과로 청계천의 양안 지역은 종로, 을지로(당시의 명칭은 황금정(黃金町)이었다) 같은 서울의 도심을 이웃하고 있는 지역이면서도 부유층, 지식층 같은 상류 층들로서는 별로 돌보지 않았던 지역이었다. 그 곳은 그들의 어떤 흥미도, 욕구도 자극하지 못하는 지역이었기 때문이다.

시 「화제」를 검토해 보면, 그렇게 별로 돌보아지지 않았던 청계천 지역에 발을 딛었던 육사에게는 두 가지 상이한 모습이 눈에 띄었던 것으로 보인다. 하나는 청계천 지역의 낮은 건물들 너머로 보이는 고층 건물들의 모서리 그림자들이 청계천 물에 비친 모습이었다. 또 하나는 당시 청계천의 다리 밑에 거적을 치고 집단으로 거주했던 걸인들의 삶의 모습이었다. 얼른 생각하면 청계천의 갓길에서 볼 수 있었던 그 두 개의 풍경은 상반된 것으로 보이기 십상이었다. 청계천 지역 너머로 보이는 서울 도심의 고층 건물들의 모습은 근대화의 성과와 부의 축적의 산물처럼 보였을 것이다. 그 풍경과는 달리 다리 밑에 집단으로 거주하는 걸인들의 삶의 모습은 근대화의 성과 또는 부의 축적과는 어긋나는, 가난, 나태, 무력, 패배의 전형적인 풍경으로 보였을 것이다. 청계천 가에서 바라볼 수 있는 그 두 개의 풍경을 위에서처럼 상반된 풍경으로 읽는 것, 그것이 그 풍경들을 대하는 일반적인 시각이리라고 추정할 수 있을 것이다.

위 두 개의 풍경을 그렇게 상반된 것으로 바라보는 것이 일반적 시각이라면, 이육사는 그 두 개의 풍경을 상당히 다른 시각에서 읽었다. 그는 우선, 청계천 물에 비친 서울 도심 건물들의 풍경을 근대화의 성과 또는 부의 축적 같은 긍정적인 외형으로 읽지 않았다. 그는 그 풍경을 일제 통치 아래 신음하는 식민지의 슬픈 풍경, 곧 외형적인 것, 물질적인 것을 넘어서는 내면적인 것, 정신적인 풍경으로 인식하였던 것이다. 이육사는 시 「화제」에서 바로 그 같은 풍경의 본질 읽기를 한 개의 비유로 표현하였다. 청계천 물에 비친 도시의 풍경을 말하면서 그가 '하반기(下半旗)의 새벽' 같이 서럽다고 말한 것이 그 비유이다.

'하반기(下半旗)'와 '기아(棄兒)'의 의미

두루 알고 있듯이 '반기(半旗)'란 '조기(弔旗)'를 의미한다. 이희승 편 『국어대사전』에서는 '반기'를 풀이하여 "조의(弔意)를 표하기 위하여 다는 국기. 깃대 끝에서 좀 내려 달며 흑색 포목을 덧붙이기도 함. 조기"라고 했다. '하반기'라고 말할 때에 '하(下)'는 한자말로 '내리다', '내려트리다'의 뜻을 가진 말이다. 그렇다면 한자말 '하반기'의 의미는 '조기를 내려트린', '조기의 의미로 반기를 내려트린'이라는 뜻으로 이해할 수 있을 것이다.

청계천의 물에 비친 서울 도심의 모습을 바라보면서 육사는 왜 그 모습이 "하반기의 새벽같이 서럽"다고 느꼈던 것일까? 육사의 그런 느낌의 밑자리에는 식민지 조선이 처한 현실에 대한 아픔이 깔려 있었던 것이다. 널리 알려져 있듯이 그는 식민지 현실에 적당히 타협, 순응한 인물이 아니었다. 그는 잃어버린 나라와 시들어 가는 민족의 재기를 위해서라면 자신의 희생조차도 서슴지 않겠다는 신념으로 살았던 인물이었다. 이육사의 그런 신념은 「화제」와 함께 발굴된 시 「잃어진 고향」에도 거리낌없이 토로되어 있다.

잃어버린 나라, 시들어 가는 민족의 재기를 위해서라면 자신의 희생까지도 마다 하지 않았던 육사에게 일제의 식민지 경영의 본거지였던 서울이 어떤 모습으로 보였을까는 넉넉히 짐작할 만하다. 그에게 있어 서울은 두 가지 모습으로 비쳤을 것으로 추정된다. 첫째는, 앞에서 말했던 바와 같이 일제 식민지 경영의 본거지로서의 모습이었다. 둘째는, 일제의 혹독한 통치에 백기를 든 민족의 참담한 모습이었다. 그가 "하반기의 새벽같이 서러운" 풍경이라고 한 것은 바로 우리 민족의 그 같은 모습을 가리킨 표현으로 이해할 수 있을 것이다. 서울을 그렇게 인식하였던 육사로서는 그 두 가닥의 서울 도심의 풍경의 어느 쪽이든지 거북하게 대하지 않을 수 없었을 것으로 짐작된다.

서울을 대하던 육사의 그 거북한 심경은 육사 자신에 의해서도 표백되었다. 서울을 대했던 육사의 심경을 단편적으로라도 보여주는 글들로는 모두 세 편을 들 수 있다. 「실제(失題)」(『신조선』 1936. 1.), 「서울」(『문장』 1941. 4.) 등 두 편의 시와 수필 「산사기(山寺記)」(『조광』, 1941. 8.)가 그런 글들이다. 그 세 편의 글들 중 도시 서울에 대한 육사의 느낌을 직설적인 말로 표백한 것은 「산사기」인데, 그 글에서 육사는 서울을 거북해하는 자신의 모습을 다음과 같이 그려냈다.

　　그래서 하룻밤을 지나고 표연히 차에 오르니 웬만하면 서울로 바로
가는 것이 보통이겠는데, 여기에 나라는 사람의 서울에 대한 감정이란
또한 델리케이트한 것이 있어, 그다지 수월한 것이 아니란 것은 마치
명가집 자식이 성격에 못 맞는 결혼을 하고 별거를 하다가 부득이한
사정이라도 있어 때때로 본가로 돌아오지 않으면 안 될 그 때의 심경과
방불한 것이다.
　　그래서 될 수만 있으면 술집에도 들어서 얼근하게 한잔 하고 오듯이,
나 역시 서울이 가까와지면 슬쩍 옆길로 들어서서 한참 동안이라도
딴청을 떼 보는 것인데,

위 글에서 육사가 서울에 들어서는 느낌이 '델리케이트'하다거나
'수월한 것이 아니라'고 한 것은 서울을 대하던 그의 느낌이 거북한
것임을 말한 것이다. 서울에 들어서는 그의 느낌이 거북했던 것은
말할 것도 없이 서울이 식민지 조선의 중심 도시였기 때문이었다.
육사는 서울을 대하던 그 같은 그의 느낌을 시「화제」에서 "하조기의
새벽같이 서럽"다고 말한 것이다.

위의 풍경 이외에 육사가 청계천 가에서 바라보았던 또 하나의
풍경은 "화강석(花崗石)에 어리는 기아(棄兒)의 찬 꿈"이라는 말로
표현되었다. 이 표현의 경우에 '화강석'이라는 구체적 사물이 등장하
는 것은 그것이 청계천 가에 섰던 육사의 눈에 띈 구체적인 것이었기
때문일 것이다. 익숙하게 보아 왔듯이 화강석은 한국의 대표적인 석재
이다. 그 석재가 청계천 가에서 눈에 띄게 된 것은 청계천의 뚝을
축조하는 데에 주로 사용된 것이 그것이기 때문이다.

시「화제」에서 화강석이 출현한 경위를 위와 같이 이해할 때에
거기에 어리는 '기아의 찬 꿈'이란 대목의 이해에도 상당한 진전을

가져오리라고 본다. '기아의 찬 꿈'이 어리는 대상물이 청계천 뚝 축조에 사용된 화강석이고 보면, '기아'의 존재 또한 청계천과 불가분의 관계를 맺고 있으리라는 점 때문이다. 그런 이해의 바탕 위에서 나는 이 시에서의 '기아'라는 존재를 당시 청계천의 여러 다리 밑에서 집단 생활을 했던 어린 거지들을 가리킨다고 보려고 한다. 육사는 다리 밑에 서식하는 어린 거지들을 보면서 그들의 삶이 "물풀을 나그네근 빠는/ 담수어(淡水魚)의 입맛보다 애닯"다고 말한 것이다.

시 「화제」에서 다소 난해한 대목으로 보이는 '하반기의 새벽'과 '기아'의 의미를 위와 같이 읽었을 때에 이 시의 의미와 정조가 한결 소상히 드러나는 듯하다. 육사는 이 시에서 서울 도심의 배후에서 흐르는 청계천을 배경으로 선택하였다. 서울 도심의 배후에서 흐르는 청계천을 배경으로 선택하면서 그는 식민지 서울이 보여주는 상실의 슬픔과 가족의 돌봄을 받지 못하는 어린 거지의 애달픈 삶을 노래하였다. 이 시에 흐르는 육사의 정조는 두 가지이다. 이 시에서 언표한 대로 민족 공동체가 겪는 서글픔과 궁핍한 시대를 살아가는 개인의 삶의 애달픔이 그것이다. 이 시에서 육사는 그 점을 명시하지는 않았지만, 그로서는 청계천 다리 밑의 어린 거지의 모습에서 혹시 민족의 고난상을 보았을지도 모를 일이다. 국권 상실의 서글픔을 어린 거지의 애달픈 삶과 등치한 데서 그런 느낌을 받게 된다.

시의 표제로서 '화제'의 역할

시 「화제」 읽기를 마치기 전에 이 글에서는 시의 표제에 얽힌 문제 두 가지를 생각해 보려고 한다. 시 「화제」의 표제인 '화제'는 시의 제목으로는 상당히 이례적인 경우이다. 여기서는 그런 제목이 붙여진 사유를 중심으로 생각해 보려는 것이다.

이 시의 표제로 '화제'라는 낱말이 선택된 것은, 첫째로 이 시의 의도가 어디에 두어졌던가를 알려준다고 말할 수 있다. 시의 제목은 흔히 시의 주제, 소재, 배경 등에서 뽑는 것이 일반적이다. 그런 일반적인 경우와 다른 이 시의 제목은 말하자면 시의 방법과 관련을 가진 제목이라고 말할 수 있을 것이다. '화제'라는 제목과 관련하여 보면 이 시는 시의 대상을 그림 그리듯 그려보겠다는 의도를 보여준 것이라고 말할 수 있을 것이다.

앞에서도 이미 말하여 두었듯이 이 시의 길이는 상당히 짧은 편이다. 그렇게 짧은 시의 형태와 관련하여 보면, 이 시 전체는 한 폭의 풍경화 같은 그림에 화제를 덧붙이는 마음가짐으로 제작된 시라고 말해야 할 듯하다. 한 폭의 풍경화에 화제를 붙이는 마음가짐으로 제작된 이 시는 그 마음가짐으로 하여 상당히 뚜렷한 효과를 얻어냈을 것으로 짐작된다. "그림에 덧붙이는 시문(詩文)"이라는 말뜻 그대로 화제에서는 세부 표현보다도 그림이 의도하는 대상 전체를 포괄하는 의미를 담아낼 것이기 때문이다.

이 시의 표제인 「화제」는 일제 당국의 검열을 피하기 위한 배려의 산물이라는 성격도 갖는다. 문학 작품의 검열에서 표제는 무엇보다도 우선하여 주목의 대상이 된다고 보아야 할 터이다. 앞에서도 이미 살펴두었듯이 대부분의 문학 작품들의 표제는 그 작품의 주제, 소재, 배경 등에서 뽑혀 그 작품의 성격을 용이하게 판별하도록 만들기 때문이다. 문학 작품의 검열에서 어쩌면 작품 내용의 불온성(不穩性)까지도 엄폐하여 주는 역할까지 수행할 수 있는 것이 작품 표제의 기능이다. 작품의 표제가 '화제'처럼 현실 문제와는 동떨어진 것으로 붙여졌을 때에, 검열자의 검열의 눈초리는 경계의 빛을 한결 편하게 풀 것이기 때문이다.

육사 시 중 명편들이면서 아울러 일제 강점 시대에 씌어진 대표적인 민족시들인 「절정」, 「광야」, 「꽃」 같은 시들의 표제에서도 육사는 가능한 한 검열 측을 자극하지 않고, 그 시들이 내포한 저항성을 엄폐하려고 했다. 육사의 그런 시도는 시 「화제」보다 1년여 전에 제작된 시 「실제(失題)」에서 가장 선명하게 드러난다. 1935년 12월 초에 씌어졌고, 『신조선』 1936년 1월호에 발표된 「실제」는 시인의 눈에 띄었던 서울의 모습을 그린 작품으로, 「화제」의 제작 의도와 가장 가까운 거리에 놓이는 작품이다. "거리의 주인공인 해태의 눈깔은/ 언제 말갛게 푸르러오노"처럼 어둡고 왜곡된 현실의 광정(匡正)을 소망하는 이 작품의 표제가 「실제」로 선택된 것은 육사 시의 표제가 어떻게 선택되었던가를 보여주는 가장 적절한 예라고 말할만하다.

육사의 세 편의 '서울의 시'

『중앙일보』가 재발굴한 육사 시 세 편의 추가로 육사 시에 대한 이해에는 중요한 전환점이 마련되었다. 재발굴한 육사 시 세 편의 출현 이전에 육사의 국문 시들의 수효는 모두 33편이었다. 이제 세 편이 새로 추가되어 36편에 이르게 된 것이다. 재작년(2002)에 재발굴된 육사 시의 수효는 편수만으로 셈할 때에 그의 전체 시들의 10분의 1에도 못 미친다. 그러나 그 세 편의 육사 시의 재발굴, 추가는 단순히 숫자만으로 셈할 것이 아니다. 재발굴, 추가된 육사 시 세 편은 바둑으로 비유하면 각각 요석에 해당한다. 세 편 중 「잃어진 고향」은 무엇보다 육사가 국가, 민족 재기 운동에 임하는 기본 태세로서, 생사관을 보여 준 시이다. 「산(山)」은 그 소박한 표제에도 불구하고 국가, 민족 재기 운동이 말로써만, 애타는 심정 표백으로써만 이루어질 것이 아님을 천명한 시이다. 그가 말과 심정 표백의 자리에 대신 들어차야 한다고 본 것은 물론 행동이었다.

시 「화제」 역시 강렬한 애국혼에서 제작된 작품이라는 점에서는 앞의 두 편의 시들과 다르지 않다. 그러나 그 강렬한 애국혼으로 그려낸 대상이 도시 서울의 삶의 풍경이라는 점에서 시 「화제」는 '서울의 시'의 한 편으로 부상한다. 육사의 시들 중 일제 강점 시대의 서울에서의 삶의 모습을 그려낸 시들로는 모두 세 편을 꼽을 수 있다. 앞에서 조금 살펴보았던 「실제」(1936)와 「서울」(1941) 그리고 이 글에서 주로 살펴 온 「화제」이다. 육사의 이 세 편의 '서울의 시'들은 함께 공통된 면모를 보여주고 있는데, 그것은 세 편의 시들이 '서울의 시'로서 도시시의 면모와 함께 수도시로서의 면모를 보여주고 있는 점이다.

육사의 세 편의 '서울의 시'들 중 주로 사실적인 수법으로 제작한 시는 「실제」이다. 사실적인 수법을 활용한 결과로 이 시에서는 상술집 작부로 팔려온 '냉해지(冷害地) 처녀'를 둘러싼 대학생, 염탐군의 경쟁 장면이 펼쳐지기도 하고, 마—장 구락부(俱樂部)의 한산한 풍경이 펼쳐 지기도 한다. 수도시로서 볼 때에 이 시는 항일의 기상이 강렬하지는 못한 편이다. 국가, 민족의 재기라는 당면의 문제를 이 시에서는 "해태 의 눈깔은/ 언제나 말갛게 푸르러오노"처럼 소망의 형태로 말하고 있는 것이다. 시 「서울」에 대해서는 이 책의 다른 자리에서 자세히 살펴 두었기에 한 마디만 덧붙이려고 한다. 시 「서울」은 도시시와

수도시의 성격을 종합한 시로서 구체성을 띤 장면을 진술했다기보다
서울의 이모저모를 얼마쯤 추상화하여 그려낸 시이다.

　육사의 세 편의 '서울의 시'들 중 수도시로서의 성격을 가장 예리하
게 그려낸 시가 우리가 이제껏 살펴온 시 「화제」이다. 6행으로 이루어
진 짧은 시 「화제」 중에서도 육사의 서울에 대한 인식이 가장 예리하게
나타난 대목은 "하조기의 새벽같이 서럽고"가 될 것이다. 어쩌면 시
「화제」는 그 한 마디를 토로하기 위한 작품이라고까지 말할 수 있을
정도이다. 그만큼 그 한 마디의 이미지와 그 이미지의 배후에 놓인
현실인식은 이 시에서 날카로운 비수처럼 빛을 번뜩인다고 말할 만하
다.

3. 죽는 날까지 하늘을 우러러 한 점 부끄럼이 없기를

서　시(序詩) | 윤동주

죽는 날까지 하늘을 우러러
한 점 부끄럼이 없기를,
잎새에 이는 바람에도
나는 괴로워했다.
별을 노래하는 마음으로
모든 죽어가는 것을 사랑해야지
그리고 나한테 주어진 길을
걸어가야겠다.

오늘밤에도 별이 바람에 스치운다.

왜 「서시」인가?

한국인이 가장 좋아하는 시인은 윤동주, 가장 좋아하는 시는 윤동주의 「서시」라고 한다. 1999년 1월 26일자 『동아일보』의 보도이다. '동서문학관'이 주관한 「시인 전시회」 입장객들에게 설문지를 돌렸더니 그런 통계가 나왔다는 보도였다. 설문 통계가 내포하는 문제점들은 적지 않다. 설문 조사는 때로 예상 또는 실제와는 다른 엉뚱한 결과를 내놓기도 한다. 그런 점을 의식하면서도, 한국인이 가장 좋아하는

일제가 한창 전쟁을 벌이던 시기에 경성의 한 보험회사가 내놓았던 달력의 전쟁 그림

시인은 윤동주, 가장 좋아하는 시는 「서시」라는 통계는 대체로 미덥다는 느낌이다. 굳이 설문에 따른 통계 숫자가 아닌 주먹구구식 추정만으로도, 시인 윤동주와 그의 시 「서시」의 높은 명성을 실감할 수 있기 때문이다.

일본 후쿠오카 형무소에서 만 27세의 젊은 나이에 요절(夭折)한 윤동주에게는 시작품들의 수가 많지 않다. 동시를 포함하여도 100편을 조금 상회하는 숫자이다. 그러함에도 불구하고, 그가 남긴 작품들에는 잘 닦여진 보석들처럼 찬연한 빛을 뿜는 작품들이 사이사이에 박혀 있다. 「서시」, 「자화상」, 「별 헤는 밤」, 「십자가」, 「참회록」, 「쉽게 씌어진 詩」 등이 그런 작품들이다. 아마도 그런 시작품들이 독자들을

304

광화문 앞의 해태상

당기는 흡인력은 한국의 어느 현대 시인의 작품들보다 강렬할 것이다. 바로 그 점 때문에 우리 독자들에게 가장 아낌을 받는 시인 윤동주의 상이 뚜렷하게 떠오르게 된 것이다.

윤동주가 한국에서 가장 사랑받는 시인으로 떠오른 것과 함께, 윤동주의 시 「서시」가 한국인으로부터 가장 사랑받는 시로 떠오른 이유는 무엇일까? 이 경우에 「서시」가 한국에서 가장 사랑받는 시인 윤동주의 대표작으로 인정을 받고, 한국인이 가장 아끼는 시로 사랑을 받는 데에는 실로 가볍게 지나칠 수 없는 원인이 개재한다고 생각한다.

「서시」는 작품의 길이로 보아 2연 9행의 단형시에 지나지 않는다. 어절수로는 30 어절, 음절수로는 90 음절에 불과한 짧은 시이다. 그러나 그렇게 짧은 길이의 시이면서도 그 시가 우리 독자들의 아낌을 받는 데에는 참으로 다양한 원인들이 작용한다. 큰 갈래로만 보아도 첫째, 텍스트에서 오는 원인, 둘째, 작가로부터 생긴 원인, 셋째, 사회와 시대로부터 오는 원인들을 들 수 있다. 그 세 갈래의 모든 원인들은 결국 독자들의 강렬하면서도 살뜰한 반응을 불러일으키는 원인들로 전체적으로 작용한다고 보아야 할 듯하다.

「서시」는 『하늘과 바람…』의 뿌리

이 시의 텍스트로서의 성격은 양분된다. 텍스트 자체에 내재한 것들과 텍스트를 형성하도록 외재한 것이 그것이다. 이 시가 형성되도록 작용한, 텍스트 형성에 관여하면서도 텍스트에 외재한 원인이란 시 「서시」의 발생과 관련된 것이다. 그것은 구체적으로 이 시의 명칭, 곧 시의 표제로 나타나며, 시집 『하늘과 바람과 별과 시』의 출판 기획과 관련된다.

널리 알려져 있듯이 윤동주는 1941년 연말에 연희전문을 졸업하면서 77부의 한정판으로 시집을 출판할 계획을 추진하였다. 어떤 사유에서였든지 그 계획은 실현되지 못하였다. 당시 연전 교수였던 이양하 교수에게 보였더니 출판 계획을 만류하여서 출판에 넘기지 못하였다는 설명이 있다. 윤동주의 출판 계획은 결국 실행에 옮겨지지 못했지만, 그 때에 출판에 넘기려던 시집 원고와 함께 그 시집에 붙이려던 『하늘과 바람과 별과 시』라는 표제가 남아 전해지게 되었다. 아울러 그 시집의 책 머리에 붙이려던 시 한 편도 그 때의 원고와 함께 전해지게 되었는데, 그 시가 바로 윤동주 시의 대표작으로 아낌을 받는 「서시」이다.

관행으로 보아 '서시'는 시집 출판의 기획이 전제되고서야 제작되는 시이다. '서시'는 그 시집의 책 머리에 배치하려는 의도를 갖고 제작되는 시이기 때문이다. '서시'의 그런 성격으로 말미암아, 반드시 그런

것은 아니지만, '서시'는 그 시집
에 수록된 시작품들의 성격을 집
약하여 그려내려는 경향을 일반
적으로 띠고 있다.

한 권의 시집 머리에 붙여지는
'서시'의 그런 일반적 경향과 관
련하여 볼 때에 윤동주의 「서시」
가 구현한 성격은 어떠한가? 윤동
주의 「서시」가 시집 『하늘과 바람
과 별과 시』에 수록된 시들의 성
격을 제대로 집약했는가 여부를
이쯤에서 말하기는 조심스럽다.

해방과 함께 남산 정상에서 휘날린 태극기

그러나 그 시가 그 시집의 표제인 『하늘과 바람과 별과 시』와는 그
이상 기대하기 어려울 만큼 깊이있게 호응한다는 점만은 명쾌하게
지적해 두고 싶다. 앞에서 살펴보았듯이 「서시」는 30개의 어절을
동원하여 만든 짧은 시이지만, 그 짧은 시에는 하늘, 바람, 별, 시에
대한 시인의 생각과 느낌이 고스란히 그려져 있기 때문이다.

사정을 알고 보면, 윤동주의 「서시」와 그가 1941년 연말에 기획하였
던 시집의 표제인 『하늘과 바람과 별과 시』 사이의 깊은 친근성은
당연한 것으로 이해된다. 시 「서시」와 시집의 제명(題名)으로서『하늘
과 바람과 별과 시』는 같은 뿌리에서 생겨났다는 점에서 하는 말이다.
윤동주가 출판에 부치려던 시집의 처음 제목은 '병원'이었다는 것이
윤동주의 연전 시절의 절친한 후배이자, 그의 일본 유학 이후 그 시집
원고를 맡아 보관했던 정병욱 교수의 회상이다. 윤동주는 시집 표제를

‘병원’으로 생각한 이유를 “지금 세상은 온통 환자 투성이기 때문”이라고 하고, “혹시 이 시집이 앓는 사람들에게 도움이 될지도 모르기 때문”이라고 했다는 것이다. 시집 이름에 대한 윤동주의 처음 생각은 「서시」를 완성한 그 해 11월 20일 이후에 오늘날 우리가 즐겨 부르는 『하늘과 바람과 별과 시』로 바뀌었다는 것이다. 정병욱 교수가 들려준 위의 회상은 시 「서시」와 시집 제명인 『하늘과 바람과 별과 시』 사이의 깊은 친근성을 집약하여 전해준 것으로 여겨진다.

윤동주의 「서시」라는 텍스트에 내재하면서 독자들을 사로잡는 요인들로는 다수의 것들을 열거하는 것이 가능하다. 텍스트의 문면에서 검출이 가능한 시인의 사람됨, 시인의 인생과 현실(세계)을 대하는 태도 등 작가와 시대, 사회에 대한 것들이 있는가 하면, 시의 형태를 비롯한 시의 표현 기법 등 미학적인 것들도 있다. 텍스트의 내부에서 검출이 가능한 작가, 시대와 사회에 관한 것들은 그 갈래의 원인들을 살피는 쪽으로 넘기기로 하고, 여기서는 텍스트에 내재하는 미학적인 것들에만 관심을 국한시키기로 한다.

윤동주 시에서의 연과 행

1948년에 간행된 그의 유고 시집 서문에서 “29세가 되도록 시도 발표해본 적 없이 무시무시한 고독 속에서 죽었구나”라고 정지용은 윤동주를 애도했다. 정지용의 애도사에서처럼 생전의 윤동주는 단 한 편의 시도 발표하지 못했던 것은 아니었다. 그러나 그가 세상에 발표한 시들은 극히 소수에 불과했다. 또한 본격적인 문예지에 발표한 글은 단 한 편도 없었다. 그랬으면서도 그가 1941년 연말에 출판을

기획하였던 『하늘과 바람과 별과 시』의 수록 예정 시편들을 검토해
보면, 그 시편들의 형태, 표현 기법들은 당시의 어떤 기성 시인들의
작품들에 못지 않게 정제되어 있었음을 볼 수 있다. 그는 일제의 포악한
탄압 아래 제대로 작품들을 발표할 기회마저 박탈당하고 있었다. 그런
참담한 상황에서도 자신의 작품들을 정련하는 데 힘을 쏟고 있었던
것이 시인으로서의 윤동주의 애처로운 모습이었다. 시작품의 행·연
구성을 비롯한 시의 형태만을 보아도 그 점은 뚜렷이 드러난다.

　시집 『하늘과 바람과 별과 시』로 묶으려 했던 시들은 「서시」를
비롯하여 모두 19편이었다. 그 시들의 대다수는 자유시이지만, 산문시
도 몇 편 포함되어 있었다. 그 시들의 행과 연의 구성은 아주 다채롭다.
「새로운 길」처럼 가지런한 2행연의 형태만으로 일관한 작품이 있는가
하면, 2행연이 주조를 이룬 중에 한 행만으로 한 연을 구성하도록
한 작품도 없지 않다. 행 구성에서 가장 이채로운 모습은 시 「십자가」에
서 나타난다. 그 시에는 독립성을 갖지 못한 '처럼'이란 조사가 앞의
관념어에서 떨어져 나와 한 행을 구성하는 예외적인 면모를 보여준다.

　　(가)
　　거 나를 부르는 것이 누구요,

　　가랑잎 잎파리 푸르러 나오는 그늘인데,
　　나 아직 여기 호흡(呼吸)이 남아 있소.

　　한번도 손들어 보지못한 나를
　　손들어 표할 하늘도 없는 나를

어디에 내 한몸 둘 하늘이 있어
나를 부르는 것이오.

일을 마치고 내 죽는날 아침에는
서럽지도 않은 가랑잎이 떨어질텐데……

나를 부르지마오.
―「무서운 시간(時間)」· 전편

(나)
하얗게 눈이 덮이었고
전신주(電信柱)가 잉잉 울어
하나님 말씀이 들려온다.

무슨 계시(啓示)일까.

빨리
봄이 오면
죄(罪)를 짓고

눈이
밝어

이브가 해산(解産)하는 수고를 다하면

무화과(無花果) 잎사귀로 부끄러운데를 가리고

나는 이마에 땀을 흘려야겠다.

위에 인용한 (가), (나) 시의 배행(排行)은 윤동주 시의 행 구성의
실상을 잘 보여준다. 윤동주는 행 구성의 일반적 관례를 지켜 나갔다.
그러면서도 그는 기능을 중시하는 행 구성법을 살려 구사했던 것이다.
2행연이 주조를 이룬 (가)에서 처음과 끝을 1행연으로 만든 것이 그
예이다.

(가)시에서 시인은 그의 의식 속에서 울려오는 어떤 소리를 문제삼고
있다. 그의 의식 속에서 울려오는 어떤 소리는 그가 처한 정황이 "한
번도 손들어 보지 못한" 것이며 "손들어 표할 하늘도 없는" 것이기에
당연히 솟아오를 수밖에 없는 본연의 것이다. 그러나 달리 생각해
보면 그가 처한 현실 정황이 "한번도 손들어 보지 못하"고 "손들어
표할 하늘도 없"도록 열악한 것이기에 그 본연의 소리를 감당하기는
힘겹고 두렵다. 다시 말하면 그 소리는 인간 본연의 욕구와 현실의
열악한 억압에 대한 공포가 충돌하도록 이끄는 무서운 소리로 느껴진
다. 자신의 내부에서 벌어진 그 의식의 갈등을 무서움으로 바라보면서,
그 의식의 갈등을 도피, 축소, 과장하지 않고 느꼈던 그대로 그려낸
것이 (가)시의 처음과 끝의 1행연이다. 시인은 결코 범상하지 않은
그의 의식의 갈등을 그려내는 기능적 방법으로 그 1행연을 활용한
것이다.

(나)시의 행·연 구성에서 주목할 만한 것은 네 개의 1행연들과
"눈이/ 밝어"라는 한 행을 각각 한 어절로 이룬 2행연이다. (나)시는
「또 태초(太初)의 아침」이라는 시의 표제가 보여주듯이 기독교에서
말하는 인류사의 첫 단계를 화자 자신의 성인으로서의 첫 단계와

관련시켜 만든 시이다. (나)시의 1행연들은 시인이 부각시키려는 인류사, 개인사에 해당하는 문제들을 강조하는 방법으로 만들어졌다. 또 행의 길이가 유난히 짧은 "눈이/ 밝어"라는 2행연 역시 그 대목이 차지하는 의미의 중요성을 강조하도록 구성되었다. "눈이/ 밝어"는 구약 창세기편에서 하느님이 금하신 선악과를 따먹은 뒤에 아담과 이브가 맞게 된 변화를 가리킨다. 눈이 밝아졌으므로 남녀의 분별 등 모르던 것들을 두루 알게 된 아담과 이브는 낙원인 에덴으로부터 쫓겨날 수밖에 없었다. 여자의 해산의 고통과 남자의 노동의 땀을 초래하게 된 그 추방은, 그야말로 낙원을 잃게 된 비참한 사건이었다. 그러나 다른 한편 그 추방은 인류사의 문을 열도록 작용한 데서 큰 의미를 띤 것으로도 해석된다. 윤동주의 시 「또 태초(太初)의 아침」은 낙원으로부터의 추방이면서 동시에 인류사의 출발을 전하는 기독교의 그 신화를 자신의 삶 자체와 관련시켜 이해한 점에서 주목된다.

「서시」의 행·연의 의미와 미감

위에서 살펴보았던 윤동주 시에서의 행·연의 구성법은 그의 시 「서시」의 경우에도 거의 유사한 양상으로 나타나 있다. 「서시」는 모두 9행으로 이루어져 있으면서, 그 행들이 두 개의 연으로 나누어진다. 1~8행이 첫째 연, 9행 한 행만이 단독으로 둘째 연을 구성한 것이다. 「서시」의 행·연의 구성 원리를 살펴보고 검토하기 위하여 1~9행에 각각 ①~⑨의 번호를 붙이기로 한다.

「무서운 시간」과 「또 태초(太初)의 아침」에서의 행·연들이 그랬던 것처럼, 「서시」의 행·연들 역시 그 행·연들에게 주어진 성격을 뚜렷이 드러내고 있다. 일반적인 시적 진술 이외에, 변별하고 강조하며 때로 종합하는 기능이 그것이다. 「서시」의 행·연들이 무엇을 변별하고 강조하며 또 종합하는가를 알아보기 위하여서는 이승훈 교수가 그 시를 구조적 관점에서 분석한 글 「윤동주 「서시」의 분석」이 큰 도움을 준다. 그 글을 참고하고 원용하면서 「서시」의 행·연의 기능적 성격을 살펴보기로 한다.

「서시」의 시문장은, 1~8행 사이에서는 한 문장이 각각 두 개의 시행에 걸쳐 이루어졌다. 「서시」의 1~8행 사이에서 실현된 시문장과 시행 사이의 그러한 관계는 9행에 이르러 바뀐다. 9행에서는 한 문장이 한 행, 곧 9행만으로 실현되었기 때문이다. 「서시」의 1~8행에 걸친 4개의 시문장들은 각각 두 개의 시행들로 이루어졌기에 결국 한 개의 홀수 시행과 한 개의 짝수 시행을 포용하게 된다. 그 두 개의 시행 중, 흔히 주절이라고 불리는, 문장의 중심부는 짝수 시행 쪽에 놓인다. 그 점은 문장의 중심부가 그 문장의 뒤에 놓이는 한국어의 어순이 반영된 결과이다. 「서시」의 제2연은 제9행 한 행만으로 이루어져 있기에 전체 시행으로 보면 홀수 시행으로만 구성되었다고 할 수 있다.

「서시」의 홀수 시행과 짝수 시행 전체를 망라한 시행들 사이에서는 일정한 규칙, 곧 체계성이 존재하는 사실을 찾아볼 수 있다. 홀수 시행은 모두 ① 하늘, ③ 바람, ⑤ 별, ⑦ 길, ⑨ 별·바람 같은 물질 세계를 노래하며, 짝수 시행은 모두 ② 떳떳함(부끄럽지 않음), ④ 괴로움, ⑥ 사랑, ⑧ 의지 같은 정신 세계를 노래하는 것이 그것이다. 따라서 문장 구조를 염두에 둘 때에, 하나의 시문장이 한 행으로 짜여져 홀/짝의 대응관계를 가질 수 없는 둘째 연을 제외하면, 「서시」의 시행들에서는 물질 세계와 정신 세계가 대응되는 양상을 띠고 있다고 할 수 있다.

이 시의 1~9행에 나타나는 삶의 모습을 시간, 시문장으로는 시제의 관점에서 바라보면 시 전체를 크게 세 개의 단락으로 나누는 것이 가능하다. ①~④로 이루어진 1단락은 과거 시제, ⑤~⑧로 이루어진 2단락은 미래 시제, ⑨만으로 이루어진 3단락은 현재 시제로 짜여 있다. 또한 이 시에서 드러나는 화자의 태도는 크게 1·2단락이 심리적 현실, 곧 화자가 느끼고 생각하는 주관적 현실에, 3단락이 화자의 외부에 존재하는 현실, 곧 객관적 현실에 몰두하는 양상을 보여준다.

「서시」의 연·행 구성을 위와 같이 검토하였을 때에 이 시를 읽으면서 독자들이 젖게 되는 생각과 느낌을 좀더 가깝게 들여다볼 수 있을 듯하다. 그 생각과 느낌은 크게 두 가지로 묶어서 말할 수 있다. 첫째는, 이 시의 시행들이 펼쳐지면서 만나게 되는 '물질 세계−정신 세계(문장)−물질 세계−정신 세계(문장이며 단락)'의 교직은 한편으로 우리의 상상적 체험을 깊고 넓게 하며, 다른 한편으로 그 체험을 우리 자신의 체험과 다를 바 없는 가까운 체험으로 받아들이도록 한다는 것이다.

「서시」 읽기 체험이 우리의 상상적 체험을 깊고 넓게 하는 것은 무엇보다도 시인의 부단한 '내향적인 자기 성찰'에 말미암는 것으로 보인다. 그러나 그에 못지 않은 또 하나의 요인은 흔히 '천체 미학'이란 지칭을 얻고 있는 윤동주의 자연과의 교감이다. '자연과의 교감', '내향적인 자기 성찰'이란 이 시에서의 화자의 모습은 7행에서만 약간의 예외를 보여줄 뿐, 홀/짝 시행의 규칙적인 교체를 통해 나타난다고 할 수 있다. 「서시」를 비롯한 윤동주 시에서의 자기 성찰은 하나의 특징적인 성격으로 부각된다. 그러나 자기 성찰의 깊이에 있어서의 차이에도 불구하고 보편적인 독자들이 실감하는 자기 성찰의 요청은, 독자들이 「서시」를 수용하도록 하는 중요한 기반으로 작용한다.

둘째로, 이 시의 연·행 구성에서 제2연, 곧 제9행이 보여주는 다른 행들과의 변별적인 성격이다. 이미 앞에서 살펴보았듯이 제9행은 문장의 구성, 시제 그리고 거기에 드러나는 화자의 삶의 태도 등에서 그 시의 다른 행들과 변별된다. 바로 그 점이 제9행 한 행만으로 한 연을 구성하게 한 변별하고 강조하는 성질이 된다. 제2연을 한 행만으로 구성한 제9행은 "오늘밤에도 별이 바람에 스치운다"라는 완결된 문장으로 이루어져 있다. 그렇게 완결된 문장으로 이루어진 제9행, 곧 제2연을 접하는 독자들은 어떤 결핍을 지각할 가능성이 높은 편이다. 「서시」의 1행~8행 사이에 존재했던 물질 세계와 정신 세계의 대응 관계라는 체계성이 9행에는 부재하기 때문이다. 그 결핍 은 달리 말하여 1행~8행 사이에서 교체를 보여주던 '자연과의 교감', '내향적인 자기 성찰' 중 '내향적인 자기 성찰'의 부재라고 해도 좋을 것이다.

「서시」의 제2연, 곧 제9행은 그 결핍까지 포함하여 이 시를 종합하면 서 맺는 기능을 수행한다. 제9행이 그 결핍까지 포함하여 이 시를 맺고 종합한다는 말은 시의 독자들로서는 문면에서는 부재하는 제2연 의 '내향적인 자기 성찰'의 결핍을 독자 자신의 상상력으로 채워 나가 도록 유도된다는 뜻을 내포한다. 「서시」의 제2연은 어떤 심원한 느낌 을 불러일으키면서 시를 맺는다. 그것이 심원한 맛을 주는 것은 독자들 에게 상상을 통해 채워 나갈 몫을 남겨 둔 데에서도 적지 않은 원인을 찾을 수 있다. 독자가 상상을 통해 채워 나갈 몫까지 남겨 놓도록 의식한 것, 그것이 제2연이 수행하는 종합하는 힘일 것이다.

위에서 검토해 본 대로 연·행 구조로 본 「서시」의 의미와 미감은 단단하게 짜여졌다고 해야 옳다. 하늘, 바람, 별 등 자연과의 교감과 내향적인 자기 성찰의 규칙적 교체, 제9행의 연으로의 분립과 독자의 상상력이 작동하도록 만드는 결핍을 남겨놓은 시의 끝맺음은 이 시의 높은 성가가 저절로 이루어진 것이 아님을 생생하게 보여준다. 그러나 「서시」의 텍스트 내부에서 맛볼 수 있는 그런 의미와 미감만이 「서시」가 가진 흡인력을 모두 설명하지는 못한다고 해야겠다. 「서시」의 흡인력을 좀더 분명하게 이해하기 위하여는 열악한 시대적 여건에도 불구하고 한 사람의 시인으로서, 또 지성인으로서 자기 정립을 위하여 고투했던 윤동주의 삶의 궤적에 다가가지 않을 수 없기 때문이다.

「서시」에서의 깨달음과 희원(希願)과 결의

이제 이 글에서는 시인 윤동주가 삶과 시의 어떤 궤적을 밟으면서 「서시」에서 볼 수 있는 바와 같은 깨달음, 소망 또는 결의에 이르렀던가를 살펴보아야 할 단계이다. 나는 이 단계의 서술을 매우 소략하게 펼치리라는 점을 미리 밝혀 두고 싶다. 그렇게 할 수밖에 없는 사유는 두 가지이다. 하나는 위의 문제를 제대로 다루려면 글이 상당히 길어져야 한다는 점이다. 또 하나는 현재 필자로서는 위 문제를 살펴볼 별개의 논문을 준비하고 있기에 그 문제에 대한 상세한 논의는 그 글로 미루려고 한다는 점이다. 그런 사정들로 말미암아 여기서는 윤동주의 「서시」에 이르는 삶과 시의 궤적을 간략하게 정리할 수밖에 없게 되었다.

앞의 인용에서 볼 수 있듯이 「서시」는 말 그대로 '서시'다운 시이다. 「서시」를 가리켜 새삼스럽게 이렇게 말하는 것은 이 시가 그려낸 삶의 모습이 윤동주의 다른 시들과는 현저하게 구별된다는 것을 말하기 위해서다. 앞에서도 살펴보았듯이 「서시」는 짧은 시이다. 그러나 그 짧은 길이에도 불구하고 이 시는 시인 윤동주의 삶에 대한 깨달음, 희원 그리고 그의 결의를 함께 묶어서 굵은 선으로 그려냈다.

우리는 윤동주의 여러 시작품들에서 힘겨운 현실 속에서 살아가던 시인이 삶의 어떤 국면에 처하여 깨달음, 희원, 결의에 이르는 모습을 목격할 수 있었다. 그런데 「서시」를 제외한 그 시들에서는 그 시들 나름의 구체적인 정황이 제시되어 있고, 구체적인 문제가 제시되어 있다. 예를 들면, 시 「참회록」에서는 '내 얼굴'을 비추는 '파란 녹이 낀 구리거울'로 그려낸 녹슨 현실이 문제적 정황으로 부각된다. 「쉽게 씌어진 시」에서는 "시가 이렇게 쉽게 씌어지"도록 자각 없이 살아가는 자기 자신의 삶의 자세가 문제로 제시된다. 「참회록」, 「쉽게 씌어진 시」에서 보듯이 윤동주의 다른 시들에서는 시의 화자, 곧 시인 그 사람의 깨달음, 희원과 결의를 이끌어내는 구체적인 정황과 문제가 제시되어 있는 것이다. 그와는 달리 「서시」에서는 그런 구체적 정황과 문제를 제시하지 않았다. 「서시」에서는 자신의 지향 쪽에 무게를 두어 구체적인 정황과 문제는 부각하지 않았거나, 또는 정황과 문제를 제시했더라도 매우 추상적으로만 제시하고, 깨달음, 희원, 결의를 좀더 선이 굵게 그려내는 방식을 택했던 것이다.

「서시」에서 윤동주가 그려낸 깨달음, 희원과 결의는 그 구체적인 정황과 문제를 제시하지 않았다. 그 점 때문에, 그것들은 그가 살았던 시대와는 관련을 갖지 않았던 진술로 보일 가능성이 높은 편이다. 그러나 윤동주의 「서시」를 비롯한 다수의 시들을 그가 겪었던 시대의 모습과는 무관한 것으로 파악하는 것은 그 시들에 대한 깊은 이해를 그르칠 수도 있음에 유의하여야 한다. 그의 시들을 시대상과 관련하여 읽어야 할 것인가, 그렇게 하지 말아야 할 것인가 여부를 결정하는 데에는 좀더 면밀한 검토가 필요한 것이다.

27년여의 짧은 생애(1917. 12. 30.~1945. 2. 16.) 중, 거의 8년간에 걸친 시작품들을 남겨 놓으면서, 윤동주는 시대상과 관련하여 두 갈래의 모습을 보여주었다. 시대상과 관련한 그의 시의 두 갈래의 모습이란 어떤 형태로도 시대상에 반응하지 않음 / 시대상에 반응함의 두 모습이다. 시대상에 대한 반응 양상에 따라 시간상으로 1934년에서 1942년에 이르는 그의 시들은 다시 ① 1934. 12.~ ② 1936. 3.~ ③ 1936. 8.~ ④ 1941. 2.~처럼 네 시기로 구분하는 것이 가능하다.

시작을 처음 시작한 ①시기에 그는 시대상과는 무관하게 시작에 열중하였다. 그렇던 그가 시대의 모습에 처음 눈을 크게 뜨게 된 것은 그가 유학 중이었던 평양 숭실중학이 신사 참배 사건으로 폐교의 위기에 봉착했던 ②시기이다. ②시기에 제작한 몇몇 시작품들에서 그는 식민지 백성으로서 겪게 된 참담한 처지를 노래하였다. 폐교의 위기를 맞았던 숭실중학을 떠나 그가 다시 몸을 담을 수밖에 없었던 학교는 그의 가족이 살고 있었던 간도 용정의 광명중학이었다. 광명중학은 당시 간도에 진출하였던 일본 제국주의자들이 운영하던 학교로서 친일적인 기운이 팽배했던 학교였다. 그런 학교에 몸을 담을 수밖에 없었던 윤동주는 숭실 사건을 계기로 절감하였던 민족 현실에 애써 눈을 감을 수밖에 없게 되었다. 그렇게 시작된 그의 ③시기는 거의 5년에 이르는 긴 시간에 걸쳐 전개되었다. 그러나 짧은 시기에 걸쳐 나타났던 ②시기의 그의 현실인식은 말끔히 증발할 수는 없었던 듯하다. 그 인식은 그의 정신 속에서 여전히 내연(內燃)하는 불씨로 살아 있었던 모양이다. 그렇게 내장되어 불씨로 살아 있었던 민족 현실에 대한 그의 인식은 ④시기에 이르러 새롭게 성숙한 모습으로 타오르기 시작하였다.

④시기의 첫 무렵에 씌어진 시는 「무서운 시간」(1941. 2. 7.)이었다고 추정된다. 이 시에서 윤동주는 '나를 부르는' 어떤 목소리로 하여 생겨난 내면의 갈등을 문제삼고 있다. 그가 문제삼았던 '나를 부르는' 목소리는 그의 외부에서 들려온 소리라는 흔적을 보여주지 않는다. 그러면서도 그 목소리는 자신의 삶 전체를 되돌아보게 할 만큼 문제성을 지닌 것으로 나타난다. 그 목소리로 하여 제기된 문제를 시 「무서운 시간」은 두 가지 점에서 보여준다. 하나는 시인 자신의 삶의 형태를 되돌아보게 만들었다는 다음과 같은 진술이다.

한번도 손들어 보지못한 나를
손들어 표할 하늘도 없는 나를

어디에 내 한몸 둘 하늘이 있어
나를 부르는 것이오.

일을 마치고 죽는날 아침에는
서럽지도 않은 가랑잎이 떨어질텐데…

위에 인용한 연들에서 윤동주는 '나를 부르는' 소리로 유발된 문제를 결핍이라고 말하고 있다. 그는 자신의 결핍을 "한번도 손들어 보지못한 나"로 말하기도 하고, "손들어 표할 하늘", "내 한몸 둘 하늘"도 갖지 못한 '나'로 말하기도 한다. 앞의 결핍이 삶과 관련을 가진 의사 결정에 참여하지 못한, 실제의 삶에서 의사 발표의 자유를 행사하지 못한 결핍이라면, 뒤의 결핍은 마땅히 소유하여야 할 것이 부재하는 현실로서의 결핍이다.

시 「무서운 시간」에서 '나를 부르는' 소리로 하여 제기된 또 하나의 문제는 시의 표제로 사용된 '무서운 시간'이라는 말로써 나타난다. '무서운 시간'이란 내게 들려온 '나를 부르는' 소리가 무서운 소리인 데서 연유한 느낌이다. 그렇다면 '나를 부르는 소리'는 내게 어떤 위해(危害)를 가져올 수도 있는, 혹독한 시련을 요구하는 소리일 터인 데, 시인은 당연히 그 위해와 시련을 피하고 싶어한다. 가능한 한 그 위해와 시련을 피하고 싶어한 시인의 생각은 시 「무서운 시간」의 끝 행인 '나를 부르지마오'라는 진술에서 선명하게 표명된다.

시 「무서운 시간」의 끝 행에서 시인은 '나를 부르지마오'라고 단호 하게 말하고 있다. 그러나 '나를 부르는' 소리를 회피하려던 그의 지향이 하나의 선명한 매듭을 지었다고 말하기는 어렵다. 그 점은 무엇보다도 먼저 「무서운 시간」이라는 시의 표제가 알려주는 것이라 고 말할 수 있을 듯하다. '나를 부르는' 소리에 대한 회피 또는 거절이 어렵지 않게 이루어졌다면, 시인 자신의 내적 갈등을 그려낸 이 시는 제작되지 않아도 좋았을 것이다. 이 시에 「무서운 시간」이라는 표제를 붙이는 일은 더구나 기피되었을 것이다. 표제로 사용된 '무서운 시간' 이란 말은 '나를 부르는' 소리 에 대한 시인의 심각한 갈등을 표현한 말이기 때문이다.

시 「무서운 시간」을 보면 시인은 가까스로 '나를 부르는' 무서운 소리를 피할 수 있었던 것으로 보인다. 그러나 '나를 부르는' 무서운 소리는 "한번도 손들어 보지못한 나"와 "손들어 표할 하늘도 없는 나", "어디에 내 한몸 둘 하늘"도 없는 '나'라는, 결핍된 나를 일깨우는 소리이기에 덮어놓고 회피하기만 할 수도 없는 소리이다. 「무서운 시간」 이후에 전개된 윤동주 시작의 추이(趨移)를 보면, 윤동주는 무서운 소리를 피하기는커녕 오히려 그 소리에 점차로 응해 갔음을 확인해 볼 수 있다. 「무서운 시간」보다 3개월 여 뒤(1941. 5. 31.)에 제작된 시 「십자가」에서 우선 시인의 태도를 확인해 보는 것이 가능하다.

> 괴로웠던 사나이,
> 행복(幸福)한 예수·그리스도에게
> 처럼
> 십자가(十字架)가 허락(許諾)된다면
>
> 모가지를 드리우고
> 꽃처럼 피어나는 피를
> 어두워가는 하늘 밑에
> 조용히 흘리겠습니다.
>
> ―「십자가」 4, 5연

인용한 대목에서 확인해볼 수 있듯이, 시 「십자가」에는 화자인 시인의 다짐만 두드러지게 나타난다. 그 점은 시 「무서운 시간」에서 '나를 부르는' 소리를 둘러싸고 펼쳐졌던 내면적 갈등과는 현저하게 구별되는 점이다. 그러나 달리 생각해보면 서로 무관한 듯한 이 두 편의 시들은 결코 가볍지 않은 내적인 관련을 가졌다고 말할 수 있을 것이다. 「무서운 시간」에서 문제로 제기되었던 내면적 갈등이 실제로는 어떤 위해 또는 시련을 피하기 위한 데서 생겨난 것이라면, 「십자가」에서는 그 위해 또는 시련을 '십자가'로 명명하면서, 그것을 짐지겠다는 태도를 다짐하고 표명하고 있기 때문이다. 시 「십자가」에서 볼 수 있듯이 「무서운 시간」으로부터 3개월 여가 흐른 시점에 윤동주는 현저하게 변화된 태도를 다듬고 있었다. 시 「십자가」 이후에도 윤동주는 자신의 깨달음, 희원과 결의를 표명한 몇 편의 시들, 「참회록」, 「쉽게 씌어진 시」 등을 잇달아 제작했다. 윤동주 시의 그런 추이로 보아 윤동주는 「무서운 시간」 이후에 그 시에서의 진술과는 오히려 반대 방향으로 나아갔던 것으로 추정할 수밖에 없을 듯하다.

시 「무서운 시간」 이후의 윤동주 시들에서 「십자가」, 「참회록」, 「쉽게 씌어진 시」처럼, 어떤 소명(召命) 앞에서 스스로 자신의 자세를 다짐하는 계열의 시들을 찾아볼 수 있다면, 「서시」 또한 그런 계열에 속하는 시들의 한 편이라고 말할 수 있을 것이다. 이미 앞에서 살펴보았듯이 「서시」에는 시인이 마주쳤던 구체적인 삶의 정황이 제시되어 있지는 않다. 그렇기 때문에 이 시는 시대의 모습과는 무관한 것처럼 부각된다. 그렇더라도 「서시」 또한 삶에 대한 시인의 깨우침, 희원과 결의를 그 계열의 어떤 시에 못지 않게 그려내고 있어, 어떤 소명 앞에서 시인 자신의 자세를 다듬는 계열의 시라고 이해하는 데에는 별로 문제될 것이 없을 듯하다.

이 계열의 시들이 문제삼고 있는 소명은 작품 각각에 따라 그 농담(濃淡)이 다르다. 그 소명을 식민지 현실과 가장 깊이있게 연결시킨 작품은 「참회록」이다. 아마도 그 소명을 삶의 일반적 양상과 가장 포괄적으로 관련시킨 작품이 「서시」일 것이다. 「서시」의 그런 성질로 말미암아 이 시는 시인이 기획하였던 시집의 첫머리에 놓이는 시로서 채택될 수 있었다. 시인이 기획하였던 시집 『하늘과 바람과 별과 시』에 관한 정병욱 교수의 증언이 그렇듯이, 이 시는 윤동주의 시집 첫머리에 놓이는 시로서 기획 제작되었다. '서시'로서 제작된 「서시」는 당시의 윤동주가 지녔던 소명의식을 깊이 내장하여 포용하면서도, 삶의 일반적 양상을 포괄적으로 담아내도록 다듬어진 작품이다.

　윤동주 자신의 삶의 지표를 담아낸 「서시」에서 식민지 현실에 대처하려 했던 시인의 구체적인 태도를 곧장 찾아내기는 어렵다. 그렇더라도 이 시가 식민지 현실에 대처하려는 시인의 자세와 무관하다고 이해하는 것은 곤란하다. 한 사람의 현실 문제에 대한 대처 방식은 그의 삶의 지표 같은 원칙의 발현이겠기 때문에 그렇다.

찾아보기

권 오 만 (權五滿)

1938년 서울 출생
서울대 사범대 국어교육과,
서울대 대학원에서 수학, 문학박사
1978년 이후 국제대, 서울시립대 교수
현재 서울시립대 명예교수

저서 『개화기 시가 연구』『시의 정신과 기법』
　　『한국 근대시의 출발과 지향』『서울을 詩로 읽는다』등

서울의 詩, 서울의 詩人들

권 오 만

초판 1쇄 인쇄 · 2004년 7월 30일
초판 1쇄 발행 · 2004년 8월 4일
발행처 · 도서출판 혜안
발행인 · 오일주
등록번호 · 제22-471호
등록일자 · 1993년 7월 30일
주소 · ㉾ 121-836 서울시 마포구 서교동 326-26번지 102호
전화 · 3141-3711~12 | 팩시밀리 3141-3710
이메일 · hyeanpub@hanmail.net

값 12,000 원

ISBN 89-8494-224-3 03810